锐
小说

# 问 青 春

张闻昕 ～～～～ 著

南方出版传媒
花城出版社
中国·广州

图书在版编目（ＣＩＰ）数据

问青春 / 张闻昕著. -- 广州 ：花城出版社，
2017.7
（锐·小说）
ISBN 978-7-5360-8381-3

Ⅰ．①问… Ⅱ．①张… Ⅲ．①长篇小说－中国－当代
Ⅳ．①I247.5

中国版本图书馆CIP数据核字(2017)第135530号


出 版 人：詹秀敏
责任编辑：文 珍 周思仪
技术编辑：薛伟民 凌春梅
封面设计： 棱角视觉
ANGULAR VISION

书 名 问青春
WEN QING CHUN
出版发行 花城出版社
（广州市环市东路水荫路 11 号）
经 销 全国新华书店
印 刷 广东新华印刷有限公司
（广东省佛山市南海区盐步河东中心路 23 号）
开 本 880 毫米×1230 毫米 32 开
印 张 12.125 2 插页
字 数 220,000 字
版 次 2017 年 7 月第 1 版 2017 年 7 月第 1 次印刷
定 价 45.00 元

如发现印装质量问题，请直接与印刷厂联系调换。
购书热线：020－37604658 37602954
花城出版社网站：http://www.fcph.com.cn

# 序

李敬泽

　　读《问青春》，认识了张闻昕，一个二十岁的女孩子。十一岁时，她写过《细菌国王秘密日记》，找出来看一遍，看出这孩子心细而有大志，细到了、大到了在显微镜下打一片江山、创一个王国。现在，写了这本《问青春》，她长大了，作为写作者的张闻昕获得了神奇的加速度，远超过她的年龄，她已经不是个少年才女，而像是气象不凡的作家，临近高考的那一年那群孩子那些事，竟被她写出了人间辽阔、人情丰饶。

　　这是另外一种"青春"书写。我本以为会看见阴郁、孤独、冷酷、愤怒，书店里有太多此类拒绝走出青春期的"青春文学"，其中文化的、社会的、心理的、消费的复杂机制，此处也不必细表。而《问青春》的青春却不是一个被指认、被定制的"青春"，不是一个姿态和表情的"乌托邦"，它越出了大众文化的成规，它在张闻昕的笔下还原为辽阔的生活。

成规化的青春书写必须偏狭、必须不公正，它必须对人类生活做出粗暴的、任性的删减。就像一个任性的孩子，他必须拒绝领会父母之苦衷、他人之道理，他深深地沉溺于自己，封闭于内部，兀自委屈和悲伤——这并非多么不正常，但是张闻昕，这个二十岁的写作者，她竟然是公正的、辽阔的，她当然是站在青春的内部，站在自己的青春里，但是，这丝毫没有阻碍她对他人的好奇、探究和理解、体贴。她的青春不是拒绝对话的青春，相反，在她的笔下，青春之盛大正在于向着他人、向着世界敞开。《问青春》里，给人印象最为深刻的，正是那些孩子们之间、他们和成人之间生气勃勃的对话，"问"青春，也是"问"世界，这没有什么现成的答案，这甚至也不会有终极的答案，问答的过程也正如小说所写，充满了误解、坎坷和伤痛，但是，正在这生气勃勃的探问中，青春成为了向着更广大世界的探索和成长，也充满了欢欣和希望。

　　这就是艺术上和人生观上的"公正"，有这样公正眼光的小说家，看到的"青春"不是某种意象某种表情或姿态，青春本身就是一个生活世界，而生活是多么的难以界定，生活的色彩是多么混杂丰富，生活的可能性和人的可能性无穷无尽，青春必定具有向着未来和希望的向度。看得到这些，一个真正的小说家才能开始他的工作。

　　而张闻昕正好有这样的禀赋。是的，我认为这样一种面对生活、面对众生和众声的公正、这样一种既辽阔又贴切的眼光几乎无法习得，它就是天赋。实际上，在很多远比张闻昕更成熟、更有名的作家那里，这种禀赋严重匮乏。当今小说中，很少见到《问青春》这样的气象：《问青春》里竟有那么多的场面，大大小小的场面纷至沓来，整部小说基本上是由场面推动；于是《问青春》还是有声的、说话的，众声喧哗，话说得热闹，而现在很少有小说家敢让他的人物开口说话，他一定要让人沉默，闭上嘴，想啊想。——这些都使我想起中国古典小说和十九世纪西方小说的传统，这也让我想起"纯文学"中的很多小说：那是形影相吊，是厌食和自闭，既不吃饭也不交际，拒绝与他人的对话，是把人切割封闭在一种被观念界定出来的"私人空间"里。这样的小说家把小说变成了修行，他们也因此失去了基本的艺术眼光和能力：在人间、在人的整全存在中认识人、想象人、塑造人。

而《问青春》里有那么多的人，有名有姓的几十，性格鲜明的十几。张闻昕做到的，是很多小说做不到的，她似乎是不太费力，她完全是兴致勃勃，她是一个受过传统训练的肖像画家，她确信，人和人不一样，这种使人间变得如此有趣的差异，既是出于天性，更是出于家庭、环境，出于种种个别条件的复杂作用，一个作家或一个画家面临的考验，正在于把"这一个"、把一个个的"这一个"辨认出来、刻画出来。

说来容易做到难，张闻昕竟然做到了，她表现出在这个年龄很少能够达到的艺术上的准确和熟练。但更重要的原因可能是，她的心里本来就有这么多的人，她对他们满怀兴趣，她用显微镜仔细研究他们。与此同时，使用显微镜并没有使她变得骄傲专横，她爱他们，她分享每一个人的"秘密"和"真理"，怀着惊喜、敬意。

——我不打算掩饰我对《问青春》和张闻昕的惊喜。在这个夏天，因为工作，我看了很多小说，深感厌倦。对抗这种沉闷和厌倦的办法是，一边看小说，手机里一边放郭德纲的相声。小说看过了，未必记得多少，郭德纲的段子倒是记了不少。有一句话，叫作"祖师爷赏饭吃"，老郭说起来顾盼自喜。什么意思呢？说的就是"天赋"，有人就是天生该吃这碗饭的，没什么道理，你气死活该。说相声是如此，其他事也是如此，比如写小说。张闻昕当然还小，前路漫漫，还得不懈努力，但是，一部《问青春》在眼前，一边看着，一边忍不住暗叹：果真是梦中携回一支笔，细写世间万般情！


（作者系著名文学评论家、中国作家协会副主席、书记处书记）

# 序

陈晓明

  张闻昕同学从小喜好写作，看到她的有关作品，知道她小学时的文章就写得相当出色，小学就有作品发表。最近蒙友人送来她的近作《问青春》，想不到她大二学生，这么有毅力完成一部长篇小说，而且十分出色，可喜可贺。这部小说十分真切地反映当下新一代少年人的精神风貌，在那温热潮湿的南方广州城里一群高中生正在天真活泼地学习生活。小说写得那么真切的是高中的社团文体活动，孩子们的天真烂漫；高三紧张压抑的冲刺，也着实让少男少女们紧张兮兮；满地散乱的试卷和对教室的悲喜夹杂的情感，竟然足以让这群少年去慨叹青春落日。小说涉及的生活面向还是十分宽广，以小见大的笔法也颇为让人惊异。当然，所有的青春写作都有自传性质，这部作品也不例外，关键是能做到真实、真切、真挚。闻昕同学做得不错，她的起点很值得依赖，前途亦值得期待。

  这部小说其实有很多的思考，虽然还显稚拙，但却是真诚而发自内心。在全社会对应试教育高度重视的背景下，追求理想和抉择未来，对于心智尚未完全成熟的青少年，充满了挣扎与痛苦。每一个处于花季雨季的美丽心灵，都在努力寻找自我身份认同和承担家庭责任，感受到友情的敏感，爱情的萌动，同性异性间模糊的情愫。这些思考始终贯穿全文，承载起整个富有重量的文本。作者深切关注正在成长并即将走入社会的独生子女，尤其是在十八岁稚嫩与成熟转换的年纪。他们往往被给予了整个家庭的呵护与厚望，这种束缚也注定他们对个体的认知和突破更加剧烈。独生子女作为特定环境、特定历史中成长起来的一代，应是我们社会着力关注并予以更多理解的群体。"偶像效应""他们是否活得过于少年老成？"小说提出的这一系列思考，是青少年自身的困惑与无奈，也是对社会的警醒和呼求。

小说细腻的笔法引人注目。既有一位长者的冷静，点醒少年们应该在正当的时候意识到青春的美貌；也有一个孩子的敏感，抓住他们费尽心思隐藏的心理。其中诸多心理和细节描写尤为突出：如一段对"酸"和"痛"的对比，在铺陈比喻中带来变换的体验感，很难想到这竟是出自一位尚在高校求学的小女孩之手。

作者能抓到生活的那些有意义的时刻，写出真实的生活感受，将充满活力的青春语言反复打磨，使其超越一般生活化语言的琐碎幼稚，焕发一种超出同龄人的理性思考与回望。对纯真感情的珍视，对多彩青春的思索，对人生哲学的初探，对文学传统的继承，常有大珠小珠落玉盘的叮咚清泠，也有柳暗花明又一村的开阔通达。如文中几处提到的奋争与突破，每一个渺小的个体都可以冲击伟大与壮阔，每一幅宏大的场景也可能在狭小的空间里急速落幕，少年们的青春随着高考暂告一段落，但我想作者的思绪和写作的热情必会随丰富的生活而涌动，叙述出更多细腻动人的故事。相信小闻昕从这部作品开始，会在文学的路上走得很好，走得很远！期望青春的太阳永远美丽蓬勃！

（作者系著名文学评论家、北京大学中文系主任、教育部"长江奖励计划"特聘教授）

# 第一章

六月的广州，藏了许多场大雨。从空调考场出来，身上立马流下了黏腻的汗。曹苑和顾非走到校门口，顾非的电话便响起来。"我妈叫我回家吃饭。"她说。

那勉强算句流行语。然而曹苑没力气笑，只说："我也是。"

两人分了手。曹苑回家吃完午饭，一头栽入被窝，从天亮睡到天黑。半夜三点，她盯着漆黑的天花板，想了很久，才想起考试已经结束，她不用再去上学了。

再后来，她和顾非一同接到录取通知书，从S中初中部升上S中高中部。

她发着呆，连风翻过书页都没察觉。顾非瞧见了，径直走过来，轻敲了下她的脑袋。

"啊？"她还懵着，歪了头看顾非。

顾非得逞地笑道："想什么这么入神？想张洛啊？"

"嘘！"曹苑飞红了脸，她小声警告顾非，倾过头，目光若有似无地落在哪里，又回来。紧接着搡了顾非一把。

顾非被戳中笑穴似的，埋头笑个不停。斜后方的男孩儿抬头，往这边扫了眼，挑挑眉复低头。曹苑懊恼地趴在桌上，忍不住勾着顾非的腿肚子要踢。顾非笑够了，铆足了劲儿偏要捉弄她，转身喊："张洛！"

张洛放下笔："干吗？"

"借一下你的月考数学卷，我们曹苑想看。"

张洛不置可否："你考得不是比我还高吗？"

顾非拍拍桌子："对比一下看我们俩解题有什么优劣嘛！"

张洛俯身从书包里抽出文件夹，他翻开卷子看了看，对曹苑说："放学前还我行吗？我还没改完。"

"好……好。"曹苑低头接过，把卷子用书仔细压好，而后扯着顾非出了门。她要训她，明明知道她最怕在谁面前丢丑。几句要紧话还没出口，远远有声音："欸，中午吃哪家外卖？"

顾非趁机脱身："吃什么外卖？吃饭堂啦！"

对面"哈哈"两声，喊回来："你还想吃饭堂？中午要开会好不？"

顾非没来得及问，就听广播果然有了通知："请模拟联合国高一、高二全体成员于今天中午一点，在高二年级会议室开会。会议内容重要，请勿缺席。再通知一遍……"

唐政阳绕过杵在门口的两人，问里面："张洛，订不订外卖？"

"不。"

"不干不净吃了没病，你信我吧！"

"不吃，我去饭堂打饭。"

政阳摇头："真是……"他的眼神落到曹苑身上，"老实！真是老实！"他似笑非笑地盯着她，逼她不自在地挪开了眼。"跟我说干吗？"政阳偏头瞧她，也是顾非的德性，非要探到些东西，"我也没说什么呐！"曹苑一瞪，"谁理你啊！"钻回教室去了。政阳跟顾非作怪："气着了气着了。"顾非好笑："你也来逗她。"

他们三人一贯熟稔。这要追溯到小学时候。偏巧的缘分，他们从六岁开始便将同学一路做上来，没断过，关系自是非比寻常。三人彼此门儿清，对方稍有风吹草动都摸得一清二楚，比如曹苑这事儿。先是顾非拿了她的一个眼神做文章，成天开些不着边际的玩笑。按曹苑的立场，本来没什么，一来二去倒像是有什么了。久而久之她当了真，顾非才收敛，不过仍爱时不时作弄她。政阳最先不知这回事，是见了曹苑的扭捏样子，才后知后觉揪出线头。那以后他便与顾非一般，常有高深莫测的笑容，惹得曹苑浑身难受，恨不能躲着他俩走。

玩闹归玩闹，顾非和政阳的嘴还是实的，到底没把她那点心思漏出去，特别政阳还是张洛的好友。

上体育课的人陆陆续续回来了。门口跑进一个风风火火的身影，跃到讲台上："谁没上体育课？"

台下没人应他。这伙逃课的，说多不多，说少不少，体育老师也没办法。高二下学期的学生，半只脚踏进高三，你哄人家去上不入高考科目的课吗？不过要让他们为高三打个身体基础罢了。至于真正实践了多少，还是睁一只眼闭一只眼吧。

钟济没法儿，挠挠头下了台。他挤到顾非的桌前："欸，你被老师抓到了。"

"为什么？"

"老师问班长在哪儿啊，那班长不是不在嘛。"

"哦。"顾非不以为然地扭过头，"不管他了。"

钟济讨了个没趣，三两步又蹭到张洛身旁，手臂钳住对方的脖子。

"说啊！怎么不来上课?!"

"放手放手！"说着，张洛却上手把钟济的脖子扳下来，两人互不相让，斗得可狠。政阳见了，说老袁一会儿上来，两人才松了气儿。"别老盯着学习了，过几个星期篮球赛你上上心！"

张洛叹气："别老想着篮球赛了，下周期中考你上上心！"

"你别损我，没用！"

"没损你，你看。"张洛努努嘴，顾非课间也没闲着，正归纳错题，"你觉得我能放松吗？"

钟济看了会儿，好学生间的明争暗斗从来关不着他，他也从来是个将学习高高挂起的人。唯独见着顾非，他有种紧迫感。倒不是说她过分权威，要赶着他跑；而是说，他再不努力，就像要够不上她了。当然现实中轮不上他来思考这个问题，她有旗鼓相当的对手。钟济半真半假地捶张洛一拳，趁袁平进门的时机，赶回他的座位去了。

袁平是十九班的数学老师兼班主任。青春期的孩子不好管，文科班尚可忍受，毕竟女孩儿多，懂事得早。但十九班不是善茬，上学期闹出的事儿在年级仍有余威。

十九班是袁平教的第一个班，初来担重任，扛了班主任的活儿，袁老师一路走得艰辛。他是个最好开玩笑的人。并不是说他的性格有多软弱——相反，他犟得很。刚毕业的老师，有满腔热情，却少教学经验。高二的第一学期，他教的两个班，数学成绩在年级里排倒数。抓来个同学问"为什么"，答"袁老师教的课我们听不懂啊！数学课上随随便便就'易证'，这哪儿'易证'了?! 还有他乱编的'一步到位法'，我又不是数学系毕业的，哪里知道要怎么'一步到位'?!"

袁老师也很委屈："平时上课我问你们'听懂了没'，张洛、顾非这些同学一点头，你们也跟着点头，那我为什么不省略步骤呢?"

被询问的同学有口难言。课堂上，老师用殷切的眼神盯着你问"懂了吗"，难道你有勇气说"我不懂"吗？再看看周围的同学，一个个学得倍儿认真，练习册上抄满了笔记，对这道题已是成竹在胸。这种情况下，你有脸说"我不懂"吗？识时务者，自然大点其头，收下老师嘉许的微笑，抄下黑板上天书一般的解题过程，下课再慢慢啃吧。

数学科一向受到家长们的特别关注。听说袁老师课教得不好，家长们一纸诉状递到了校长办公室，要求即刻更换数学老师。出于各方面的考量，学校没接受换老师的请求。袁老师被请去谈话，他得找出合适的教学方式。

反对的声潮压下去，内里的矛盾愈积愈多。无心向学的本就蠢蠢欲动，有了"课上得不好"的由头，更是变本加厉地吵闹。有经验的老教师碰上这种情况，一般是敲敲桌子，或者用耐人寻味的眼神盯着课室的某个角落，再或者干脆停止讲课，让吵闹的自知理亏，安静下来。而袁老师还没掌握"如何友善地让学生安静"这门技术，后排一吵，他就把脸一虎："安静！"活像个新上任要摆谱的纪律委员。

寒假结束后，家长们明白事已成定局，只好偃旗息鼓，祈望上高三后能换一个数学老师。这时，袁老师却显出他作为数学系高才生的水平来了。他真学了无数的计策来教书、讲题。新方法虽时有磕绊，好歹能让学生听懂、服气。袁老师放松后，也能妙语生花，课堂上竟逐渐多了笑声。他与学生们的年纪还算相近，钟济错叫他"袁平"，他依旧乐呵,不生气,纵容得钟济乱喊不止了。顾非、唐政阳等人有度,面上照例尊称"老师",私下喊得更勇,"袁平""老袁"之类层出不穷。当然,要仔细藏好不让袁老师知道。但这也算是袁老师与学生们打成一片的依据了。

数学课后是午餐时间。三人草草用外卖填了肚子,下楼去。会议室里站满了人,见前辈来了,低年级的纷纷把中心会议桌的位子让出来。会议要讨论的是即将召开的"五月大会"。"五月大会"是S中模联的年度会议,倾注全力,迄今已十届。王牌不能砸,所以每次的会议文件都得由上届成员审核,通过方可发布。

新成员们认真,一个个站上去介绍提案。曹苑有一搭没一搭地听着。她只需要提意见,决定权在顾非手上。他们三个,她是媒体部的学术顾问,顾非是媒体部部长,政阳是学术部的学术顾问。大会上,学术部成员组成各场会议的主席团,媒体部成员组成主新闻中心的主席团。此外还有四处活动的外联与资管部。办成一届大会真不容易!曹苑早有感慨。好在他们新鲜感与活力尚存,挨得过。到了高二这个份上,当初再怎么热爱,如今也倦了。

下午两点,顾非留下协商别的事情,曹苑和政阳先一步回教室。两人都乏得打哈欠,曹苑说:"做完这回就解放咯……"

"解放?"政阳扫她一眼,"你把高三置于何地?"

曹苑语塞:"这……我只是说模联终于要结束了嘛。"

"你高兴吗？"

两人一同沉默下来。谈不上高不高兴，忙总归令人厌烦，不忙总是最好。比起未来的离愁别绪，现时能否挣点空闲时间更受他们关注。教学的步子迈得大，说是要赶高三的进度；考试也多，卷子成摞地发；老师时不时拿"高三"来敲打他们，效果显著。事情赶羊一样来，除了闷声接着没别的办法。政阳耸肩："别谈这个了，好好准备吧。"

期中考的结束铃打响，高二楼传出一片如释重负的喊声。顾非收拾了东西，急急地往宿舍赶。在宿舍门口碰见学妹，害羞地朝她打招呼，又忍不住雀跃地紧跟着问："学姐，什么时候排开幕式啊？"

"晚上吧。代表都联系好了吗？"

"好了。对了，今天晚上会通宵吗？"

"看情况吧。"顾非看她一眼，"这么想通宵啊？"

学妹连忙摆手，"不是不是"，想了想，红着脸补充："好玩嘛，哈哈。"

顾非撑着的前辈架子还没散下来，刚想习惯性地告诫"熬夜没那么好玩"，嗓子哑了。缓过来，一琢磨，也不是严肃的事儿。再说了，去年她们虽然累得跌在沙发上睡，心里是愿的，往后想起，都挺开心。

宿舍门开着，下床排着几件要穿的西服。曹苑从阳台的窗户探出头："他们让我们七点在酒店集合。"S中大门不远处开了家酒店，逢着老师们开会或是社团搞活动，少不了人进出。

"那你还吃晚饭吗？"

"当然吃啊，不吃怎么战斗到两点半？"

顾非摇头："那不一定。今晚肯定会订夜宵的。"她歪躺在曹苑床上，感慨："日子过得太快了……我们就要退休了啊。"

曹苑嗤笑："退休？太夸张了吧？"

"本来就是！"顾非拍拍床单，"你还记得吗？我们第一次参加会议，在罗马广场那儿。"

罗马广场是教学楼外的一块地，呈半圆形，外围一圈石阶座位。平时少有人往那边走，只偶尔有一两对小情侣在上面闲坐。高一头次参加模联会议时，组委会专门把广场辟出来，用作记者招待会的场地。十二月，众人穿单薄的西服外套，抱着胳膊在寒风中开会。学术代表四十人，将媒体代表六人重重围住。媒体代表提问，被点名的学术代表挤进来回答问题。天冷，把人的活络心思都冻住，学术代表们说得老实。顾非他们不停地记，不多时得了一筐信息。记者招待会结束时，学术代表们走回阶梯室，想起刚才在外面的口不择言，悔得干瞪眼。

曹苑想起来，抱着衣服乐。

今年住的是套间。她们进去时，主席们已经打开电脑工作了。顾非随口问了问报纸的排版情况，翻开摊在桌面的前瞻性报道。没看两页，负责人走过来，附耳说话。

"你们要加规则？"顾非蹙起眉头，"这事儿怎么不早点说？背景文件发了这么久。"

负责人挠头："期中考前没时间……"她偷瞄见顾非的脸色不好看，忙接："也是前几天才想出来的，毕竟媒体的角色……"她欲言又止。曹苑放下电脑，把位子挪近："说什么呢？"

顾非看着对面："你详细说说吧。"

"是这样的，我们想增加一条新规则，不过还得学术部那边支持。"

"什么规则？"

"'假新闻'。"

曹苑咧嘴："假新闻？不行吧。"

"我们是想让媒体代表和学术代表所代表的国家签订协议，媒体发布对相应国家有利的消息，学术提供独家新闻。至少要把信息交换的渠道打开……"

"你的意思是，要把主新闻中心变成信息交换场？"

负责人试探地看了顾非一眼，见她没什么表示，大着胆子说："不全是。基础部分会保留，主要是增加主新闻中心在会议中的参与度吧。"

"不行不行……"

"未尝不可。"顾非站起来，"写个策划，晚上给我看吧。"

"好！"

负责人兴冲冲地走了，曹苑说："你怎么就答应了？"

"她说得没错。"顾非看了主席团一眼，"增加媒体的参与度。"

"这可是假新闻，用得不好是要砸招牌的！"音量大了，远处工作的都抬头，有些不安。顾非递了个眼神，两人往门外去。

模联订下五层的全部房间，供参会人员使用。陆陆续续有他校的代表上楼，拖着行李箱左顾右盼。曹苑冷眼看着，听顾非说："你刚刚听见了，媒体是什么角色？"

"什么角色？"

"鸡肋啊。"

曹苑瞥对门："学术说的？"

"还用说吗，这不是明摆着的事实吗？"主新闻中心在一场会议中的职责，她们通常认为的，"传递信息，架起会议间沟通的桥梁"。然而现实是，同一会议中，会场与会场间的距离只几步路，午饭间隙的闲话足以完成"信息传递"，更别提短信和微信这些快捷的联络方式。不同会议间，学术代表纵然对别的会议有天大的兴趣，也不会将时间尽数花在读报上，而大多数代表明显对本会场外的事兴趣缺缺。

模联是个小世界，但它太小了，只容得下一张桌子。决策在桌面上进行，所以桌边需要决策者、参与者，而不需要倾听者、旁观者。新闻却是写给后两者看的。新闻让倾听者、旁观者，让数以亿计的民众得知真相——至少是一部分的真相。若比新闻为舟，民为水，则水涨才能船高，互相促进方有桥梁之用。模联抹去主新闻中心的读者，主新闻中心的声音太弱，根本不能将信息传递到小世界外的大世界。

于是从很早以前开始，她们就试验各类方法。即时新闻，事件发生后，媒体代表写稿，经媒体主席审核后印发。这过程需要一小时，等印刷好，时效性早过了，否决。茶点时间，提供茶点的同时派发含深度社评的报纸。代表们浏览，"嗯，写得还行"。开会时间到，好心的顺手将报纸揣进会场，无心的直接撂下就走。否决。

"你难道不清楚吗？我们辛辛苦苦写出来的报道，主席团加班加点印出来的报纸，只是人家的纪念品而已！谁会去看马后炮？媒体能想到的观点和办法，学术想不到吗？媒体到底有什么用？媒体要有用才行啊！"

"闭门会议里，可以禁止除主新闻中心外的信息流出……"

"今年这是闭门会议吗？"

"……不是。"

顾非撇了撇嘴，要进门，曹苑拉住她。

"那么现在你是要他们不择手段地来获取信息，写报道了？"

"不是不择手段，是必要的妥协。"

"妥协？"曹苑苦笑道，"你记不记得自己在背景文件上写了什么？我们要提供'公正、客观、准确的报道'！你连自己说过的话都要背叛？"

顾非静了很久。然后说："谁告诉你，'假新闻'不能是真的？"

"你在胡……"

"会议里哪有民众的声音？民众的声音都是我们自己编出来的！我们以前写的是'真新闻'吧。那么，靠自己编和靠别人编，有什么区别？"

"这不一样。"曹苑失望地看着她，"在逻辑基础上编和在利益基础上编怎么会一样？"

顾非别过头："我不管。这一届的主新闻中心必须发挥作用。"

"开玩笑……"

"我是部长！"

话一出口，两人都呆住。顾非要辩，开口哑嗒，忽察到自己是蛮不讲理的那方，闭了嘴。曹苑恍惚得没反应过来，顾非何时搬出过名头来压她？气哽着，反上不来，发不出了。正发怔，学术部活泼的小伙子过来，风风火火敲开她们的门，带上一群姑娘有说有笑地出来。"排开幕式啦，学姐！"他们招呼顾非和曹苑。顾非还愣着不说话时，曹苑先反应过来，跟在队伍后面走了。

开幕式排练走几道流程，高一成员闹得像开派对。之后轮到她们上场，顾非失误多得不似平日，曹苑全程寒着脸，两人磕磕巴巴勉强完成了彩排。政阳没眼力见，往前凑着她们说话，反倒遭了冷遇。

回房间的路上，顾非打破僵局："我刚刚不是那个意思。"

"你一定要加规则咯？"曹苑没接她的话，她更在意另一个问题。

"是。"

"模联不是乌托邦吗？如果乌托邦连这点都实现不了……"

"不是，"顾非打断她，"不是的。我要保障我们的利益，仅此而已。"

"即使破坏底线？"

"我不认为我破坏了底线。"

高一刚入学的十二月，顾非在房间里换好西服，抓起棉大衣，出了门。她是记者，是将力量倾注笔端的人。这天她找到不少新闻，但她还须查明一件事情，为此，对学术代表的访问必不可少。

敲门，隔墙传来响动，里面似乎推托了一番，才有脚步不紧不慢地过来。刚照面，顾非立马换上明朗的嗓音："请问是美国代表的房间吗？"

来人大概没想到会场下还有人注意他的身份，顿时很受用，目光抬上来："对，我是。"

"你好，是这样的，我是《泰晤士报》的记者，想采访你们一些关于今天会议的问题，可以吗？"

美国代表不是能做主的人，他踌躇了，问里间："欸，说是要采访！"

没人出来，只有把大嗓门："谁啊？"

"主新闻中心的。"

"哈？"终于有个男生趿拉着拖鞋出来，"呃，媒体的吗？"

"对，我是《泰晤士报》……"

"哦哦哦，不接受采访，不接受采访。"男生把住门，"回去吧，不好意思啊。"

顾非还没开口，门先关上了。她心里有疙瘩，又想，罢了，不是每场采访都能那么顺利。退开两步，她转身要走。

"笑死我了，是媒体的人！"

她停下。

酒店的隔音效果不好，话说得大声点，能穿过墙。顾非靠回去，倚着墙听。

"媒体？今年还有新闻业主题的会议吗？"

房间里传出肆意的笑声："不是啦，是主新闻中心！就是那个一天到晚不知道在干什么的部门。"

"所以他们到底有什么用啊？过来混个'杰出代表'吗？"

"就是啊。采访的东西一点营养也没有，我都不看的！"
欢乐得很。

顾非把身子裹紧。第二天美国代表们依旧谈笑风生，见了她，还打招呼。但她总忘不了昨天的事。

来自各校的代表，开过会散了，脱下西服，脱下身份。今日美国代表，自由民主的灯塔，指着天花板向各国要人权；明日摇身变成朝鲜代表，铁铮铮护着主体思想，将昨日信仰的全付诸垃圾桶。他们不过是穿梭在一个个身份间，坐不同的位子，说不同的话。她也一样，为难民发声，为工人发声，为资本家发声，为独裁者发声。

这当然是幸运的，起码除了舌战群雄，还要与自己搏斗。起码真理还有个愈辩愈明的过程。

最幸运的，从一开始就站在正义的一方，自始至终，没忘记过理想，那也是从小所信仰的。

也有人运气不好，被迫着去相信自己未相信、未思考过的东西。要尝试着说服自己，要去做个"反派"。最后成功了，再没改过，抱着与社会相异的观点忠诚地生活下去。

唐政阳穿梭在嘈杂的人群中。学术部人多，个比个的声音大。他负责的主席团，男孩女孩见他都嬉皮笑脸"阳哥阳哥"地叫。他爱同他们一块儿，噼里啪啦的火花整日地闪，叽叽喳喳也是巧言善辩。"来来来阳哥，看我们画的'瓜分波兰图'。"

"还挺细心。"他笑着接过，扫两眼，"讨论什么呢？"

"危机中心讨论呢，怎么多安排点冲突。"领头的男孩小周，一脚跨过杂物，递来电子平板，"你看，我们打算头天在边境制造点事故，要是有战争更好，看他们的觉悟吧……"

"等会儿，你这上帝的位子可坐稳了。"政阳收了笑意，"会议还没开始呢，你们就打算用战争来引发高潮啊？"

几个人面面相觑。小周抿嘴："不是模拟的会议嘛……"其他人七嘴八舌附和道："对啊。现在代表的口味也是刁得很，不这样他们都提不起兴趣！""早打算的好，谁知道今年代表的水平怎么样，还不是靠主席来带！"

"太鲁莽了。拿别的方案给我看。"

小周不情不愿地递过去，嘀咕："那就没那么带劲了……"

"你说什么？"

一伙人闷头进了里间。政阳同他们一块把资料理好，姑且整出个像样的方案。工作久了，哈欠声此起彼伏。外间的组长敲门进来："吃不吃宵夜？"

"吃啊！"一哄而出。

政阳走出套房。曹苑迎面过来："不吃点宵夜吗？"

"没心情。"

"怎么？"曹苑靠着墙笑，"他们不积极吗？"

"积极，他们积极得很！"政阳大大地伸了个懒腰，抱着头蹲下，"不过，太激进了吧。"

"呵，可不要把你的观点强加在他们身上。"

政阳把事由一说，曹苑道："是年轻了点，不过年轻人不都会犯这样的错误吗？用战争推动议程。"

"我没犯过。"见曹苑拿眼神刺他，政阳抓抓头，有点恼，"我不是说这个……你觉得，民众在模联里算什么呢？"

曹苑愣住："至少对媒体很重要吧。"

政阳仿佛没听到，继续自言自语："有的时候，我觉得那些人不算什么。利益才重要。能交易多少武器，签多少经济合约，把谁排挤出阵营，才重要。至于民众会和这些事情发生多少联系，我很少想。

"有人吧，纵横捭阖，拉一边踢另一边，私下还牵扯了第三方，可滑头了。最后拿了'最佳代表'。可能也没什么不对，大家都觉着他聪明。后来我越想越冷，他签的那些合约，完全凭几个人的意愿，拍桌子就决定了。从始至终，没考虑过'民众'会受到什么影响。也对，因为'民众'从来没有在模联出现过，所以他们无论遭受什么都没关系。但你还记得每次大会前我们说的吗？"

"吾等联合国之子民，为更美好之世界而联合。"

"对。"政阳笑笑，"可世界并没有变得更美好。签协议只是为了达到一场个人的胜利。协议一签，会议结束了；

或者干脆，战争爆发，'砰！'会议结束了。谁会管后头的事呢？

"所以，我们究竟是在培养公民，还是在培养一群虚伪的政客呢？"

"顾非说，模联不是乌托邦。"曹苑谈起刚刚发生的事。政阳苦笑："不说乌托邦，只是没想到已经差到这份上。你要理解顾非。她说的没错，坐在那个位子上，就要考虑那么多。"

第二天早上，曹苑与顾非一同去会场，算是言和。两人虽没提昨天那份协议，但会议前新发布的文件已说明了一切。会议开始后，顾非就撒手让新一届的去干了。她和曹苑不过到处走走，听听会议，倒是比当代表和当主席的时节轻松。

中午，大家聚在行政楼顶层的会议室吃盒饭，吃完了再挽起袖子干活，也蛮有趣。

曹苑把作业带到会议室，见政阳还要看一堆文件，嘲笑道："这么不省心呐？你昨天不是教育过了吗？"

"教育的是主席团，代表没法教育。"政阳把资料按页理好，"搞不好真要用战争推动议程了。"

"真的？"

"假的。"政阳倦极，揉了揉太阳穴，"不过，不得已而为之吧。"

学术小火慢熬，熬得主席都上火了还没熟，陪着拖时间。媒体却当真是大火烧到家门口。一名代表气冲冲地闯进会议室："我找媒体的负责人！"

曹苑哑然地看着跟在他身后的顾非，对方沉着脸摆手，曹苑只好应承下来："我是。"

"你们媒体的记者也太搞笑了吧？现在写新闻也能胡编乱造了吗?!"

大祸酿成于一小时前。自由磋商时间，《读卖新闻》记者接到短信，内容是法国代表私下发表的颠覆性言论。他即刻把消息写成新闻，审核通过后，全会场传发。这一发便炸了锅，另外两个分会场会也不开了，全堵在主会场门口，吵着要向法国代表讨个说法。此时，法国代表声称自己"从未说过此话"，并指责《读卖新闻》记者是"一派胡言"，于是一路闹到了调度中心。

"谁提供的新闻？"曹苑转头问记者。男孩支吾着说不出句整话："协……协议规定，不能……透露提供者。"

"好啊！那谁来保证我的权益?!"代表重重捶向桌子，"我忙了这么久的合约，现在我的合作伙伴都要找别人了！"

曹苑将他请出会议室："五点半休会前给你答复。"

回到里面，曹苑把小记者也打发走了。会议室里除了她俩再无别人。顾非面不改色："我负全责。"

"现在不是谈责任的时……"

"顾非！今年媒体可是搞了个大新闻啊！"话音未落，

两位同会场的学术指导推门进来，"小朋友们不开会了，现在都在安抚代表的情绪呢。"

顾非不说话。另一个没那么嬉皮笑脸的，严肃地说："媒体要保证，不能再出现这种事故了。"

"我知道，我会负……"

"学术才是应该懂得应对这类危机的吧！"

三人诧异，曹苑平日不是大声说话的人："让学术主席告诉代表，他们自己说的话、发的短信，记者手里都有证据。报假消息，那就是单方面撕毁协议！也别怪我们的代表在报纸上公布提供者。如果不是假消息，法国代表私底下说这些两面三刀的话，还不允许记者报道了？自己说过的话，自己要懂得负责！别老把脏水往媒体身上泼！"

两人沉默，反应不过来。还是活泼的那个先开了口："好吧……但是这个问题，我们一定要一起解决。"

夜里，主新闻中心的套房，来人络绎不绝。新闻太多，媒体主席索性把记者留下，边核对细节边审稿。没一处是没坐人的，顾非和曹苑便坐到露台上吹风。好在风还飒爽，没带水汽，不流连着给人增加负担。政阳寻来："嘻，你们在这儿啊。"

"你不忙啊？"

"忙啊！"政阳一拍大腿，"这不是，在那边听说你心情不好，过来慰问一下嘛。"

"我心情挺好的，真的。"顾非直起身子，"曹苑替我出了头。"

"女中豪杰啊，今天听说了。"

曹苑挥手："别说那些有的没的。"

"看我们苑苑，真酷！"政阳笑道。恍然像小学时候，三人坐在栏杆上，晃着腿胡侃。曹苑托腮："你们组小朋友，怎么样？"

"就那样呗。"

"什么样？"顾非好奇。政阳说了一通后，她撇嘴："欸，你怎么对小周偏见那么大。"

"我……偏见大？"政阳又笑又叹气。顾非指点他："你别怪他是个好战分子。如果他以往被要求扮演的角色都是那样的，他不可能不被影响。而且有些事，是要深入体会了才会明白。我们之中，哪个是一蹴而就的？他很努力，是个好苗子，别放弃。"

政阳多看了她两眼："你呆在媒体，倒比我还清楚？"

"信不信由你。"

曹苑用脚戳他："跟顾非说说'公民和政客'的见解呗。"

顾非摇头："他以前跟我说过。"她望着政阳，"以前我没明白，现在好像有点明白了。"

"怎么说？"

"你把模联看得太高了。我们这些人，你们这些人，以后是不会成为改变世界的记者，也不会成为八面玲珑的政客的。"

政阳等着听她下一句，曹苑微笑地看他俩。

"无论在会场上多么威风，我们在生活里，都是'民众'。既然一贯的立场如此，我们就不会偏离成你担心的那样。"顾非难得温和，"该理解的总能理解，我们会成为合格公民的。"

临走，曹苑叫住他。

"政阳，不要以一概之。像你一样的人，还是很多的。"

政阳回到房间，焦头烂额的主席团如遇救星，小周跑过来。"阳哥，新情况！"被政阳打击了一次，他还怯着，"你不让我用原来的方法，我就想……"

政阳拍拍他的肩膀。小周的声音大起来："我们就想……欸，别吃了，回来开工了！"

露台凉风习习，很惬意。顾非仰躺在沙滩椅上，闭眼想着什么。

"顾非，你刚刚说，政阳把模联看得太高了。"

"嗯？对。"

"我想说，别把模联看得太低了。"

顾非睁开眼睛。曹苑目光炯炯，不是看她，却是看天。"也许我很天真，但是，模联在我心里，就是乌托邦。我们在这里讨论理想，这里不就是理想国吗？我们纯粹地做新闻，哪怕没别人看。我们发表了意见，我们抗争过了，这些，我们自己都清楚。至于以后的路，谁知道呢？"

闭幕式。颁发奖项是高潮。学术代表占大头，得了奖的欢天喜地，吵闹不停。顾非好不容易把气氛压下来，开始主新闻中心的颁奖。

然而在那之前，她还有话要说。

"尊敬的各位老师，各位主席团成员和代表们，下午好。我是媒体总监顾非。"

她挺直腰板："主新闻中心，一直在会议中扮演着特殊的角色。在过去的两天里，我们尝试了很多新规则，也引发了一些事端。我想这是改革的阵痛，希望诸位谅解。希望在未来，媒体与学术能够一同努力，一同进步。而我们的媒体代表，"她顿了顿，"我们的代表，一定会谨守新闻人的准则，为大家提供公正、客观、准确的报道！"

并非掌声雷动。她已很满足了，整个主新闻中心都望着她。他们眼里都有希望。

一个月后，模拟联合国送走了高二年级，他们真的"退休"了。下个学年，还会有新生力量源源不断地输送进来。

离开熟悉的阶梯教室，她们回高二楼。班门前，曹苑忽然迟疑了。

"你说，以后我们还会为这些问题吵架吗？"

"嗯？"

"为了这些与生活无关的问题，会吗？"

"也许……"顾非回过头。曹苑的眼底有茫然，顾非牢牢牢着她的手，"一定会的。"

她们并肩走入教室。高二十九班。右上方的广播传来级长的声音："下面是高二年级第十二次周测，请同学们……"

# 第二章

"顾非，班费多少钱？"

"看黑板。"

陆安定从钱包里掏出二十元，轻轻放在顾非桌上。而那个把头发高高扎起，沉浸在辅导书里的女孩，似乎毫不在意她的行为。"也许她很忙……"陆安定悄悄退开。

"顾非！"咋咋呼呼的身影飞奔过来，"啪"的一声，把钱拍在桌上。曹苑一把揽过顾非的肩膀："赏你的！"

"手。"顾非嫌弃地抖开曹苑的手，"你看，我字都写歪了。今晚的饭钱你付吧。"

"哪来的因果关系……"

陆安定慢慢走回自己的位置。课间，班里很吵。然而他们这一块总是安静的：男生下课后一径在班外推推搡搡；刘凌漪从上课睡到下课；曹苑有时过来，但她一般不在班里谈论明星，所以总是聊了两句便收场；顾非更不必说，只有别人过去找她的份，没有她主动起身的份。

脑子里掠过对顾非不怎么友善的评价，陆安定被自己惊了一跳。事实上，曹苑和顾非是她在班里最好的朋友，而这也让她感到惊喜。毕竟，曹苑是负责年级事务的活跃分子，去哪儿都是呼风唤雨的存在；顾非是班长，漂亮又有能力。能与这两人成为朋友，旁人也会对自己刮目相看。来自同龄人的认同与赞赏，对于处于青春期的任何人来说都是巨大的诱惑。

她极力维护这份珍贵的友情——既因为曹苑和顾非是两个非常称职的朋友，也因为虚荣心发出的一些嘈杂，但这并不容易。升高二时，她与曹苑首先熟起来。曹苑爱说，她爱听。最重要的是，她们的偶像同属一个青春飞扬的团体，这确保她们每天都有新鲜的话题。

与顾非，则是在高二上学期共同策划班级活动时，逐渐搭建的友好关系。一般而言，这种关系会随着活动的结束而消逝，但幸而有曹苑，她好不容易逮到一位同好，便恨不得天天把别人拴在身边，谈论不休。于是，饭堂里，走廊上，两人行变成了三人行，陆安定与顾非的友情平稳发展。高二下学期，七五二六的一位同学转出，陆安定索性提交申请，将床位从与外班同住的混合宿舍换到了本班宿舍七五二六，至此，她们的友谊终于稳固。

然而现在陆安定却不得不怀疑这友谊的稳定性了。近日来，顾非对她似乎十分冷淡。陆安定本不是爱说话的人，曹苑一走，她和顾非往往相顾无言。她如坐针毡，总试图挑起些话题，来遮掩让人无所适从的空白。敏感如她，本以为是自己多心。但顾非待曹苑与往日无异，甚至与刘凌漪也欢笑不断，宿舍里似乎仅她一人格格不入。

"……陆安定！"身旁传来声音，"九十三页第一段第三句。"是唐政阳。她猛地清醒过来，他怎么在这里？定睛一看，讲台上的英语老师表情严肃，好奇和探究的眼神从四面八方飘来……上课了！她"腾"地从座位上站起，椅子后背砸在后面的桌子上，"砰"一声响，有人发出了不合时宜的笑声。

九十三页……陆安定将书本翻得哗哗响——她翻的是上节课还未收拾的语文课本。同桌唐政阳偷偷推过英语课本，却听忍无可忍的英语老师一声吼："坐下，好好听课！"

这下她不敢再走神，正襟危坐，目光牢牢锁在老师身上。一股热意由胸腔袭向脸庞，火辣辣的，热气在脑袋里蒸腾。她盯着老师，不自觉地又回想起刚刚那尴尬的一幕，想起老师叫起她时难掩怒意的声音，想起全班同学投射在她身上的目光，想起那声有意无意的哼笑，想起顾非微微低头，嘴角扬起的小小弧度……那场景一遍又一遍地循环，无法暂停，无法结束，像一部永不下映的电影，画面占满屏幕，观众席中央她独坐着，逐次品尝弥漫着难堪气息的一帧帧画面。

消磨了一节课。下课铃骤然打响时，陆安定庆幸英语老师没再一次地叫她起来回答问题。唐政阳的英语笔记在桌面摊开，人不知道何处去了。她迟疑了片刻，还是没有伸手触碰同桌的笔记，只是戴上眼镜，侧过头，悄悄地瞄着，再一字一句地在本子上抄写工整。

上午的课程结束后，陆安定开始收拾自己的书本。往常她这么做时，曹苑会走过来，拍拍她的背，邀请她和自己一同吃午餐，顺便讨论讨论微博上与偶像有关的新鲜事……她将学习用品一件一件地摆好，缓慢而仔细地，但是熟悉的脚步声没有响起——她抬头，对面的两个座位空空如也：曹苑走了，顾非也不在。

昨天是这样，今天也是这样。

陆安定拿着一本单词书站在队伍最后，来掩饰她没有人陪伴的窘状。男孩女孩们三三两两，欢声笑语。自然，独自吃饭的不止她一人，她之前见过，但从没像今天这样注意过。与曹苑走在一起的时候，她想，独自在饭堂吃饭是缺少朋友的表现吗？她有种隐秘的满足感。然而，顾非总是一个人去饭堂吃饭。她坐在那里，看动漫新番，旁若无人地边笑边吃；吃完后，放好餐具，她又变回那个雷厉风行的顾非。顾非的朋友不少，要找到一起吃午饭的人绝对不成问题，只是她觉得"和别人吃饭浪费时间"，所以选择特立独行。顾非从来那么自立、自我，让人羡慕。

陆安定撇撇嘴。表情也是从顾非那儿学来的。她无奈时，脸上便这样做。

她们平时关系不错，如果顾非对自己有意见，一定是自己哪里不小心做错了，回去向她道歉，这件事就算解决了。回宿舍的路上，陆安定盯着脚尖想。

　　"抱歉啊！我走得太急，忘了叫你一起吃午饭。"曹苑一副谢罪的臣子姿态，陆安定笑出声，摸摸她的头。

　　陆安定从不生气，曹苑知道。她总是温和地笑着，与世无争的样子。她们的交往中，曹苑的"认错"是常态，也仅仅是种姿态。

　　曹苑刚开了个话头，顾非披着湿发从浴室走出，淡漠地扫了床上的二人一眼，出门去了。

　　"顾……"一声呼喊噎在喉间。沉默片刻，陆安定突然站起。

　　饶是曹苑再粗心也发现不对："安定，你们俩……？"

　　"我没事。"陆安定微笑道，"我去洗澡。"

　　为什么她总是那副高傲的姿态？为什么总是我卑躬屈膝？为什么我总是……在模仿她？

　　陆安定意识到，顾非是自己最想成为的那类人。她嫉妒她，又以同样的热情去欣赏和爱戴她。所以顾非生她的气，她感到慌张，十分慌张：失去曹苑的友情，可能会失去一些人脉关系和闲聊时间；失去顾非的友情，失去的是一份认可，以及一个明确的目标、饱满的热情……

　　那份无力感又浮上来，和着水淹没她。

　　初中的课室里，正安静地上着自习，偶尔有书页翻动的声音，愈衬得周围一片宁静祥和。"哐!"课室门重重地砸在墙上，发出一声巨响。一个男生被什么人推了进来，脸上还带着几分玩乐的笑。班上同学对这种场景见怪不怪，抬头看了看就各顾各地去了。

男生走到后排座位坐下。他似乎很不习惯这种过于安静的环境，拿着笔在桌面上敲敲打打。见周围人都不为所动后，终于忍不住开了声："喂，第二列第二排的那个丑女!"

陆安定用力攥紧了笔，笔尖在纸面上划过，尖锐地叫起来，吓得她赶紧又把笔提起。

"叫什么来着? 哦……哦，陆安定是吧?"男生飞快地转着笔，语调轻快。

不知道从什么时候开始，这种"挑衅"就一直针对着陆安定。女生们爱组小团体，有时也会十几个地聚在一起说话。陆安定却觉得自己无论如何也参与不进讨论。起先还说得上两句，到后来，因为那些难入耳的声音，女孩子们多多少少有点排斥她，她一说话就冷场。陆安定心知自己这是自讨无趣，也不再参与。她不是非要朋友三五成群的人，一两个，对她已足够。

"像她那种丑女，只配和角落那个在一起吧。喂，她归你了!"声音一下把她拉回现实。

被点名的男生立马站起："我才不要跟那种女的在一起呢!"

陆安定坐在座位上，把头埋得很低。"别跟他们一般见识。"她说服自己。

扑哧。

笑声潮水一般，从角落漫开，渐渐浸湿整个空间。每个人的脸上都带着掩饰不住的笑意，那种漫不经心的笑意。

细细碎碎的笑声——千万根木刺，密密麻麻地扎进她。

陆安定不敢抬头，她怕他们看到她红肿的双眼，会笑得更加猖狂、更加无所忌惮。她透过厚重的刘海往前偷瞄，嘿，多么令人心碎。

她最好的朋友，正拿着一本政治书捂着嘴，和同桌笑得开心。

她不知道笑声是什么时候停止的，只是，那天以后，她再也没去找过那个所谓朋友。而那女孩，也仿佛从来没有过这个朋友一样，再没找过她。她们的友情只维持了一个月，就匆匆结束了。


"顾非，你和安定怎么了？"曹苑走到楼梯口时，顾非正漫不经心地用吹风筒烘干头发。

顾非拉过曹苑："上回袁平找她谈话的时候，我在他们后面分卷子，不过那时他们俩都没注意到我，袁平问她我最近的情况，比如说我最近有没有分心。她说没有。"

"那不就得了吗！"

"后来袁平问她我们课余时间都玩什么，她说'顾非平时在网上写写小说'，天呐！这种事怎么可以轻易透露给老师听，万一他查到我 ID 了呢？"

"不可能……袁平没那么多时间。"

"最重要的是，之前袁平问我还有没有经常上网，我回答他'绝对没有，所有时间都放到学习上了'。现在陆安定给我捅了这个篓子，我既不能跟袁平解释，说我偷听了他们的对话，又不能跟陆安定发脾气，因为她说得没错……总之我觉得老袁这两天看我的眼神都怪怪的。"

"你想太多了，"曹苑拍拍顾非的肩，"他不会管那么多的，再说你也没怠慢学习啊。不过，安定的心太细，下晚修后你们还是应该聊聊。"

顾非拖着脚步回去。她从门缝间窥见陆安定还坐在床上发呆，开门时陆安定已经冷着脸开始收拾东西。顾非不知道要用什么表情来应对这种状况，面无表情地走进走出，直到第三次从阳台回到宿舍，陆安定离开了，她才叹口气，做出门的准备。

整整两节晚修，陆安定都在脑中模拟与顾非断交的场景、后果，不能自拔，以至于晚修结束后顾非来找她，都有几分迟疑。

前因后果，顾非一股脑地倒出。陆安定被说了个措手不及，喃喃自语："这么说，是我……"

"我也有错。这两天我的情绪本来就不是很好，也没及时和你沟通。曹苑说你不太开心，所以我猜想是不是我的原因。先向你道歉。"顾非态度端正，大方友好。

　　陆安定哑口无言。她想畅快地诉说自己这一天跌宕起伏的情感体验，又怕非当事人并不把这些当回事；再者，说出来，总有被人误会小肚鸡肠的风险。她咽咽口水，把话吞回去，温柔地笑笑："我没事。"

# 第三章

校园里的绿愈发浓郁，风变得温热，五月，春和夏进行着交替。

下课铃一响，班里就炸锅了一般闹腾。男孩们大呼小叫前呼后应，手中的篮球在地板上"嘭、嘭"地砸出闷响。女孩们则将钟济的位子围了个水泄不通，央求他不要把自己派上"战场"。

"曹苑，顾非，"钟济抓着笔在纸上唰唰两下，"你们俩没跑了。"

"大哥，你又不是不知道我跑得慢！"曹苑抱怨。顾非皱眉，划拉着心底的小算盘，为失去的学习时间心痛。

高二篮球级赛，学校的传统。上高三前的最后一次，能够毫无负担地挥洒汗水，对学生们来说是一场盛事；然而看是一回事，打是另外一回事。

钟济平时是个爱开玩笑的老好人，此时却必须铁面无私：高个的，上场；掌握基础技术的，上场。两条规则网罗了七八个人，勉勉强强组成一支队伍。眼见上课时间到，体育老师马上要上楼来吹哨赶人，钟济挥挥手中的名单，"定了，我下去给老师！"便一溜烟跑了，留下一堆发牢骚的女孩。

顾非心里很不情愿参加体育比赛，无奈班长就要做表率，她只好装样子："下楼下楼！早训练早结束啦！"

篮球赛临近，体育老师法外开恩，训练完准备运动后就放人。女生队伍沉默无言，还得靠临时教练钟济炒热气氛："嘿！嘿！咱们班女生里有人懂规则吗？"

"怎么，你不去打？"曹苑看他。

"不用！"钟济得意扬扬，"先教会你们，我到时再去也不迟。"

"哟，你行吗？"曹苑嗤笑，挑衅道。

篮球队出身的钟济立刻呛回去："这是我本行！"随后想起什么似的贼笑，"还是说你想要对面那位姓张的哥哥过来教你？"

饶是再伶牙俐齿，也架不住这么一问，曹苑面上一红，又是一白："你怎么知道？"

"全班都知道啊。"

瞪顾非，顾非连连摆手："不是我，我还没那么缺德。"又看陆安定，陆安定在远处的栏杆外站着，根本不知道这边发生了什么，接触到曹苑的目光，她疑惑地笑笑。仔细想想，男生群体里只有一个人知道这件事。"等我下课找唐政阳算账！"

见她们还是各想各的，钟济无可奈何："算了，你们先简单地练练传球吧。"

教练一走，队员们都松散下来。顾非瞅见魂不守舍的曹苑，拉着她躲到器材室。

"我看，你还是别担心了。"顾非发话，"他要是知道了，不可能像现在这样无动于衷地对你。"

"那他也有可能对我没意思，但是又不想破坏我们的关系，所以无动于衷啊。"曹苑辩道。

处于恋爱情绪中的人大多脑子混沌。顾非正色："曹苑，咱们马上就上高三了，A 大不是那么好考的。如果你决定要继续喜欢他，那接下来一年就得踏踏实实地喜欢他，而且尽量做到不为所动；如果要斩断情丝，那你暑假结束前就得快刀斩乱麻。"

学生们在涉及学习和前途问题时都特别严肃。曹苑飘忽的眼神慢慢沉静，低头苦想。

"你好好想，然后，咱们还得把篮球赛打好。现在出去，要不别人该犯嘀咕了。"

说是篮球练习，可没了监督的人，队员们早跑没了影。顾非也不管，这种事情管不来，况且她对这比赛并不太上心，心里对篮球的理解仍超不出"很多人抢一个球"的想法。

两人走到操场栏杆边。陆安定还站在栏杆外等她们，但目光却是飞到男生队伍那边去了。她不知道看到了什么，笑得牙齿都露出来。

"要看男生打球，就到那边去看。"

"不是，"陆安定回过神来，掩着嘴乐，"我在看我们班的女生。"

"女生没在打球啊……"

"是场外的女生。平时跟他们一个个称兄道弟，无话不说，像友谊真跨越了性别似的；现在又变了，围在篮球场外红着脸叽叽喳喳。怪不得我们班男生打得那么卖力。"

"没错，场上散发着荷尔蒙的香气。"顾非严肃地说，逗得陆安定又笑。

曹苑并不说话，只是听到"怪不得我们班男生打得那么卖力"时，心里咯噔一下。

"我们去那边看看吧。"陆安定往男生球场走去。

"呃……我不……我不看了，我要回去自习。"曹苑支支吾吾。刚得知自己的秘密恐怕已尽人皆知，她现在怎么看张洛怎么不对，恨不能逃到一个没他的空间去，自己冷静一下。

顾非不多说什么，挽起安定的手："走啦，让她回去吧。"热络得倒让安定有点受宠若惊。

顾非专注地看球，安定坐在她旁边，心情很好，忍不住搭话。

"其实，张洛也不算长得很帅，曹苑为什么会喜欢他呢？"说完暗自懊悔，多好的时机，怎么又聊回曹苑了？

顾非没察觉，顺着话尾接下去："曹苑为什么会喜欢他？曹苑是在迷恋他吧。"

"迷恋？"

"张洛成绩好，长得不赖，又有点小才，光这几点就足够让曹苑陷进去了。换言之，他是个范本，符合曹苑的所有期望；曹苑平时和他接触得不多，这就给了她幻想的空间，让她把这个人越想越好，越想越好。但也许张洛并不是这样的人呢，他也会有自己的缺点，到时候她发现了这些，会怎么想呢？"

"会变得……不喜欢他？"

顾非不搭话，陆安定快快地转过身子看球。

"不，最怕到时候这种喜欢成了一种执念，她放不下。"

顾非的脸很静，睫毛长又密，阳光泻下，在她的眼睑处织了一个厚重的影子。她没牵动面部的一条神经，她面无表情。不等安定发问，顾非得逞似的轻笑："都是从杂志上看的。"

真假难辨。

男生们跑跑跳跳一节课，终于累了，动作缓下来。钟济掀起衣服擦额头上的汗，人群里爆发出嘘声，男孩们把始作俑者层层围住，依稀听到钟济在里面又笑又骂。抬头可见白云柔软地浮动于蓝天间，阳光有点迷眼，温暖但不炽热。刚刚好，这青春的光景。

五月二十一日，离比赛日整一个星期。走步、打手、暂停，前锋、中锋、后卫……一个个名词绕得人头晕，特别是对这项运动没有任何兴趣的人。晚修结束铃响，顾非颓然地放下笔。篮球训练大量消耗了体力，让她整节晚修昏昏欲睡。这对于将学习视为第一要务的顾非而言可不是好现象：晚修昏昏欲睡，就会耽搁上阶段课程的掌握和下阶段课程的预习；耽搁学习任务就会导致期末考考砸；期末考考砸必然影响自主招生资格的选拔……这么一推导，篮球训练可能带来的灾难简直比"少了一颗铁钉，亡了一个国家"的故事还令人震悚。

　　她伏在桌面上假寐。睡一会，抬头，曹苑幽怨地看她。

　　"我手疼，腿疼，全身都疼。"

　　"谁不是呢？"顾非给自己倒了杯水，仰头一饮而尽，杯子"哐"地拍在桌面，"真奇了怪了，什么时候举办篮球赛不好，偏偏在上高三的关口举办。每次都要像赶鸭子一样赶人，我真受够了。"

　　她重重地叹气："怎么会有人喜欢这种运动呢？"

　　这句话大概是情之所至，但总归不是句好话。脱口而出后，顾非就感觉到自己的语气太重，观点太偏激，想要改口，却看到曹苑面色迟疑，盯着她身后。

　　钟济正站在她身后。

　　他脸色不善，想来是听了最后一句话。顾非忙解释："我不是这个意思……"

"哦。"他转身就走。

顾非跺脚。她明白她做得太过分，无论是作为班长，还是作为朋友。她不想参加训练，钟济也许早有察觉，但没拆穿。事实上，每次像赶鸭子一样赶人的人是钟济；指导她们训练的是钟济，女队练习结束后，他还得赶去参加男队的练习。

第二天，钟济面对顾非：不打招呼，不交谈，不回微信，有她就没他。为了班级荣誉，为了他们的友情，顾非硬着头皮拦住正打算离开的钟济：

"来，跟我去逛操场！"

四周鸦雀无声。

在 S 中，除了情侣，没哪两个异性会挑晚修结束这个时间去逛操场。钟济被这突如其来的邀请吓了一跳，进退两难，犹豫着答应了。

红跑道上洒满了低声细语，两位朋友走在上面难免尴尬。顾非深吸一口气，说："对不起，钟济。真的对不起。"

男生挠挠头。确实，他非常生气。任何人在自己心爱的事业受到诋毁时都容易怒气冲天，更别说说这种话的人是他的朋友，她本该更能理解他的。

"其实我心里真不是那么想的！"顾非站定，"我不了解，也没帮上忙，真对不起。"

"顾非，你不知道篮球是什么，对吗？"

"……是吧。"

"最初开始打球，是我哥教我的，后来他又给我推荐了很多球队、比赛，我也有了自己的偶像。"钟济笑得开朗，"每一次进球，我就想象自己成了他，然后更拼命地去打。"

"偶像效应？"

"也可以这么理解。"

之后他们没有言语，无声地走了一段。

"顾非，"他问，"你觉得，我能去当职业篮球运动员吗？"

"嗯？像你这种情况去当职业篮球运动员的例子多吗？"

"几乎没有。"他苦笑，"我跟我爸提过这个问题，他觉得我不务正业，说我以后一定会后悔。"

她踱步，长发遮住了面容，昏暗的灯光沿着发根流下。风吹过，吹动她的身影。

"有时候我在想，我们是否活得过于少年老成。"顾非歪头，"独生子女被寄予厚望，每一步都不能有任何差池，要稳稳当当地走向那个最为社会所承认的未来。特别是名校里的优等生，扫清了种种障碍，面前只有一条通往名牌大学的路，其他的路有危险，全都被遮盖起来了。"

她脸色一变。

"但是初生牛犊就是要不怕虎啊！否则怎么叫初生牛犊？这是最好的时候，有家庭做后盾，有老师给予指导，有朋友，有热情，这可能是我们人生里，绝无仅有的为了理想奋力一搏的时候了！"

她的眼睛很亮，这是他以前从未见过的光芒四射。

"不过吧钟济……"顾非又说，"作为朋友，我还是建议你多在学习上用心。你刚刚也说了，成为职业运动员的概率很小，但也许你以后能从事相关的行业，比如体育产业什么的……"她停下，好像为自己前后矛盾的说辞无奈。

钟济咧嘴："行行行，我会认真考虑你的意见。"

正说着，操场上端的大灯"啪"地亮起，强光刺眼，亮如白昼。前方有人叫："道德灯！"

道德灯，老师们捕获情侣的大杀器。它总在猝不及防间打开，让老师们观察到一个个逃窜的身影。

"快跑！"钟济大喊着飞奔，想想不太对，又跑回来拉顾非。顾非哭笑不得："别管我，快跑！"

一溜烟跑回宿舍，已经到了要关门的时间。宿管老师一看钟济，挂上副了然于心的表情："同学，谈恋爱也要看时间啦！"被钟济傻笑着糊弄过去。

刚碰上门把手，唐政阳从里屋蹿出来，嬉皮笑脸："体委，和班长的约会怎么样啊？"

"什么乱七八糟的！"钟济庆幸此时的宿舍一片黑暗。走到阳台，张洛调侃："今晚过得挺滋润吧？"钟济捶了他一拳，说："我们是出去聊正经事的。"

"聊正经事聊到这么晚吗？"

"不听你瞎贫。权庆呢？"

"还没回来，不知道去哪了。"

女生宿舍这边也是一通调笑。顾非为了自己今晚的一番话，心怦怦跳。她鼓励钟济"初生牛犊不怕虎"，却不知道这样是否负责。毕竟，她说的是理想主义，做的却是现实主义。她想写完网络上的连载文，想读书柜里积了灰的课外书，但最后还是认命似的拿着课本和辅导书，一遍又一遍地读，希冀把所有知识都塞进自己的脑子里。她只有一条路，她没有勇气去走其他的路，它们看起来太危险。

两位主帅的关系一搞好，接下来的事情顺利多了。不间断的练习过后，迎来了比赛。虽是文科班，但集聚了一群会打球的男生，一路过五关斩六将，也连续赢得了几场比赛。托钟济的福，女队在年级里虽算不上最出色，还是能勉强击败对手，最后，得以进入决赛。

"不要是二班不要是二班……"顾非在座位上喃喃自语。

"速报，二班赢了！"钟济冲进门，大喊一声。

女队队员的脸马上黑了半截。若说十九班女队的支柱是刘凌漪和曹苑，刘凌漪以技术为优势，曹苑以身高和爆发性力量为优势，那么二班女队则根本无支柱之说：她们以队伍整体的配合和压倒一切的气势为优势。大部分女队队员在参加篮球训练前，对于篮球这一运动毫无概念，以往的比赛，女子篮球部分最后往往演变成打架现场，无规则，无战术，唯一目标即把球投入对方篮筐。然而作为高二级最出色的女子篮球队，二班女队懂规则，有战术，这使得她们在过去的比赛中无往不胜。

过了几天，传来消息。"程珏受伤了。"刘凌漪低声说，"周末骑车摔伤了腿。"女队众人不自觉地噤声，客观上说，这是个好消息；道义上说，她们不应该为别人的受伤而感到高兴。所以大家都装作若无其事，默默消化喜悦。

"真的，太好了！"曹苑把这个消息告诉钟济，他喜形于色，"这样你们就少了一个强劲对手，程珏是校队出身，不容易对付的！"

"话是这么说……"曹苑纠结地看着他，"你也不该这么高兴啊。"

"怕什么，她们又听不见。"钟济毫不在意，"不过这样的话，就要提高女队的目标了。跟顾非说，我们班女队和二班女队的差距要控制在两球以内，当然，能一个不输是最好的。"

无论如何，程珏的受伤像一针强心剂，鼓舞士气。"明天就比赛了，"入睡前，刘凌漪躺在床上，小声自言自语，"真舍不得啊。"顾非折衣服的动作顿了顿，没说话。

周四下午第一节课，窗外阴沉一片，紧接着下起大雨。篮球队员提心吊胆地上着课，害怕学生会体育部什么时候会打开广播，发布决赛延迟的通知。一鼓作气，再而衰，三而竭，打仗是这个理，打球亦是这个理。到第二节课，雨终于停下，换了探出头的火辣太阳。放学后，篮球场的地面被晒干，空气中还留着清新的雨味。"天公作美，希望一切顺利。"顾非换上球衣，猛一拍手，"十九班，走啦！"

哨声响，比赛开始。对决按男队—女队—男队的顺序进行。不同于以往，观战的不仅有二班和十九班，还有许多别班的同学。弦绷得更紧，每一次跑动、进球都换得了愈来愈激烈的回应。在和平而又热血沸腾的青春年代，球场即战场。凌厉的眼神摩擦出火花，夸张的动作宣泄着力量，计分面板更新迅速，像一面敲打着剧烈节奏的战鼓。"哔——"第一场比赛终止，十九班领先两分，不算大的差距。钟济脱下汗湿的球衣，一下跪在地上，嘶喊："十九班！"

这声嘶吼炒热了气氛，转瞬间，篮球场上全是为十九班加油的喊声了，二班的啦啦队即使喊到声嘶力竭，也抵不过人民群众的力量。二班女队素以气势取胜，但面对着排山倒海一般压倒性的呐喊助威，还是被狠狠地给了下个马威，显出些许慌乱。曹苑趁机抢到了球，带着就往对方篮筐跑。她平时跑得不快，但胜在场子小，腿长，一跨就是好几米，迅速进了球。"嘿！"休息的男队队员激动起来。看来曹苑今天的状态不是一般的好，小拿个几分，稍稍拉开差距，是完全有希望的。

十九班女队出招不讲套路，狠狠压制住二班女队，转眼的工夫又得了两分，刚改完作业前来观战的袁老师，嘴都快咧到耳朵后面去了。好景不长，等二班女队缓过劲来，形势逆转。二班王牌李琦是出了名的沉着冷静，她带动二班女队拿出之前那股傲视群雄的气势，辅以精准有效的战术，很快将分数追平。

赛况开始胶着了。球在场中间蹦来蹦去，一会儿在一个人手里，一会儿又到了另一个人怀里，却总不见它接触篮筐。长期端坐在课室里的女孩们也进入疲怠期，一个个气喘吁吁，只有二班几个篮球老将面不改色。趁刘凌漪晃神之际，二班队员把球一扔——球进了！这下轮到曹苑几人面如土色。

进了球的二班女队势如破竹，五分钟内又进了一球。这下，二班总分赶超十九班。顾非怒从心来，一个箭步直奔球而去。脚还没站稳，旁边的女生势不可挡地撞过来。"咔"，顾非听到脚踝处传来一声脆响，然后是剧烈的疼痛。她扑倒在地。

"欸！裁判，她犯规！"十九班的啦啦队哇啦哇啦地叫起来，群情激愤。顾非坐在地上，右脚使劲，无奈双腿都软绵绵的，试了几次只好作罢。还是曹苑最先反应过来，上来扶她。但曹苑的力气耗得差不多了，结果自己重心不稳，差点坐下。

一个背影闪身而过。顾非还没答应一声，就被人腾空抱起，往医务室的方向去了。"哦哦哦！"绯闻逸事总是为人津津乐道。上回顾非约钟济晚上出去谈心，关于他俩谈恋爱的消息已经传得有鼻子有眼了；这回钟济在众目睽睽之下抱起顾非，这说明什么？原来赛场上那股极浓的火药味刹那间烟消云散，取而代之的是众人的窃窃私语。有同学偷瞄袁平，毕竟老师还在这呢。袁平倒是淡定，只是高深莫测地笑，又故作无奈地摇头。

裁判员的一声哨响，宣布第二场比赛结束。丢了八分，队伍从领先到落后，曹苑呜咽着哭了出来。众人一时间束手无策。同为支柱的刘凌漪心情也差，但她气得更多："哭哭哭，有什么好哭的！"拿起书包走了。

班里的气氛压抑，连啦啦队的呐喊声都消减下去。陆安定眼见气氛不对，快手快脚地从教师办公室拿来一些体育节用剩下的加油道具，才使热度回升。

若说前两场比赛是大开大合的战斗，那么最后一场便更接近小心谨慎的角逐：不允许出错，尽力不让对方进一个球。

投，防，投，防……场边一会安静，一会喧闹，记分牌不断翻动。

离比赛结束还剩下五分钟，十九班落后四分。曹苑颓然地坐在条凳上，自责不已。顾非不顾医生的劝阻，执意要回来陪她。看见二班得分，"哎呀"，她抿着嘴掩饰自己的失望。扭头一看，曹苑哭过。顾非坐下安慰："有亚军也不错……"

"啊！"场边突然爆发出一阵热烈的欢呼。"哪边？哪边得分了？"顾非随便拽了一个同学。"是我们班，唐政阳刚刚进了个球。"同学通红着脸，"还有两分钟比赛结束，我们班还差两分。"

"天呐！"曹苑跳起来，"政阳政阳，真是好样的。老天保佑……"

最后一分钟，都知道到了最紧张的时刻，双方的动作猛地激烈起来。钟济好不容易抢到了球，马上成为目标，被二班队员层层包围，进退维谷。

三十秒！

不管了！钟济一甩头，猛一转身，将球扔给后方蓄势待发的张洛。

二十秒！

三分球，投进即生，投不进……张洛微微眯眼。

也就是一瞬间的事，快得来不及看清球在空中究竟划出了怎样美妙的曲线。早在反应过来之前，它就决定了胜负。

"十！九！八！七！六！五！四！三！二！一！！！"

一片欢呼："我们赢了！赢了！"

虽然知道这样很傻，但顾非登时就红了眼眶。不能哭！伙伴们都看着她呢，十九班的班长，女队的队长。男孩子们要过来抬她，举起她，曹苑走过来，笑着喝退这群无法无天的小伙子，然后转过头，眼睛同样通红。曹苑揉乱她的长发，让长发遮住她的面庞，好使她在层峦叠嶂中放心地宣泄。

"咔嚓"，一张照片。有眼睛红红的她，有笑得豪爽的他；有红着脸偷偷看他的她，有毫无察觉地左手一个队友右手一个兄弟的他；有将脸挤在一起摆出甜蜜笑容的她们，有做着奇怪姿势并肩而立的他们。夕阳西下，不是古诗词鉴赏中的悲伤意象，而是最雄伟、瑰丽的青春景象。太阳将他的色彩洒满漫漫天幕，却不阻碍月亮在天幕上缓缓渗入她的黑暗底色。天，还没将自己划分为不容争辩的白与黑，还处于这中间时段。有人偏爱万物齐诵、朝气蓬勃的白天，有人偏爱独自低语、静谧沉默的黑夜，但没有人不爱这光明与黑暗杂糅，没有明显的分界线，只有一种柔和模糊的夕阳西下。

赢了比赛，曹苑如释重负，回宿舍的路上嘻哈不停。顾非伤了腿，曹苑独自一人上楼取东西。刚进门，刘凌漪擦着头发从里面出来。

"怎么样？"

"赢了。"

"哦。"

两人之间还梗着不大不小的矛盾，刘凌漪就用这么敷衍的态度给应付过去，曹苑心里不是滋味。凌漪的性子是这样，与其说她冷漠，不如说她不善于与人沟通：既然说出来的话惹得别人不开心，那么索性不说。

曹苑闷闷地下楼。扶着顾非到班门口，看见篮球队员们围成一个圈讨论。"怎么了？"

"顾非，二班的人刚刚过来，说我们伤了他们的队员，要求我们赔偿医药费。"安定一脸无奈。

钟济脸色铁青，身边几位好友都不敢出声。安定悄声告诉顾非，钟济差点和二班过来谈判的男生打起来。林衢，二班男队的主力队员。场上对手，场下见面分外眼红。林衢过来谈判，端的是满不服气的姿态，言语尖厉。最让钟济气不打一处来的是，他们居然还敢提队员受伤这回事！要不是张洛拦着他，他立马撸起袖子上阵了。且不提顾非崴伤了脚，队员们几场比赛下来，胳膊大腿上多少有些伤痕，钟济自己腿部的旧伤复发，还等着去看医生呢！你林衢又没摔得鼻青脸肿，还好意思跟老子谈受伤的事？他愤愤不平。

"总之……刚刚袁平出来调停了一下，算是没事了。不过吧……"陆安定偷眼瞧钟济，"二班那个长得很高的男生，看上去很生气。钟济同他吵了两句，他说不过，就让我们班'明年体育节走着瞧！'"

梁子算是结下了，还好他们有足够的时间来解决这个意外，毕竟体育节是五个月后的事。眼下，还是捡起落下不少的功课，努力复习迎接下个月的期末考。

这样想着，她认命地翻开桌上的辅导书。

# 第四章

"贱人！"

"贱人！"

"贱人！"

她闭着眼睛，努力地从黏重浑浊的意识里挣脱出来。这是梦，也是曾经的现实。对方每一句脏污的话语，每一个轻蔑的眼神，都刻在她的脑内。五分钟的辱骂，她花了两年来承受。

无非是和好友喜欢的男生走得太近，招致了误会。男生认为事不关己，便从未澄清过。一来二去，谣言越散越广，最后演变成一场不可挽救的闹剧。

痛苦若发生在别人身上，便横竖只是个故事。人的共情能力远没有想象中的那么强。多少次，翻着网络上充斥着悲欢离合的帖子，唏嘘不已，甚至潸然泪下，却能转眼将这些大喜大悲抛在脑后，一头扎回平静的日常生活。

然而当痛苦真正降临，切切实实地给你当头一棒时，你唯一的感受是：茫然。正如当初，品学兼优的女孩沦为抢夺好友心上人的"贱人"，也就是几天之内的事。巨大的落差砸得人头晕，茫然不知所措。再后来它成为一个客观现实，依附着你，每分每秒提醒着你：哦，好吧，它发生了。最后在某一个瞬间，这个痛苦猝不及防地刺向你，狠狠地，把你的回忆连同血肉带出——是的，也许是夸张了点。但它会让你很痛，我要告诉你的是，真的很痛。

　　灾难发生后的几秒，她还没感受到事情的严重性。然而接下来的指责、辱骂，像接连不断的余震，让她一次次地陷入痛苦的回潮，以至于后来她都毕业了，来到一个全新的环境了，仍不能摆脱梦魇。

　　她把一切的不能遗忘归咎于青春期。你知道，青春期的孩子总比处于别的人生阶段的人们要更敏感些。不能遗忘，不停回忆，不断巩固。他人的指责演变成自我怀疑，自我否定。

　　夜深了，舍友们都沉在雾气重重的睡眠中，不会醒来。她轻手轻脚地起床，来到浴室旁的镜子前。一支口红，女孩们的幻想。以前她有清秀的容貌、乖巧的微笑，有不言自明的好看。现在她用化妆品勾勒嘴唇，擦上一抹亮色，却只瞧见镜中怪异的脸庞、怪异的表情。那份怪异与颓败是化妆品所无法遮掩的：唇膏能打亮她的嘴唇，却无法打亮她的眼。

　　她堕落了，身边的人都这么说。父母责怪她不用心学习，只沉迷于网络世界；老师说她的成绩节节败退，问她是不是谈起了恋爱，是不是真如传闻中所述，和那个好友的心上人在一起了？后来，他们不再问，似乎对这样一个不思进取的女孩失去了信心。父母倾尽所有关系将她塞进S中，她一进S中就垫底，再习惯性地一路垫底下去。现在，她是理所当然的最后一名。

她不知该怎么与别人交朋友了，唯一的朋友是宿舍的另外三人。在外，她秉承说多错多的信念，索性不说话；在内，她的情感又饱胀得快要满溢。过度的倾泻让朋友们颇有怨言，好吧，那么就让她独自沉寂下去。她给自己设立了更多的围墙。

与吴权庆的交往来得猝不及防。老实说，他们虽然座位离得近，但并没有什么话说。两人一个上课发呆，下课睡觉，一个上课睡觉，下课发呆，实在没有交集的时间。

吴权庆生就一副好皮相，白净的面皮上点缀一双桃花眼，被芳心暗许的小学妹形容为——勾魂摄魄。初听这番论调，宿舍里四位小姐的笑声简直要把房顶掀起。曹苑给出客观评价，吴权庆确实是富贵的少爷样子，但说他"勾魂摄魄"，实在是令人笑掉大牙。也是，只见过几面就喜欢上他的小学妹，完全能在他俊美面容的基础上，再搭建一个完美人格；但作为他的同班同学，当见多了他睡眼迷蒙、口水滴答的样子，便完全能拿他的俊美不当回事了。顾非最看不起不愿努力的人，谈及他时难免刻薄。她不知哪根筋搭错，大声嚷嚷："别双重标准好吗？钟济不是也没努力学习吗？"

顾非诧异，说："这个世界上不是只有学习一条路通向成功。钟济热爱篮球，花费大量时间来提高技能、制定目标，我很佩服他。吴权庆现在只是在浑浑噩噩地过日子，我不明白他这样生活有什么意义。"

这话刺痛了她，一时间，她分不清顾非斥责的是她还是吴权庆。其他两人敏感地察觉到这一点，曹苑巧妙地岔开话题，但她不愿再参加接下来的卧谈。

有时她觉得自己是孤独的，比如现在。顾曹陆三人虽与她熟络，但终究不是那些个能走进她内心的人。她是七五二六宿舍里唯一一个落单的人。那天，吴权庆向她表白。"你不是在开玩笑吧？你在玩真心话大冒险？"她的第一句话竟如此荒谬。

他的表情一瞬间有些愕然，转而无奈："我不会拿这种事情开玩笑。"

虽然她之前对他毫无感觉，但在月光的映照下，他的脸看上去温柔又深情，无异于童话里的白马王子。况且，她是那么渴望一束倾慕的目光、一个能承载她无尽痛苦的臂膀。"好啊。"她几乎没有犹豫。

所以，月圆之日那天，她有了男朋友。他们在操场上有一搭无一搭地聊一些无趣的话，久久不愿散场，直到道德灯"啪"地照亮他们的脸，眼中映出对方的惊慌失措，才低声道别。

被窝阻隔了其他三人的谈话声。这是最安全的地方。没人窥探你的表情，偷听你的话语，没人能指责你、辱骂你……只要将被子紧紧地围起来。

过了许久，宿舍恢复了平静。她们都睡了，她却醒了。休息过的大脑比任何时候都要清醒，她仔细回想顾非所说的话。

"……吴权庆现在只是在浑浑噩噩地过日子，我不明白他这样生活有什么意义。"

懒惰，无能，没有目标也没有上进心。所以当时他表白的时候，她才会那么快答应。他们是同样的人啊。漆黑的夜里她这样醒悟。这份认知让她温柔。一个与她一样无能的男孩，心理投射下他的影子纤弱矮小，正是个需要保护的对象。她会保护他的，这将使她强大。

虽然是秘密恋爱，但情侣间该做的事，他们一样没少。清晨，在人影稀少的饭堂里对坐着吃早餐；傍晚，在阴暗的角落里互诉衷肠。没有朋友，他就是朋友；没有倾诉者，他就是倾诉者……这众多的角色里唯一有缺陷的是恋人的角色，但没关系，如果他想要这份温情，就给他好了，毕竟她收获了那么多，而他只要那么少。

总有一天，我会喜欢你的。

# 第五章

"顾非、曹苑、唐政阳、张洛，出来一下。"

四人陆续走出教室，语文老师递给他们几份资料："N大今年暑假会举办语文夏令营，夏令营考核成绩和N大的自主招生挂钩。你们几个语文不错，要不要考虑一下？"

四人面面相觑，都在观察其他人的神色。

"没事，不着急做决定。你们回家问一下父母的意见，下周把情况汇总给曹苑，曹苑再来向我汇报。"

四人是一水儿的语文尖子生，被叫出去，肯定有什么好事。钟济凑上来，笑嘻嘻："洛洛，什么好事？"

"洛洛！"顾非笑出声，"怎么给他取这名儿，太损了。"曹苑本来也想笑，眼瞅着张洛脸都黑了，觉得应该给他留个面子，笑声硬生生地咽回胃里。

"夏令营，怎么，你有兴趣吗……欸，张洛？"顾非问。张洛本来站在她身后，被钟济的玩笑一逗，直接上手了。两个人扭打成一团。

"看吧。"顾非无奈，"男生总是像小朋友一样。"曹苑却盯着一片混乱的男孩子们出了神。"回神。"顾非一拍曹苑的背，见她眼神仍然愣愣的，笑道，"你也变成小朋友了？"

　　"什么意思？"

　　"爱情使人愚钝。"

　　这段时间被开玩笑的次数过多，曹苑听到指向性这么明显的调侃，只是微微红了脸，没做其他的表示。顾非看墙上的时钟，还有五分钟上课，索性把好友拉到走廊拐角的僻静处。

　　"上次问你的那个问题，考虑得怎么样了？"

　　"什么问题？"

　　"篮球赛前，我问你，这份感情，要断还是要留？"

　　曹苑将呆愣的状态进行到底，面无表情，只有不停在裤面上摩挲的手透露出思考的痕迹。顾非不急，心知这事急不来。两人只是站在风口，默默地让风撩动头发。

　　上课铃响了，曹苑还说不出个所以然来。顾非摸摸她的背："别想了，先上课。"一切以学习为重，曹苑明白，再大的事也得排在学习后面。然而，她没法把情感当成一个物件，一股脑地塞进学习后方的空位。情感这事，说大不大，说小不小。像蚕丝，薄且轻，柔弱无形，难为人所察觉；也有时候，一团柔软随风飘开，框住天一般大的空间。

袁老师在黑板上书写数学题，下面一片杂乱的"唰唰"声，身边的同学或快或慢地抄写题目。曹苑脑子糊涂，望着黑板，像看一幅抽象派的美术作品——每一种色彩都是似曾相识的，凑在一起却变幻出无数种难解的意向。"五分钟，做完我们讲题。"袁平慢条斯理地在班里踱步，时不时停下，看看哪个得意门生的答题，指点两句。曹苑如坐针毡，在草稿纸上画来又画去，做出一副苦思冥想的样子。

　　"你最开始的思路是对的，但你后面怎么做到这里来了呢？"袁平路过她身边时果然停下了，再仔细看看她的作答，说，"你平时多向张洛学习一下，看一下他怎么答题，好吧？顾非的思路跳跃性太强，你不一定能够理解……顾非，把你的本子给我看一下。"

　　两人的眼神一递——老师，你怎么哪壶不开提哪壶？

　　中午放学，顾非察看微信："政阳问我们打不打算去 N 大的夏令营。你觉得呢？"

　　这是个好机会。按她现在的成绩，绝无可能高攀得上 N 大这样的学校。如果能获得自主招生的机会，她的高考就有保障。更何况，自己不是一心想读中文系吗？

　　只是——

　　N 大所在的 T 市离家好远。去了那里，大概只有寒暑假时才能回家吧？顾非、政阳、安定……和张洛，他们的第一志愿都是同省的 A 大。从往年的录取率来说，平行班里大概能有五到六人够得到 A 大的录取分数线。

"你又发呆?"顾非眯眼,"不是真的生病了吧?"说着手就探过来。

"没没没。"曹苑别过头,"想入神了。今天太累。夏令营的事我再想想。你怎么说?"

"说实话,我比较想出去散散心。"

"……你真的有作为准高三生的觉悟吗?"

"正是因为要上高三了,所以才想'偷欢一晌'。"

"您真行。"

政阳往楼下跑去,见张洛攥着几本辅导书,一看就知道要去找老师。"洛洛,这么勤奋啊!跟我去吃饭吧!"

"去你的!"张洛无言地看着眼前兀自乐呵的朋友,"我找老师。"

"这个点,你要是没提前预约,肯定找不到人!"

"是吗?……但我来不及约老师。"

"废话那么多,你动作快点,下去看看。"

不出政阳所料,老师早走了。"哦……那我上去放书。"张洛迟疑一下,转身要走。

"欸欸欸,你今天怎么这么不活泼啊?"政阳一把拉住他,"蔫啦?反应慢吞吞的。"

张洛一只手遮住眼睛,长叹。

"啧,真有事啊?"政阳深知张洛从来只在女生面前故作深沉,在好友面前表现得如此失落可是不多见,由不得他不担心。

一抹脸，张洛的眼睛瞪得老大："唬你的。"

两人又笑又骂地走进饭堂一层，正赶上人山人海的盛况：打饭窗口的队伍排到座位区，等着充饭卡的队伍则直接排出了门口。一上午的课过后，饥肠辘辘的学生们在午饭时间各有去处：饭堂里，手拿铁餐盘呼朋唤友的多是稚气未脱的高一生。高二生用饭盒打了菜，再将饭盒装进不透明的袋子里，以逃过宿管老师的法眼，暗度陈仓回宿舍用餐。高三，有下课了一路狂奔而来，吃完了再一路狂奔回教室学习的；也有忍饥挨饿先学习片刻，等过了高峰时段，再慢条斯理地走来饭堂的；正赶上饭点的，见了这情形，二话不说奔三层吃小炒。也有滑头的，吃腻了饭堂供应的各式菜点，又闻着外面的饭香，早在课间就预订了外卖。学校对外卖管得严，每天中午派一两位老师把守门关，然而饭菜当头，总能想出各式解决的办法：这里拿不到，就去那里拿；这个时间拿不到，就换个时间拿。游击战打了一回又一回。同学们笑言校园"校境线"太长而老师太少，根本发挥不了作用。老师们也只能怀揣一番苦心，苦笑不已了。

政阳料想今天中午是别想吃到一层的饭菜了："三楼吃去！"

两人坐定，都沉默不语，各自风卷残云扫荡完饭菜。待汤足饭饱后，政阳提起一茬："哦，夏令营的事？"

"嗯？"

"去不去？"

"顾非去吗？"

"哗，上来就提顾非。"政阳笑，一不小心说漏嘴，"不怕曹苑知道啊？"

"嗯？"

"……没什么。"

张洛心中异样，说实话，女生那边每天闹出那么大动静，他不可能不有所察觉。但他不愿往深处想。

短暂的沉默后，政阳又问："你怎么想啊？到底去不去？"

这一问又触碰到他的心事。N大夏令营的自主招生名额面向语文成绩优秀的学生，仅在文学院管用。自己的兴趣不在中文，按理说不必参加，但，也许越是成绩优异的人就越害怕失败，总想给自己设置一张安全网。他也把这次机会看作一张安全网：分数高，他仍有自主选择的机会；分数不够，他不至于掉下万丈深渊。

刚才他提到顾非，实际上是下意识的行为。高二一年以来，第一名的位子基本上没离过他俩的手。他对她到底有种对手间惺惺相惜的感情。

"去吧，我应该会去。"

"太好了，那我也去。"政阳眉开眼笑。

"有没有搞错？"张洛嫌弃，"我去你也去，有没有主见啊你？"

"我去玩的。如果不去夏令营，我这个假期就全泡在补习班里了！"政阳笑道，"说到玩，我和顾非已经把路线谋划好了，到时候你就跟着我俩走吧！"

"……顾非也打算去玩吗？"张洛心里头不是滋味。

"是啊。你吃完没？吃完就回教室了。"

"走吧。"

"好了，张洛说他去 N 大的夏令营，现在你怎么想？"手机放到一旁，顾非盘起腿，问对面床的曹苑。

"嗯。"曹苑严肃地回答，"我说不去你信吗？"

"不信！"顾非飞扑过去掐曹苑的腰，把她掐得直求饶。笑闹过后，顾非长出一口气："好了好了。这次就跟我和政阳好好地玩，然后制造一段和心上人的美好回忆，好吧？"

"好好好。"曹苑眼睛弯弯，笑意掩都掩不住。

时间瀑布一般地从此端滑向彼端，然后顷刻间，"哐！"一声巨响。N 大夏令营就是他们四人平静的暑假生活中的那声巨响。

顾非急急地将网络连载文章的最新一章传上贴吧，潇洒地甩下"停更一年"的牌子；政阳细致地将桌上的历史资料分门别类整理好，锁进珍爱的手提箱，叹着气去赴补习老师的约；张洛做好暑假计划，有条不紊地向他的目标迈进；曹苑摊着书发呆，发完呆学习，学习完再继续发呆，畅游在她罗曼蒂克的幻想中。

期待是潮水。岸上，清晨涨潮，深夜退潮：醒来之后，一想到离出发日又近了一点，潮水满满地涨起，愉悦地冲刷着岸；睡去之前，长时间学习带来的倦意一阵阵地压来，这时想起夏令营的事情，便如同想起一件再稀松平常不过的事情。潮水慢慢地退下，露出柔软的沙面，湿乎乎地将疲惫却满足的情感与人一同包裹起来，深深地沉入睡眠。

出发的前一天晚上，曹苑拖着顾非，从晚上十点聊到凌晨两点，通信工具由微信到电话，拖得顾非哈欠连天，搞不懂好友怎么会有这么多废话好说："苑苑，我告诉你，我们明天早上六点就得起床赶飞机，现在是两点，我们只有四个小时可以睡觉了。"

"哈！那干脆就不要睡觉了嘛！"曹苑兴致颇高，听着像还有长段的高谈阔论没有发表。顾非叫苦不迭："我不能让你明天带着黑眼圈去见张洛。"

连句"再见"也没有，曹苑乖乖地挂掉了电话。顾非侧身掩掩被子，进入梦乡。


闹钟响了，张洛迷迷糊糊地从被窝里挣出来，摸索着放在床头柜上的眼镜。洗漱完，走进厨房，母亲已经忙开。他坐在饭桌前，打开手机查看新消息。过了一会儿，他终于忍不住说："妈，别忙了。我吃点儿就走。"

"哦哦，没事儿。你先把鸡蛋吃了。"

做儿子的在早餐问题上从来没有发言权，张洛认命地敲起鸡蛋。一顿早餐完毕，比他预计出发的时间要晚了一点儿。他再次检查背包，发现自己忘了拿记事本，跑回房间拿时，正碰上刚起床的父亲。

"到点儿没？你怎么还往房间跑？"

"哦，我拿点儿东西。"他翻找东西，心有戚戚地答。父亲对独生儿子特别严格。记忆中，稍有不对便是吹胡子瞪眼。长大后，许是应对的方式增多了，纵然心里还是凉风阵阵，面上已不会再现出明显的慌张。

出乎意料地，父亲没再说什么。大概是出远门前的异常宽容吧，张洛暗自揣度，悄悄松下一口气。

"儿子，要不让你爸送你去吧？"临出门前，母亲还在门口担心地问。

"妈！我都快成年了，我有能力自己去机场！"少年最不满自己被母亲当作没有完全行动能力的孩子看待，头也不回地喊。

走到楼下，他又感到愧疚。毕竟，母亲是在担心自己，自己的回答未免生硬。望着楼上的窗户，他顿了顿，又掏出手机来看看时间，一咬牙，还是出了小区门。

天已然大亮，马路上的车却不多。空气还算清新，他大口大口地呼吸，像要把内里那股沉郁的情绪当作废气排出去一般。出租车一招即停，师傅下车来帮他搬行李。倒是他，偏要印证方才那句"我都快成年了"似的，执拗地要自己将行李箱抬上后备厢。

"去哪儿？"

"机场。"

顾非从床上爬起来，看见闹钟上的时间，当真是两眼一黑。这个点，就算不吃早餐，也铁定会迟到。不知为何，顾非笃定曹苑不会迟到，于是她直接打给唐政阳："你出发了吗？"

"抱歉，我要迟到了。"那边唐政阳的声音听上去有点儿烦恼，"我妈的车坏了，我现在打算坐地铁过去。你跟他们解释一下吧。"

"……我起晚了，我也要迟到了。"

默契的沉默。几秒钟后，顾非率先笑出声："好了好了，我打电话给曹苑，让她自己把握情况。"

这边曹苑果然不出顾非所料，早早起床准备了。整装待发准备上车时，顾非来电。

顾非如此这般地解释了一通，曹苑屏气问："所以等会儿只有我和张洛两个人吗？"

"是。"

"你们俩这是什么居心？"

"不敢不敢，我俩真的是突发状况……你先稳住他。"

"我现在连自己都稳不住，你让我稳住他？！"

情况摆在面前，曹苑不得不面对。她手指轻颤地拨通张洛的电话。

"喂，你好。"

"张洛，我是曹苑。那个……就是……顾非和政阳他们有事，可能得晚点再过来。你现在在哪儿？"

"我还没到，你到了？"

"没……我也没有……呃……就是提前打个电话告知你。"

"行。那我等会儿到机场了再联络你好吗？"

"……行。"

到了机场，曹苑就开始懊恼：懊恼毛躁的头发，懊恼丝袜上的一个小洞，懊恼衣服与鞋子的糟糕配色。总之，懊恼一切的不完美，哪怕他根本不会注意，根本不会发现。

正胡思乱想着，远处走来个穿便服的熟悉身影——自然是张洛。他的脸和身材很熟悉，衣着却很陌生，生生地把他和平时的那个他隔离出来。曹苑当然想象过心上人穿便服的模样，只是她心中，他就算身着便服也必然是一丝不苟的。现在他随随便便地套件衣服，见了她也只是随随便便地抬了抬手示意，叫她有种隐秘的失望。

两人站着，隔开一段距离。曹苑平日里健谈，这时只矜持得一言不发；张洛恰恰又不是个擅长主动交谈的人。相对无言，唯有低头玩手机，各自催促着另外两人。

待两人以救火速度抵达现场时，这一男一女已经站成了望穿秋水的模样，看到顾非政阳皆是眼前一亮。顾非无暇顾及两人间的气氛如何，只问："你们领了登机牌没？"

自然没有。

心慌意乱之曹苑，漫不经心之张洛。顾非认命："跟我走！"

急急忙忙地办理好登机手续，四人在候机室落座。政阳掏出手机，招呼几人将脑袋聚拢在一块儿，分享他在网上找到的资料。花费这么多时间去参加夏令营，当然不能打无准备之仗。政阳嘴上说着去玩，做事还是认真踏实。N大的夏令营已经举办了好几年，有人在网上分享考试经验，泄露些流程和试题。作为全国知名的学府，N大夏令营试题的难度自是不低——然而即便只是"不低"，也超出了几人现有的知识水平。

为难的神色浮现面上。他们随口聊天，聊着聊着，各自卸下了顾虑，开始大胆地发表自己的见解。谈的是深层次的话题，又身着便服，其他旅客把他们错认成了大学生。一位婆婆领着孙子路过，小男孩看上去对这边的欢声笑语很有兴味似的，停下来瞅着四人"呵呵"直乐。婆婆搂着孙子的肩膀，边哄他离开，边喃喃自语地念叨："乖孙，长大后要学哥哥姐姐们，好好学习，上个好大学……"

四人一笑，没人去揭穿这份误解。高中生对"大学生"这个称谓总有种超乎寻常的向往，特别是高三生，逢言必出"等我上大学后……"除去校服，准高三生们也提前体会一回大学生的滋味：志同道合的朋友，理想化的高谈阔论，攥着机票的旅行……自由，欢笑与爱。

不知是有意无意，四人的座位竟然是两两分开的——曹苑张洛，顾非唐政阳。曹苑心里别别扭扭的。谁不想和喜欢的人独处呢？然而刚刚那一出整得他们两人……不，或许只有她自己，觉得很尴尬。

张洛一直冷漠地摆弄手机，许是在为考试做准备，连政阳搭话也是随意地应两声。"张洛，我们俩的位置在一块。"曹苑找了个机会插话。"知道，随意吧。"他头也不抬地说。

她哑口无言，心知"随意"是他的口头禅，如此回答也无可厚非。只是心底泛开一点点酸楚，勾起一点点涟漪，就逼出那句赌气似的话："我想我还是和顾非坐吧。"

张洛终于抬眼，似乎摸不着头脑："行啊，你和政阳说吧。"

"跟我换座位？"唐政阳看着眼前这张苦哈哈的脸，一乐，"你还会害羞呢？"

说出口的话覆水难收，做到这一步是自己绊了自己一脚。曹苑推推政阳："别贫，你点头就行。"

上了飞机，俩男生一离开视野，两人就叽里呱啦地开始聊天。"欸，你刚才怎么表现得那么害羞啊？这多好的机会！"顾非点点曹苑的额头。

"不知道……我说什么都怕错，又怕表现得太积极。"

"傻瓜，是你喜欢他，又不是他喜欢你，积极点怎么了？"

"……男生不是不喜欢积极的女生吗？"

"看情况吧。"

"你之前让我想清楚要不要继续喜欢他，现在又跟政阳神助攻我俩，这是你的态度？"

"不是，我俩这次纯属意外。关键在你。"

有一搭没一搭地聊了几句，曹苑表示自己要睡觉了。顾非便走到前排去找唐政阳借耳机。刚走到位置，她笑起来。

张洛明显是累了，不知不觉睡着了。这家伙睡相不佳，东倒西歪的，一半身子在自己座位上，一半身子在政阳座位上。政阳看上去手足无措，整个人都是僵硬的。"拍醒他嘛。"顾非掩嘴偷笑。

"算了，他看起来挺累的，爱睡就睡吧。"

"真是恩爱啊，你们俩。"

"……我知道你是腐女，但在我面前麻烦收敛点。"政阳严肃地说，半分玩笑都容不下的样子。顾非正了色，这副面貌可难见，想来是真积蓄了点怒气。平时自己没少开他俩玩笑，张洛是不露喜怒的微笑，而政阳每次都作势要打她。她当时以为是玩笑对玩笑，并不在意，现在想来，自己是不是无意中惹了他好多次了？

顾非和唐政阳没有隔夜仇，下了飞机又好得像穿一条裤子。倒显得旁边的两人越发冷落，一个听歌，一个望天，各做各的事。

　　到了酒店后，原本提出要玩的两人却是没了动静。四个人端坐在沙发上，拿起各式各样的复习资料阅读。自主招生考试不比高考，试卷中的题有中规中矩的，也有天马行空的。中规中矩的好说，不过是平时测验练习的题再翻过一个版子；天马行空的就拿不准了，题既可能深，也可能泛。大学教授脑子里的弯弯绕，凭高中生的功力，怎么可能完全参透呢？

　　无头苍蝇样地复习了半天，四人明显疲了。若说复习的是已经圈定范围的知识，纵然苦纵然累，爬着爬着总能看见边界和结束的日子；但复习未圈定范围的知识，就如同经历着宇宙暴胀，踏出一步，踏出无数步，见到的都是无边无际。真正是"知道越多越知道自己的无知"。

　　话虽如此，但没人提出要休息。也是，看着别人这么努力，自己要是在这里停下脚步，不是太丢脸了吗？作为班里语文学科的佼佼者，他们都有非同寻常的好胜心——场下朋友场上对手。最好的情况当然是大家携手共进，但……如果必定会面临淘汰，自己不该成为那个被落下的人。

　　晚上十点，曹苑终于忍不住："嘿，我们下楼去买点夜宵吧。"

第二天是各种活动：游览校园，结识朋友。朋友来自五湖四海，面容是各地塑造的不同，语言是各地和着的乡音。四人在广州时，并不十分"广州人做派"，然而到了外面，发现地域竟是一道先于外貌与内在的分辨符时，也不自觉地拣起些显示地域特征的行为：说粤语，讲早茶，谈论南方报系……平日里，行走在同一城市里的两个陌生人，是不会和对方打招呼的；而在异地，如果发现了来自相同地区的同学，经常是高兴得又叫又跳，没几分钟便谈天说地了。这也不得不说是道奇景。

每个人都藏着好奇心与偏见，交流成了件特别有意思的事情。

"嗯，我从呼和浩特来的。"

"那你平时经常能骑马吧？"

"……不太能。"


"南方人？那你们那边冬天不愁哈，是不是特别暖和？"

"你过来呆两天试试……"


"你们俩长得真高啊，是东北的吧？"

"不是，我们都是广东人。"

"广东人？！广东人都长这么高啦？"

身高一米七的曹苑和身高一米八的张洛不知该做何表情，只好面无表情。政阳则全然不顾朋友的窘境，在张洛背后笑得打跌。说的同学明显觉察出不妥，连忙抱歉地笑笑，躲到另一边去了。

曹苑抬头，看站在身边的张洛。两人不约而同地笑。"其实这挺有趣的。"张洛挠挠头，"我本来只是想来考试的，但能够认识来自全国各地的人，算是意外之喜吧。"

"是啊。"

"嘿，你早上怎么这么冷漠？"他问。

冷漠，姑且算是个带着情绪的评判词。你也很在意吗？她深深地眨眨眼，把眼睛里藏不住的急迫与窃喜欲盖弥彰起来。

顾非侧过身，看到的就是某两位相谈甚欢的景象。"聊得还真是开心……"顾非笑，"政阳啊……政阳？"他像在发呆，目光牢牢地锁定着远处的两人。顾非在他眼前探探："怎么了？"

"啊……没事。"


考试如他们所料，有相当一部分题目是让人抓耳挠腮的超纲题，也有一部分题，例如"请写出二十四节气及天干地支"，是基础但容易令人忽略的。一味地好高骛远，去复习些偏知识、怪知识的四人，面对试卷也只能是连蒙带猜，冷汗连连了。

下午的面试分为四人一组，一组内再各自抽签决定自己的试题。顾非、曹苑、政阳三人经过社团的磨炼，表现得还算从容淡定，政阳的条理最清晰，顾非的内容最详细，曹苑的仪态最得体。而考场上向来是一路过关斩将的张洛，面试场上却犯了难。倒不是说他的答题颠三倒四，让人摸不着头脑；而是这答案平淡无奇，被他平时过人的成绩一衬，就显得像是发挥失常。

曹苑坐在座位上听张洛答题，他背对着她，所以她尽可放心地将眉头越皱越深。张洛平时读的书不少，许是紧张的缘故，现在的他颇有点捉襟见肘的窘迫模样。从内容上看，他答到的基本上是课堂上老师提及的最普通不过的点；从表述上看，他的表达并不够流利，断句不是按意群断，而是在词语的中间断裂。毫不留情地说，像一个初中男生磕磕巴巴地背诵一篇他并不熟悉的课文。

战况不佳的张洛明显心情也不佳，其他三人纵然狂喜于考试终于结束，也不好张牙舞爪地表现出来。四人默默地走在校园的林荫道上，往饭堂去。

正午的阳光亮而白，刺眼、张狂，令人难以招架；黄昏的阳光却是浓稠的金黄色，蜜糖般浇洒在行人身上。曹苑不晓得是这份甜蜜的景象让她心情飞扬，抑或是前面那个垂头丧气的身影，给予她不能言说的喜悦。说实话，张洛没表现好，她挺高兴的。诚然，他表现得好，获得了自主招生名额，她依然会为他高兴，只是这份高兴是那么地表面化，那么地出于"同学之谊"。内心里，追不上他的恐惧和自卑会凝结，在某一个特殊的时间点袭击她。而现在，好歹他们站在同一条起跑线上，拥有对望和互相攀谈的机会。

这边厢小女儿曹苑满腹心眼，那边厢大小伙子张洛却没那么多心思去考虑别的事。丢脸，确实有，但并不占大头。他心知自己能答得更好，只是未尽全力，答题前又被扰了心神。

他自认是个目标明确的人，初中接触过一些金融方面的书后，便对这一行充满兴趣，确定为自己的志向。高一时本来立志要进理科重点班，阴差阳错却来到了文科普通班。无妨，金子在哪儿都能发光。身处文科普通班的张洛毫无悬念地名列前茅，即使名次有波动，也从未跌出过前三。因着这个，老师们都对他青眼有加，亲戚们听说他的志向是在金融业工作，纷纷表示赞赏，毕竟金融业算是热门行业，"以后找工作是不愁的"。他表面上微笑点头，内心还是有不屑与不忿：从理想的高度下降到养家糊口的低位，少年的自负心不允许如此荒谬的对比出现。

父亲对此事一向持赞成态度。他很高兴在这件事上，父子俩能够保持一致。从小到大，父亲总是用严厉的目光制止他，又用敦促的目光去要求他。这目光是权威，神圣不可动摇，他别无他法，只好一次次地遵从。初中时，他第一次出现逆反心理，不再等父亲来告诉他应该做什么，而是自己去决定自己应该做什么，特别是，自己长大后，应该做什么。

他想从事金融业。这份决心，他小心翼翼地传达给父亲。"很好，你这份理想很不错。"父亲在第一时间下了论断，这让他欣喜、感动。那以后，对于父亲的要求，虽然时有阳奉阴违的现象出现，但在父亲面前，他还是担当着一个沉着、听话的儿子的形象。

直到暑假前，老师给他一个参加夏令营的机会。他出于"保底"这个功利性较强的目的，选择了参与。他没太看重这件事，回家也只是在饭桌上草草提了两句。然而父亲勃然大怒。

"你搞什么！快要上高三的人了，还不明白自己的目标吗？这种没用的活动参加它干吗？"父亲沉着脸，筷子打在桌上，"你就努力学习，然后去 A 大学金融就好了！"

他要开口辩解，忽然浑身一冷。中年男人一脸的不容置疑，这么多年，他从来没变过。

如果，如果一切只是，我的理想，恰好与爸爸的期望相一致呢？

"我要去。"他轻轻地放下筷子。那一脸的坚定，恰恰遗传自父亲。

儿子少见又冷静的反抗，使做母亲的担忧不已："欸，张洛，把饭吃完再回房间啊……"

他关上房门。

"老张，你也真是的。孩子要上高三，压力本来就大，你还要故意刺激他。再说了，咱儿子要求去夏令营，又不是啥坏事……"

"哼，我看他就是翅膀硬了。别管他，肚子饿了自然会出来。"

后来他来到了这里，为了一个不喜欢的专业，为了一个纯粹功利的目的。他一方面逆反父亲，一方面又在逆反自己。所以，当老师开始问问题时，他所有准备好的答案，都流逝得干干净净。

有什么意思呢？去争一个也许根本就无关紧要的名额。有什么意思呢？去学一个自己没有半点兴趣的专业，一想到这种可能性，张洛感觉眼前的天空都灰了，对高考的斗志也烟消云散。

真没意思。

最后，他自己放弃了。

政阳越走越慢，落到了队伍后头。他的目光落在前方，再脱不出去。少年心事谁人知？他默诵这几个字，又不由得笑话自己这酸得掉牙的腔调。这份感情从一开始就是失控的，每每看着那个人，海浪翻涌，火山喷发，他要穷尽全身的力量去压制，去吐出"正常"的话语，挤出"若无其事"的笑容。

"唉……男人要有更大的抱负，怎么可以被小情小爱扰乱心神。"他正正心神，开始思考自己的"抱负"。想了没一会儿便垂头丧气。不同于张洛，他的志向从一开始就遭到反对。"考古？你是不是小说看多了？"母亲没听两句就板起脸，质问，"我跟你说啊唐政阳，志愿这事儿你要慎重考虑，别给我整出些乱七八糟的回答来。"

"妈，我是认真的。"他无奈。

"这事儿没这么容易下结论。"母亲说着，心思一动，"再说，你现在的首要任务是好好学习，志愿，我们可以等高考后再决定。"傻儿子，一时半会说服不了你，一年还说服不了你吗？

政阳眼睛一眯，他妈最喜欢整这套，延缓战略。

桌下暗潮涌动，桌上似是达成了和解的母子俩各行其是，互相渗透。奈何势均力敌，对方皆油盐不进。出发前的车上谈话，母亲又开始以长辈的身份镇压他。往常他面对这种架势，一般还能从容面对，今天闷得慌，爆发出来。母子俩闹了个不欢而散。

矛盾摆在台面上，要再想不动声色地渗透就难了。现阶段，政阳也只能像他妈说的那样，"先把你的学习搞好"。分数是硬基础，没有分数，一切都是白说。


四人中最无忧无虑的当属顾非。她做完作业，考完自主招生，想必一身轻松。顾非领头走得飞快。一段路后回头，三位伙伴都落在后面。"走快点啊！"她用力挥手，"我们去玩儿！"

三人迷迷糊糊地跟着顾非上了车，开始一段目的地不明的旅程。T市是座海滨城市，城市外围着海，积起沙滩。落日将尽，余晖遍地。海上的夕阳景色是最美的，天上光耀一片，水中浮起晕染。景色让他们将烦恼抛开，奔跑着冲向沙滩，冲向天际。

有什么比得上自然的磅礴绚丽。张洛想起他曾有两次感受到世界的广阔。一次是初接触科幻文学时，看见科幻作家构造出的庞大时空；一次是去云南大理旅游，行车经过苍山时，望见绿脉遮挡着阳光，金色在山的边缘涂出一条柔和的线。他作为"张洛"生存了许久，唯独在这两个不起眼的时刻萌发出作为"人类"的好奇心：好奇动物有几种生活方式，好奇人有多少种性格；好奇身边的细微变化，好奇另一块陆地上的滔天巨变；好奇细胞能蜷缩得多小，好奇世界能舒展得多大。

如同此刻，他看着身前的夕阳，嘴大张着，像从没见过它。迸发的好奇心让他跃跃欲试，让他热泪盈眶。这是种原始的感动。多年来他追逐着那一个个永远不会终结的目标，像一头奔跑的驴子，企图啃食用线吊在他头上的胡萝卜，而忽略了飞逝而过的风景。

他成长得多么快，跑，跑，跑。过去，现在，未来，他跑着去迎接考试，跑着去抢夺工作，跑着去承担房贷，跑着去亲吻伴侣。他当然抱怨过，有一次作文课上出的高考作文题是："中国作家丰子恺说，孩子的眼光是直线的，不会转弯的。英国作家说，为什么人的年龄在延长，少男少女的心灵却在提前硬化？美国作家说，世界正在失去伟大的孩提王国，一旦失去这个王国，那就是真正的沉沦。"而张洛列出提纲，这样写道：

总论点：中国少年的心少有青春的、柔软的。

分论点一：童年，孩子们被要求"乖点"，最好是坐正站直，行为成熟，装扮成"小大人"的模样。

分论点二：少年，毫无疑问地淹没在考试的海洋中。

分论点三：青年到中年，沉重的生活压力早已让人无暇回顾青春。

过去他总是把自己放在一个悲惨的境地里，即使生活中他应有尽有。如同一个近乎圆满的圆，那阻止它成为"完全圆满"的一点破损常常会变得不可原谅。现在他开始重新思考，自己对于生活是否过于苛刻。至少，他对于生活仍保留许多柔软，否则他怎么会让一次普通的夕阳带出真实的自己呢？他并不像自己感受的那么悲惨，只是出于一种要吸引别人注意的想法，"为赋新词强说愁"，固执地让自己的情绪偏离了正常线。

他又想起父亲那严肃的、不容置疑的面孔。有时，当他十分丢脸地掉眼泪，露出软弱的一面时，上过战场的父亲总是摇摇头："你是没见过真正的痛苦。"他想父亲或许也有软弱的一面，而这一面只暴露在比他痛苦千万倍的生离死别上。当一个人经历过最极端的痛苦，你很难再拿其他的痛苦去打动他。张洛一直觉得"不够善解人意"是父亲的一个缺陷，也是他们关系中的一个疙瘩。但这一刻，做儿子的选择迈出他的漫漫长征第一步，企图去理解父亲的种种。他在贴近夕阳的同时贴近了父亲。

曹苑回过头去时，张洛脸上就是这样柔软的微笑，带着稚童的天真、少年的好奇和青年的释然。她曾在密友细碎的话语中爱慕过他，但从未像此刻一般怦然心动。一位少女窥见了一位少年的蜕变，他们的急速成长过程中，绚烂变幻的时光隧道里，她投来惊鸿一瞥。

他像个男孩，他像个男人。

她悄悄地挪过去，让影子悄悄倚靠着他的。尔后害怕被发现似的，微微倾斜了坐姿，刻意地在两块黑色间留出一道细长的亮隙。她的影子随呼吸轻轻颤动，亮隙也随之忽隐忽现。她缓过神来看落日，才发现落日并非她那篇优秀作文里描写的那样，"咸鸭蛋黄渗出浓油，整片天空都飘浮着令人陶醉的咸香气"。落日的红同样是浓重的，但不应被食物的俗气所浸染。非要说的话，那是种很沉很沉的红，沉得拉动天幕坠往无边无际的色彩之中去。天从赭红深红到玫瑰红橘红粉红层层地展现着她的深度。

人们常用母性来形容包容一切的事物，所以天是"她"。那么，落日的红便是雄性的红了。沉重，不可渗透，侵袭着他的四周。他烙印在她身上，极强，极有力，极美，动人心魄。曹苑惯用"壮美"来形容试卷上作家描绘出的一幅幅景象。但那些景象总像隔着匹白纱布，模模糊糊描出个影，让人似懂非懂，只能含糊其词地胡诌些好话上去。而现在那匹白纱布抽离了，她惊讶痴迷地睁大眼睛看他们，看她们，看这个世界如文章多彩，看这篇文章不如世界丰富。隐隐地她感觉到，这些或许才是她这次旅途中的最大收获。一位真实的少年，一个真实的世界。她要极尽所能去描绘这些人和物，用笔把这些都记录下来。这是她学习语文的意义，也是她选择中文系的意义。

顾非枕着书包，睡在沙滩上。她侧躺着读书，听海浪发出的自然的喧嚣。它能让她平静下来，从那份对于高三的急切与恐惧中脱离出来——没错，在朋友面前她习惯性地表现轻松的一面，但这并不代表她无忧无虑。当别人面对考试感到恐惧时，她发现自己对考试更多的是种躁动。最开始她以为那是期待的变种，像猎手面对唾手可得的猎物，嘴里会不自觉地分泌口水。后来她发现这种躁动更近似于慌乱，明明什么都准备好了，仍然害怕功亏一篑。所以每每这种感觉浮现时，她都要竭尽全力地让自己平静下来，想象自己是一颗浮尘——在宇宙中，本是如此。浮尘的些许波动，对宇宙毫无影响。既然宇宙不变，想必浮尘也不会有什么大事发生。这种奇怪的逻辑给她安慰，至少，让她的情绪波动不再那么剧烈。

顾非旁边坐着个边听歌边哼唱的唐政阳。两人靠得近，看上去像对自得其乐的小情侣，人们都识趣地绕开走。于是这个漫长的黄昏，两人得以安静地度过。顾非好半天才发现旁边没声儿了，她抬头，见唐政阳以一种极复杂的神情望着远方。

"怎么了？"

"嗯……有点事吧。"

今天的政阳和平时的政阳不太一样，更别提他还毫无顾忌地在她面前表现出来。顾非一骨碌坐起身，问："什么事？"

"感情上的事。"

顾非顺着他的视线望过去。她猛一拍政阳的肩膀，震惊地问："你你你……不会……"

"不是不是不是。"政阳被她吓着，连连摆手。

"哦……"顾非怀疑，目光上下扫荡，政阳根本不敢同她对视，"真的？"

"嗯。"唐政阳索性一躺，枕着她的书包，"必要的时候，我会告诉你的。"

就让落日和疑惑都留在今天吧。今天结束后，我们就是高三生了。青春最五味杂陈的旅程，终于要开始了。

# 第六章

暑假还剩半个月，高三开学已有俩星期。上课的内容顺延上个学期，似乎与每个学期的开头并无不同。但清晨走廊上拥挤的人群，中午放学课室里寥寥无几的空座位，晚修开始黑板上密密麻麻的作业，终究是不同的。

"这个月的最后三天，我们放假……"讲完卷子，袁平照例说说学校的一些通知。任何与"放假"挂钩的通知都会收到爆发性的欢呼，教室里瞬间热闹起来，没人再去听袁平下面的话。

袁老师警示性地敲敲桌子，底下略略收敛。"嗯，然后从九月的第一个星期开始，周一到周六上课，周日放假。"

"啊……"

"不要啊!"

"我听说隔壁 H 中周末双休欸……"

这下敲桌子的声音变重了，说话的同学立马噤声，乖乖闭嘴看讲台。

"刚刚有同学说，隔壁中学周末双休，那大家知不知道，大部分中学每周都只放半天假呢？"袁平扫视一圈，目光所及之处马上收获了一片垂下的头颅，"新学期开学以来，有的同学学习很认真，成绩也上升得很快；有的同学呢，一直都不在状态，成绩自然有波动。更有甚者，自己不学，还要去影响别人，自习课的时候吵吵闹闹。你们到底想干吗?!"

袁平突然发怒，没人敢接话，只在讲台下偷偷交换眼神。怎么回事儿？

顾非低垂着头，作为班长，她自然知道自习课讲话的是哪几个人。以吴权庆为中心的几个富家子，高考完出国，回国后接管家族企业，毫无后顾之忧，也完全不把高考当回事儿。青春对于他们而言，就是拿来挥霍的，哥们三三两两，啤酒一扎，再来几个女朋友，那叫个多姿多彩。这么一群人坐在顾非后面，够她受的。昨天晚修，后面又吵嚷起来，纪律委员喊了好几声"安静"都没把他们的声儿盖住。顾非忍无可忍地转过头，正打算训斥几声，忽然看见吴权庆桌上放着她最爱的漫画——

"欸，你也喜欢看这个啊？"话到嘴边就成了这样。

"对啊对啊？你也喜欢吗？"对方马上来了兴趣。于是两人聊起各自喜欢的角色，不禁多说了几句话。

顾非正兴致勃勃地说着，吴权庆突然脸色一变，低头抓笔，在空无一物的草稿纸上涂涂画画。不妙！顾非也跟着脸色一变，余光一扫，周围一群认真学习的身影。这时候千万不能着急，顾非慢条斯理地拿起吴权庆桌上唯一一本课本，"唰唰"地翻了几页，又装模作样地回身在本子上记了几条公式。最后，漫不经心地抬头——级长！缓缓低头，背后渗出层薄薄的冷汗。

脚步声渐远，顾非急忙将课本丢回后桌。好险，差点被发现。但……万一级长早就进来了，只是一直没出声呢？那她和吴权庆兴高采烈的对话不是被尽收眼底了吗？级长告诉老袁，老袁再找她说道说道她不怎么好看的摸底考成绩……

下课后，袁平站在门口朝顾非招手。顾非眼瞅着他面色不豫，心里七上八下。低眉顺眼地走到办公室，袁老师坐下，鹰一般地看过来。

"顾非，最近功课还好吧？"

"呃，还可以。"

"嗯……你的摸底考试是怎么回事，没发挥好？"

"对，暑假光准备自主招生考试了，其他课业没兼顾得太好。"

袁平从档案袋里抽出几张试卷，一一在桌面上铺开。

"给你看看最近几次考试的试卷。你这两次周测的数学成绩都还不错，但是这道三角函数，这么简单的题，你出了个计算错误，就丢了七分。

"上周二的语文测验，语文老师跟我说，你的作文跑题了。但是我记得，在上个学期，你的作文可都基本保持在五十分以上吧？

"还有文综考试，第三十六题的第二小问，你的答题卡为什么是空白的？我不是政治老师啊，但是，即使你的原理没有背好，一些隐藏在题目里的知识点你是可以写上去的吧？考场上答题卡空白可是大忌，顾非，这一点你不可能不明白吧？"

"顾非，你最近是什么情况？"

看到桌前的女孩连眼眶都红了，袁老师也不忍太苛责，把音调放下来，说："顾非，我不是要批评你，但是你最近的状态确实不太对劲。我知道，一直以来你学习都很努力，成绩也很不错。现在呢，可能你正处于一个低潮期，所以学习方面有点困难。这是很正常的，上一届的陈旭，你们都知道的，市高考状元，他也经历过低潮。不过呢，他当时很快就走出来了。下周我们有个'经验进班'计划，到时候陈旭也会过来，你可以跟他讨教讨教……好了好了，别难过，回去好好调整，你一定没问题的。"

"……谢谢老师。"顾非高昂着头，努力把眼睛撑大，眉毛绷紧。

"嗯。对了，上去帮我把刘凌漪叫下来。"

"好。"

她匆匆回礼，匆匆转身，脚步匆匆。一口牙紧紧地撕扯，否则翻滚在喉间的呜咽就要冲出。她从不认可"眼泪是懦弱的象征"这类观点，但此时她却站在了自己的对立面。她厌恶，厌恶自己将过于激烈的情绪展现在别人面前，无论正面，还是反面。楼梯很长，这正合她意。反正楼梯上到处都是行色匆匆的人，做着各自重要的事，谁会在意一个同样行色匆匆的人，做她重要的事呢？反正——

"欸，顾非……顾非？顾非！"

她走得很快，真的是行色匆匆，连背后焦急的呼喊都没听见，连停下的那串吊儿郎当的脚步都没看见。

"钟济，你干吗呢？不占场啦？"同行的男生不耐烦地从转角处探出头来。

"哦，走吧。"

教室里空荡荡的，除了几个趴在桌上睡得正香的男生。顾非大跨步地走回自己的座位，动作很急，一不留神就把曹苑的书扫到了地上。她长长地呼出一口气，弯下身子去捡。身体弯曲的时候脊椎很疼，针刺一般地又酸又麻，她想或许是因为昨晚在宿舍里用功到太晚了。椅子间的缝隙被鼓胀的书箱挤得满满当当，她花了好一会儿工夫才把曹苑的课本捡起来。不巧的是，课本里夹满了试卷，当她用两根手指拈起课本时，试卷又"唰"地从课本中滑了出来。

人倒霉喝凉水都塞牙。顾非的手停顿了一下，面无表情地直起身来，三两下挤出座位，一屁股坐在地上开始收拾曹苑的卷子。

九十九分。一百零六分。一百一十分。一百一十七分。一百二十六分。一百……三十二分。

懒于收拾的曹苑大概是把高二以来所有大考的卷子一股脑地叠在了课本里，越往下的时间越晚，越往下的成绩越高。

她们俩是一起长大的。自认识以来，顾非就是那个光彩照人的角色。而曹苑从当初羞答答畏缩在好友后面的童花头女孩，成长到现在大大咧咧八面玲珑的青春少女，其间走过多长的路，顾非是看在眼里的。不知不觉中，她总把自己放在长姐的位置，护着小妹曹苑。从另一个角度来说，也许她总把曹苑看低、看弱了。当有一天小妹终于长成，变得比姐姐还有力量时，她又恍然才觉她们是朋友。青出于蓝而胜于蓝，今天，她不能再像往常一样，为曹苑感到高兴了。

她一张张地捡，一张张地看。一百三十二分的英语答卷，雪白的纸，工整的字，红色的批注——"Well done!"。她的手指轻轻抚摸那个飞舞的分数，许久，她站起来，回到自己的位子，任由它躺在地上。

她将背挺直，哪怕这个姿势让她的患处又隐隐作痛。指尖摩挲着笔，像爱抚一件心爱的武器，打磨它时，便会注入自己的无限期望。口中默背，手里速写，政治原理像条鲶鱼，又湿又滑，神经触手得专心致志才不让那一个字一个词溜出掌心。在理解之前，总有个痛苦不堪死记硬背的过程，吃进去，咽下去，无非是这些东西。费点儿心力，那十六分就牢牢地攥在手中了。

背书时眼神会漫无目的地飘，最终却总是落在一个固定的视点。看一会儿，大脑自动接上断裂的部分，继续背下去。然而背完最后一个句号松一口气时，却往往再也想不起第一句话，一条咬住自己尾巴的蛇，只能在原地周而复始地转。

下课铃还没打响，但越来越近的喧闹声和后桌噼里啪啦收拾书包的声音预示着这堂课即将结束。衬衫上沾满汗渍的女孩三三两两地走进来，其中一对高声谈笑的，直直地走过来——

"等会！"

"嗯？"

"帮我把曹苑的试卷捡起来。"她手忙脚乱地解释，"刚刚风好大，她的卷子就被吹掉了，我没看见……"

"哦。那我放她桌面上了？"

"好……谢谢。"

最后还是没忍心让卷子沾上脏脚印，倒是胡思乱想浪费了一节课。曹苑走进教室，与顾非擦身而过。

"欸，你不跟我们订外卖？"

"不，我去饭堂吃。"顾非跑得飞快。

曹苑挑挑眉，不作他想。

食毕，顾非快步走回教室。其实吃完饭后走那么快并不好，只是她内心感知，课室里一定有很多人在学习。这个时间段，学校里的大部分学生，不在饭堂，就在宿舍。校道上零零散散地走着的都是被拖堂的高一高二生，脸上还挂着自由自在的笑。她想起去年，她和曹苑在校道上，披着头发为了社团到处乱跑。周末的早晨，有几个高三生的身影，低着头隐在冬日的迷雾中。走近一看，都是把脸埋在围巾里，只露出眼睛盯着手中笔记本的学姐。那时曹苑打趣她们为了社团奔波劳碌，比高三生还要忙。两个人又笑又跳，窜来窜去，把雾都搅乱了。那时她无暇顾及听到这话的高三学姐脸上是怎样的表情，只是满心装着社团的大大小小和一点课业。那时生活还是个缤纷的多面体，并不像现在这样，只留了一维空间给学习。

那天的雾明明很浓，但心里通透，走来走去总能到达目的地。而今天是个艳阳天，大太阳将阴影挤到边边角角的地方去，饭堂到高三楼的路也是笔直的，为何她却觉得那么那么远呢？

推开教室门，沁人的凉气扑面而来，额头上满是汗珠的顾非不禁打了个寒战。语文科代表正往电脑里录入成绩，旁边一群看成绩的将试卷翻得到处都是。顾非的心凉了半截，袁平刚刚说的她作文跑题的事儿，她可都记着呢。她凑近语文科代表，低声问："这些都能发了吗？"

"等会，等我录完成绩再说——欸，顾非，你的卷子在这儿。"

旁边几人闻声凑过来："第一没跑了吧？我刚刚翻卷子的时候看班长客观题满分！"

"嗯……不过作文好像有点……顾非你是不是写跑了题？"

"是有点，这次审题没审好。"

"没事没事，作文跑题还有115，你是真学霸。"

顾非看看屏幕上跳跃出现的"39"，再看看作文卷上龙飞凤舞的"面批！"，沉默无言。

拿着作文卷走下讲台，后面又有人问："那这次第一是谁啊？"

"应该是唐政阳……你们别挤了！我把分统计好了才能看呐！"

拿着语文答卷出了门，一股热风直直地吹来，顾非又打了个冷战。运气好的话，语文老师应该还在办公室。作文的事儿早解决早好，绝不能浪费一分一秒。她在心中默念。

办公室的冷气开得更足。喊"报告"的当口，顾非才反应过来，自己该多穿个外套下楼。只是"报告"已经喊了，语文老师在向她招手，她便只能缩着身子过去。

"看到成绩啦？"老师将收拾好的包放回柜子里，看架势是要开始一场促膝长谈。

"看到了。老师，我是不是写跑题了？"

"你的作文卷我仔细看了一下，倒也不是跑不跑题的问题，主要是你这篇作文，写得太含糊，没把主题写清楚。"

"可是我觉得这篇文章写得比上个学期的那些好多了……您不觉得这篇文章更有深意些吗？"

"有，你这篇作文太有深意了。"老师脱下眼镜，手指用力揉捏鼻子上端的穴位，"有深意得让评卷老师都看不懂。

"其实你看，这句话，这句话，和这句话，我都感觉你的主题思想呼之欲出了，但是紧接着吧，你又写到别的地方去了。你说吧，这么写要怎么给你高分？"

"我写了呀，这些内容只要仔细看文章都能意会，您看……"

"顾非，"老师打断她的话，"你不能让评卷老师去意会，你要明明白白地，把你要表达的意思写出来。"

"但是……"

"顾非你想想看，高考评卷场上，每个老师一天要改多少份作文？一篇作文花多少时间改？一分钟！你的开头没有把观点讲清楚，结尾没有把观点讲清楚，中间写的一大段都是让人家猜的内容，别人会给你高分吗？高二的时候，为什么你的作文这么高分，你知道吗？"

"不知道。"

"一方面，那时候的作文评分标准还没有高三这么严，只要你的作文有闪光点，老师们都愿意给你高分；另一方面，那时你的观点还比较稚嫩，每个自然段要表现的内容都写得一清二楚，所以能得高分。

　　"现在呢，可能你的思想进步了，想要表现的内容更深了。但是我们的作文只要一千字，没那么多篇幅给你长篇大论。你如果还像这次这样写，就会让人感觉，你深又深不下去，浅也浅不起来。"

　　李老师看顾非许久不说话，猜她心里肯定有不同的声音。她点点头，接着说："如果是其他同学，我可能会让他们学习一下陆安定的作文，她的作文分数有很大提升，用的就是我刚刚说的那种套路。但是你们几个写作水平比较好的，就不需要再去学那种方式了。

　　"你和张洛，这次犯的是同样的毛病，只不过他的症状比你要轻一点，所以分数勉强还过得去。你呢，除作文以外的题都做得很好，所以也没有跌入谷底。但你们俩都需要向曹苑和唐政阳学习一下，他们俩的作文有思想深度，而且每一段中都有清晰的观点句。曹苑有个搜集素材和观点的本子，你可以……"

　　"老师，这样的文章写出来，一点美感都没有了。"

　　"你要明白，"李老师用笔尖在试卷上敲出两个红点，"你写的是作文，不是文章。"她叹了口气，"顾非，你选择了高考，就必须遵守规则。这是没办法的事情。"

顾非背着手站在办公桌前，一动不动。

"好了，你自己回去想想吧，我还没吃饭呢。"李老师将卷子递还给顾非，从柜子里拿出手提包。

顾非一步一步地踱上台阶，这条路她每天要走好几遍。翻开作文卷，每一个字在她眼里都是神采飞扬，一想到要按照"规则"把它们打压成工整颓唐的模样，无名怒火就噌噌地往上蹿。

她随心所欲地学习了很多年，居然横冲直撞出不错的成绩，所以她并不觉得学习是件多难的事。也不是没有被要求过改变，只是她倔强，非要另辟蹊径，闯一条适合自己的更有效的路，最后摆一张得意扬扬的脸给老师看。但这次不一样，她想努力保持一贯的面貌，却不能阻止心底泄露的丝丝疑惑和胆怯。庞然大物，不，庞然巨物一般的高考，被世俗渲染成他们人生中的第一次重大考验——至少对这些一路顺畅的孩子来说。最重大的考验，要的不是眼花缭乱的刀光剑影，而是冷静稳重的一刀毙命。他们要走这条独木桥，不需要走得多漂亮，只要走稳，到了对岸，人人都是胜利者。她没时间去尝试什么不同的方法，她不能拿自己冒险。

她是从什么时候开始改变的呢？从今天开始，从高三开始，抑或是从上个学期和钟济的那次操场谈话开始？那时她已经清楚认识到自己无法走不同的路。后来，这条路越来越窄，她从随意地走，到一脚一脚地去矫正自己的方向，稍有不慎，就会跌出边界。

"阿嚏！"晚自习开始时，顾非打了一个响亮的喷嚏。一天的冷热交替，不感冒也难。生病使她很难专心学习，平时她会选择休息，等病好了再说。然而特殊时期分秒必争，一秒的松懈都落后了千军万马。所以她强撑着，预习，复习，背书。背不完？好，那就带回宿舍去背。从下午到晚上，脑袋昏昏沉沉。意料之中。

钟济晃晃悠悠地走回宿舍，张洛穿个裤衩就出来了。"真行啊，窗帘不关，你打算给对面女生宿舍直播吗？"

近视眼张洛戴上眼镜，气不打一处来："唐政阳，你怎么不拉窗帘？！"

"我在阳台打电话啊……"唐政阳"唰"一声拉好了窗帘，半晌，又一撩，"欸我跟你说，今晚变天儿了，你可别跟顾非一样感冒啊。到处传染病毒不好。"

张洛还没吱声，钟济先咋呼起来："欸她……她感冒了啊？"

放下手机，唐政阳翻身上床："没看她今天晚自习结束的时候脸都白了吗？啧，钟济，这么关心人家呢？"

刚被开玩笑时，钟济还会纯情少年一般地脸红，现如今他已经能够大咧咧地呛回去："呵！你不看人女孩儿怎么知道她生病了？你们的座位可隔着大半个教室呢！"

"我的天，快别争风吃醋了。"张洛套上衣服，笑着说，"不过啊钟济，政阳和顾非是发小，平时互相照顾点也就算了，你又是人家的何许人也？"

钟济张了张嘴，"啪"，灯熄了。宿舍楼里照例响起了阵阵哀号。这也正好解了他的围，毕竟连他自己都闹不清楚他对顾非究竟是怎样的感情。趁着黑灯瞎火，他悄悄遛到阳台。后头政阳和张洛又聊了起来，隐隐约约传来只言片语："嗯……她……成绩出来了？""出来了，不太好吧……你怎么样？""一般吧……"

宿舍渐归平静时，钟济反而翻来覆去地睡不着了。他把手往头下一枕，望着天花板上的亮点发呆。"考得不好啊……"他又想起中午，顾非走得飞快挺得板正的背影。真像个女战士。顾非的常态是放松的，肢体语言是随意的，只有在紧张、受到威胁时，才把一切绷直，从脑子到躯干都武装起来，刀枪不入的封闭样子。这一点恐怕连她自己都没发现吧，篮球赛时她经常这样干呢。他笑了。

房间里传来不知谁的呼噜声，一起一伏。刚住校时钟济觉得大宿舍不好，特别是晚上，a床打呼，b床磨牙，要多热闹有多热闹。现在他却慢慢混习惯了，不洗的脏袜子堆在一块儿，一管牙膏全宿舍用，这大半夜的，要是没点响动，兴许他还睡不着。闭上眼，他沉入梦乡。


第二天大早，顾非头昏脑涨地站起身来，差点摔了个倒栽葱。熬了一日的顾非感觉很不好，脑袋不说背了个秤砣，身体的重心也不住地往后落。短短的一段路，曹苑倒扶了她半程。今日不同往日，大家心知肚明。虽然嘴上都叫她回去休息，但也没人真把她押着送回宿舍。顾非戴着大口罩，咳个不停，连手指都咳得微微颤抖，还是要把历史笔记一笔一画地抄好。身体奄奄一息，精神还要挣扎地撑起来，潜意识里觉得是自找苦吃，表面上还是竭尽全力地维持镇定，顾非真不知道自己这副姿态是做给谁看，她只觉得自己已经烧糊涂了，眩晕像过电似的，一阵一阵。

不清醒的人总爱做点傻事。等顾非反应过来时，她已经站在风萧萧的操场上哆嗦了。纵然在夏季，刚下过雨的天气还是清凉些的，更别提现在是夏天的尾巴。哆嗦是因为她病得不轻，身体站不住。一屁股歪倒在看台台阶上，她真想就这么长睡不起。"生前何必久睡，死后自会长眠。"有时她真觉得高考就像一场战斗了，少男少女们口无遮拦地说着各种"不吉利"的话，虽然是玩笑话，但说得久了，好像也带有几分真了，把高考当作一件非死即生的事儿了……她想得脑仁疼，牛角尖钻得无休无止。

"喂……喂喂！"谁把她扶起来，让她靠在个温暖的肩膀上。"曹苑啊，你……呃！"估摸着是曹苑，朦朦胧胧间抬起眼皮一瞄，惊了她好大一跳，"你怎么在这儿？"

钟济尴尬地摸摸鼻子："我……出来走走。你不也是出来走走的嘛！"

"哦。"顾非病得没力气说话，应了一声就低下头。如果是曹苑，可以让她把自己"抬回"宿舍，偏偏是个男生。要是政阳还好说点儿……钟济吧，说熟又不算太熟的，总不好开口。

钟济见她不说话，以为她生病心情不好，再加上成绩下降，指不定怎么难过呢，开口就说："欸，一时半会儿成绩差，也没什么关系呐。"顾非心里"咚"地一沉，是了，病糊涂了，连摸底考成绩这一茬都忘了。人碰到伤心事，忘不了时就寄希望于变幻莫测的大脑，期冀它灵光一闪把一切都忘掉，偷取些轻松的空隙；可是当人陷入那个空隙时，往往是不自知的，一旦脱离，将会比之前的时光更难受，最终落入期望回到上一秒的死循环中。顾非原本感受着身体的无力，现在又重新感受着精神上的无力，真觉得躯干中最后一点神采也被抽走了。

"……要我说吧，你这么强，稍微调整一下，肯定没什么问题的。其实啊……"旁边的钟济还在絮絮叨叨，顾非听着听着，忽然鼻子一酸。事实上，这些情绪靠她自己一人终究消化不来，终于有人意识到她的苦楚了。号啕大哭，今天之前顾非都不相信自己能干出如此丢脸的事儿来，但她当下就一把鼻涕一把泪了。

钟济和她相处了一年，没见过这副尊容。他没有安慰女孩子的技巧，只能束手无策地傻坐着。跑道上不时有卿卿我我的小情侣经过，纷纷投来奇怪的眼神：可怜的，是给顾非的；鄙夷的，是给他的。"别哭呀……你别哭。"钟济手足无措，唯有把声音放软。顾非的哭声立马停住，头深深地埋进膝盖，过了几秒，肩膀轻轻抖动，显见又哭了。

"别过来……别过来！"看不见任何东西，她快速地往另一边挪动，手臂在空中胡乱地挥舞，伸出的食指紧绷，略略指着钟济所在的方向。钟济没有动弹，只是静静地看着她。

"我就发泄一下，我发泄一下不行吗？"她又哭又喘，"我这么努力地学，别人都睡了，我还在学！我生病了，我头疼得不行，我在学！我在学啊！为什么他们考得这么好，我就不行呢？"她剧烈地抽泣，好像要用尽全身的力气来哭。好苦，学习真的好苦。最苦的不是原地踏步，而是在你原地踏步时，伙伴们从你身旁飞驰而过。

身边突然靠过来一阵热气，兴许要安慰她吧，顾非迷糊中蹦出这么个念头。然而在顾非反应过来之前，钟济——

"哈哈哈哈哈哈哈哈哈哈哈哈哈哈哈哈！！！"

他开始狂笑。

顾非懵了，她还沉浸在自己的悲伤情绪中不能自拔，现在这算怎么回事？钟济的笑声一如既往地发自内心，但这种发自内心在目前的情况下，太讽刺了。明白过来的顾非嘴一瘪又想哭，却发现自己无论如何哭不出来了。想想看，伤心时，有一个人坐在你身边爽朗地大笑，你的眼泪也要往回咽的。

"你干吗?！"顾非狠狠地捶了他一拳。这一拳可真没省力，打得钟济龇牙咧嘴。当然，他很快调整好自己的表情，得逞地笑道："你不是说我的笑声很具有感染力吗？"

"所以呢？"

"我在试图感染你啊。"

这理由真烂。顾非红着眼，"扑哧"一声笑出来。

钟济也看着她笑。两人面对面地傻笑了有一分钟，直到都感到不太自在，才各自红着脸转过头。

顾非心想，接下来他要说些鼓励我的话了。然而钟济并没按常理发牌，他就默默地坐着。顾非先忍不住了，问："你不打算说点什么来安慰我？"

"是哦，我得说点什么的。"钟济搔搔头，歪着脑袋想了会儿，他说，"但是，我觉得你不是个需要我安慰的人。"

"哦？"

"你会自己调整好，站起来，"钟济抬头看天空，夜色有股罕见的柔和，"你向来如此，顾非。"

"……是哦。"顾非低头数自己的手指，微风从指间穿过，凉凉的。

两人穿过操场走回宿舍。钟济的头自抬起就再没低过，他说："今晚月色很美。"

"嘿呀，这句话不能乱说。"

"为什么？"

"你没看微博上……"顾非忍不住扭头解释，对上对方无辜的眼神。好吧，他也许不经常上微博，也不看这么文艺的内容，不知道这个梗是情有可原的。"算了。"

"啊，什么算了？"

"就是算了。"

吵吵闹闹地回到宿舍，居然已经过了门禁时间。顾非快步走近宿舍，不敢直视宿管老师审视的眼神。"那位同学，你还不进来？！"身后男生宿舍传来宿管老师的喊声，顾非回头。

钟济站在男生宿舍前面，望着她。两人之间隔了条长长的过道。

"顾非顾非，你要明白，十二点过后，就到明天了！"他左右摆动着手臂，声音和动作都很浮夸，所以看上去滑稽。但她笑了，笑得发自内心。她用力点头。


顾非推开七五二六的门，灯熄了，曹苑躺在床上。

"怎么了，睡这么早？"顾非把门关上。

"不舒服，头有点疼。"曹苑手摸着额头，皱眉。

"嘶……不会被我传染了吧？"顾非探探她的脑门，"都说了离我远点，你还不听。"

"你今天早上那个样子，我不管你你能行吗？"曹苑一生气就显出久违的妹妹样子，听起来竟像在撒娇，"你才不让人省心呢！"

"好好好好，"顾非连声道歉，"对不起对不起，是我的错。"在曹苑的床沿坐了会儿，顾非拍拍她的被角："苑苑，借我你的素材本吧。"

　　"在教室抽屉里，明天你自己拿。"

　　"好，"黑暗中，顾非轻轻地叹气，"晚安。"

　　"晚安。"

# 第七章

"哎哟钟济，还在用功呢！"唐政阳走过过道，瞥了两眼座位上的人，一惊，"今儿篮球队的训练不去了？"

"高三了啊，得学了。"钟济搔搔脑袋，招手，"你过来给我看看这题……"

不远处，曹苑向顾非挤眉弄眼："看看，钟济也开始学了。"

"学就学呗，大惊小怪的……你什么表情啊？"顾非揉揉酸痛的脖子。

"说起来，钟济自从上次跟你在操场上聊了回天后，勤奋多了。"张洛放下笔，眉眼带笑。

"什么！"曹苑猛地坐直，半个身子探到顾非面前，"你什么时候又跟他来了次'操场谈话'，我怎么不知道？"

顾非不自在地摆手："上个星期的事了。你生病……我就没告诉你。"

曹苑缓缓站起，眼睛上下打量着好友："我们顾非，也和别人有小秘密了?"

顾非拿起水杯作势要砸，曹苑不紧不慢地伸手将水杯拽过来，噘嘴吹了吹前额的头发，几分淘气。张洛看着她笑了起来。顾非斜眼一瞥，眼神里一阵若有若无的意味深长。曹苑自觉心虚，提溜着两个人的水瓶出门打水去了。

提着水回来，曹苑隔着窗户，见钟济正以一种非常刻苦的姿势学习。她敲敲窗户，里面的人没听见似的，自顾自地抓耳挠腮。曹苑又用力敲了几下，钟济终于抬起头来，带着泛红的眼眶和疲惫的眼神，打开窗。

"哇，你怎么把自己搞得这么惨?"曹苑咋舌，"悠着点儿吧，身体受不了的。"

钟济整个人都失了精气神，头歪歪地倚着白墙，好半会才气若游丝地吐出几个字："补不完啊。"

"当然补不完啊，你前面落了这么多功课……"曹苑脱口而出，等到想刹车时为时已晚。看着钟济的脸一点一点地皱起来，她心里很是过意不去，忙信誓旦旦地说："来第四组找我们!呃……顾非说，她很愿意给你解答疑惑!对!她就是这么说的!"

钟济瞪着曹苑，明显不信。曹苑踮着脚回到座位，趴在顾非的耳旁窃窃私语了会儿。两个女孩悄悄抬起头来瞄他，发现他仍紧盯着她们，便假装四处看风景，唯上挑的嘴角和时不时迸出的丁点儿笑声出卖了她们。后方张洛摘下眼镜，双手摩挲着脸，也是一脸疲倦的样子。但看到前桌的欢腾景象，也被带动得有几分笑意。椅背托着他的整个身子，双臂撑开，他伸了个懒腰。

钟济回过头来，目光又落回编织着密密麻麻字符的试卷上。对岸"忙碌中一点闲暇"的风景与他并不相干，看多了只觉得口中酸涩。问归宿，从前篮球是他的归宿。奔跑时耳旁扫过的风，移动时的迅疾步子，投篮时瞄准的精确角度，最后的投篮……他醉心于此，也付出了很多。酷暑里汗如雨下，跌倒时疼痛撕扯，数不清的他都记得。归宿一开始并不总以归宿的面貌出现，它常伪装成爱好。你把精力一点一点地往里投，想着反正是喜欢，多做一点无碍。后来它累积到一定量，印得愈深，再抽身就难了。等到那一两件决定性的事出现，彻底套牢了你，你就会发现它已成为外围于心、内藏于躯的一层壳。别人通过它来判别你，内心靠着它又像依托。于是你再也离不开它了，它是爱好，更是归宿，你通体匍匐。

他傻乎乎地以为自己能这样过一辈子。一个球，一群人，一块站着能踏实的场地，一片躺下能望见的蓝天，他要的不多。直到上周末，他爸将成绩单狠狠地摔在他面前。

"你看看你考出来的分数！"他爸站在客厅，单手扶腰，脸气得变了形，"钟济，你有在学习吗?！啊?"

钟济扒拉着毛巾在脸上随便一糊弄，又搭回脖子，两脚磨蹭着把鞋脱出，眼睛漫不经心地扫了扫桌上的试卷："知道了，我会努力的。"

"你会努力?!"钟济他爸一声怒吼,就差没把桌子掀了,"你天天儿天天儿地打篮球,你还有时间学习?!"

他这时才觉事态严重,马上立正站直做洗耳恭听状。

"钟济,我问你。你现在考这个分,你打算毕业后去哪儿?一本?二本?专科?还是出来工作啊?"

"……我想打篮球。"

"哗!"他爸不怒反笑,"那您现在是有时间有能力进到地方的篮球队呢,还是直接爬到国家篮球队去呢?"

他也是个直脾气,头一梗,说:"我就想做点自己喜欢的。"

他爸摇摇头,叹了口气。许久,才无奈又疲惫地笑道:"钟济,我和你妈不能也不会养你一辈子的。

"你既然不能走专业的路子,那就只能好好学习。我不想等我和你妈老了,你没有工作,连租个球场买个篮球的钱都没有。无论是读自己喜欢的还是混张文凭,去读个大学吧。现在的社会,没那一纸证书,什么都不好办。"

他看上去有点愣了。他爸拿起架子上的钥匙,边穿鞋边说:"自己好好想想。你妈今晚不回来吃饭,我下去买点菜。"

钟济神情复杂地坐在沙发上。他构想中的自己的未来,不说走上人生巅峰,总归是生活舒适、阖家团圆,就像现在这样。今天他爸冷不丁地抛出一句"我和你妈不能也不会养你一辈子",让他打了个激灵。原来他从未仔细考虑过这个问题。他不会一辈子生活在父母打造的这个小家里，总有一天，他得出去打拼，打拼自己的未来与幸福，然后才有后面"生活舒适、阖家团圆"的事儿。这一认识来得及时且深刻，高三的开头，他要开始努力了。

于是有了夜夜挑灯的奇观，奇得宿舍其他三人大眼瞪小眼。头天晚上钟勇士夜战到半夜三点，打游戏归来的吴权庆绕着他的床转了三圈，确定这哥们不是睁着眼睛睡着了才走。第二天晚上张洛起夜，望着斜下床微弱的灯光默然。灯开得太久，电力消耗得差不多了，只是努力学习的勇士不会在意这点小小的细节。第三天晚上，当钟济的卷子发出细微的摩擦声时，上铺唐政阳终于忍无可忍地挪身坐起："钟济，睡觉吧！"

"哦。"

"哦什么呀。你在教室学在宿舍也学，学习时间这么长会降低效率的！睡吧睡吧……"

"嗯。"

"……就算是为了顾非吧，你这样也……"

"顾非？"勇士终于抬起头，眼睛直直地望着唐政阳探出的头，"关她什么事？"

"啊？合着你这几天努力学习不是为了顾非？"张洛也掀开蚊帐，"你上周四那么晚回来不就是跟她在操场聊天吗？我还以为你为了追女朋友这么拼呢……"

"哦，我就是想学习，没她的事。"钟济低头，卷子翻得唰唰响。

"大哥，你学习行啊，没人拦你。但是你看看这都多少天了，你每天这样，我们还睡不睡啊？"没觉睡的唐政阳火气也大，一张口就闻着火药味。

钟济没说话，三下两下把书本整理好，一股脑儿地塞进书包，左手夹着灯，右手提着包，开了阳台门，脚那么一踹——"啪！"上阳台学习去了。

"我靠，"唐政阳低声骂道，"臭脾气给谁看呢！"双腿使劲一蹬被子，翻身睡了。

天气已经有点秋天的影儿了。白天难察觉，晚上却是凉风嗖嗖地吹。钟济穿着单衣，觉得骨子里渗了寒意，他有心进去拿件衣服穿，却又顾虑唐政阳嘴里再说出些什么乱七八糟的来。平心而论，政阳说得没错，但他心里郁着一股气，总发不出来，只能闷着脸。这几天的篮球训练他都没去，教练大概猜到也默认了他想要好好学习的决心，毕竟是高三的人了。下午的时候就收到教练的一条短信，给了几个下一届好苗子的名字，明里让他看看哪个好，暗里大概也是要为新任篮球队队长的人选做准备了，上几届的队长也大概是这个时候退下来的。

昨天他路过球场，一群大呼小叫的小伙子拦住了他的路，是他的队员们。几个高一刚进来不懂事的，问他为什么不来训练了，高二的几个已经懂得约定俗成的规矩，帮他答话。聊了没几分钟，教练吹哨让继续训练。看着后辈在球场上奔跑跳跃，他的手也开始痒痒。只是刚踏出一步，他就想起了自己的立场。狂心一寸，蹉跎十分。收回脚步，他转身向饭堂走去。

风吹得愈加大了。放置台灯的瓷砖不平，灯光也就跟着风的节奏晃个不停。钟济的眼睛花了，视野里出现一丝一丝的白线。他的脑子也是花的，十分钟前切切实实印在脑子里的一点知识，十分钟后就让风刮倒的墨水糊得一干二净，形儿也不见。学了忘，忘了学，以前张洛老在宿舍里嚷嚷，自己还嘲笑他学傻了，记忆力下降。毕竟，练球时教的那点技巧，复习两三遍也就熟了，再后来，身体先于脑子记住动作，一切都水到渠成。

应付和全心投入总是不一样的，前者做了几分钟便头昏脑涨，后者玩儿一天也行，现在逼自己背书，无异于擎着黄连往嗓子眼摁。在大脑炸开的前一刻，他终于放弃。深夜，他将身体放在床上，把灵魂送进球场，对他而言，这才是一场安眠。


拖着沉重的躯体去上课，偏偏第一节就是班主任的数学课。谁也没勇气放弃沉重的一百五十分，纵然困得哈欠连天，还得撑着眼皮听下去。然而愿意听是态度问题，听不听得懂却是能力问题。老袁上一秒讲这个公式，下一秒就奔着像是八百里外的定理去了。许多符号的名字听上去似曾相识，但要真让他说出个所以然来，他却是哑口无言。

钟济不知该不该给自己一个苦笑。他摆出了姿态，也戒掉了爱好，只是这鸿沟一般的距离不是"一时半会儿"能够弥补的——"一时半会儿"，短则十天半个月，长则一年半载。目前看来，后者发生的概率要高点。

人在经历一段时间的极度紧绷后，免不了一场大病。钟济一边搅和自己的胡思乱想，一边理顺知识脉络，大脑往两处使劲，头痛欲裂。顾非给他拿了点上回剩下的感冒药，让他顺水服下；唐政阳扯着死赖在座位上的他，非给拽回宿舍休息去；晚自习结束后，张洛告诉躺在床上的他，卷子已经全部收在抽屉里了，叫他病好了回去做……虽然脑子混混沌沌，但钟济还是感叹，人间有真情，人间有真爱，有朋友真好啊！

大病初愈又赶上数学半月测，他料想自己的成绩不会好到哪儿去，也就放宽心，把会写的写了，不会写的蒙一个算是填了。考试结束后他也没马上去对答案，先把试卷上有疑虑的题目圈出来，再在课本上找相应的知识点勾起来。烧了一场，好像把他剩余的焦虑也给烧没了，整个人陷入一种奇怪又超脱的平和。至少现在，他觉得成功还太远，不如走一步是一步，走到哪儿算哪儿了。

认真学了十多天，钟济有了点自己的体会。或许是之前接触不多，他觉得学习虽然难，但也没自己预想的那么枯燥，相反，还挺新鲜的。然而细心钻研一门学科体味其中的乐趣，与一股脑儿地把现成的知识填进自己脑子里是不一样的：美味珍馐浅尝辄止，舌尖能绽出一百种想象来；山珍海味填了一肚子，还被人哄着往嘴里塞，只落得阵阵上涌的反胃感。更何况，他吃的这是美味珍馐吗？

在这个体系里待得越久，钟济就越不能理解，为什么张洛、政阳、顾非、曹苑……他的一个个伙伴能就这样坐在自己的位置上，不出半点动静。他们明明会思考，有见解，能言善辩，比时不时笨嘴拙舌的自己强多了。他们怎么可能没意识到这个问题？又或者，他们明明意识到了，却无言顺从地接受它，不带一点反抗？

他们的沉默令他不安。而往常，他是不害怕特立独行的，因为日常生活中的特立独行也许代表着创新。但高考太大，他不确定自己的特立独行能不能驾驭住它。更何况，对于考试而言，创新是一件意义不大，或者说"没有意义"的事。


高三老师的改卷速度快得惊人。第八节课才考完的数学卷子，晚自习结束铃一响，张洛就抱着进门了。课室里又响起熟悉的抱怨和叹气声。考不好的是哭丧着脸抱怨，考得好的是憋着笑意嗔怪，而那些心里没底如钟济者，则一言不发，眼珠子对着桌面，余光跟着张洛。

张洛把卷子分成几份，递给坐在前排的同学分发。扫了眼手上的第一份卷子，张洛挑了挑眉。钟济觉得自己的心紧张得快要皱起来疼了，冥冥之中，他感觉那是自己的卷子。张洛挑眉是何意呢？是惊讶于自己的高分，还是遗憾于自己的低分？他现在也不遮遮掩掩了，只巴巴地盯着张洛。果不其然，张洛朝这边走来，手里抖搂着卷子。他目光灼灼，像要把卷子盯得烧出个洞来。实则他在看灯光穿过卷子，纸张半透明化后显露的那点儿红色踪迹。无奈近期用功太猛，视力跟着下降严重，所以望见的分数是"犹抱琵琶半遮面"，隐隐约约现着线条勾勒，却看不真切。

张洛脸色凝重地站定在他座位旁。"卷子给我啊。"钟济不耐烦地上去抢。不料张洛一闪身，把卷子藏在身后，拖长音调："叫——大——哥——"

"喂……"平时乱开玩笑的报应来了，钟济竭力忍住冲动。政阳嫌热闹不够大似的，转过身瞄了眼钟济的卷子，也怪腔怪调："叫——大——哥——"

三人里钟济最大，政阳次之，张洛最小。所以钟济没少利用年龄和力气胁迫他俩叫他"大哥"。现在用这么件事来胁迫他，可见两人是故意要砢碜他。三人僵持一阵，钟济最先败下阵来，因为他才是那个迫不及待的人。"好吧，大哥。"钟济直直盯着张洛，"满意没？"张洛还是不给，伸出拿卷子的手指指唐政阳。以迅雷不及掩耳之势，钟济猛一起身抢下卷子，左右一阵响动，连陆安定也忍不住回头看了他一眼。展平答题卷，一个大大的"83"立在他的名字旁边。

什么叫"刹那间五味杂陈"，钟济算是体会到了。这分儿在班里不算高，真不算高。学霸们状态好时，分分钟一百三一百四；普通的学生，也能考个一百来分。八十多分这个还没及格的分数，在他们这个五十多人的普通班里，充其量占个四十出头的位子。但他满足了。半个月，他蹿了二三十分，眼看能迈入及格大关，能不高兴吗？但这高兴劲儿不能做得太足，毕竟面前还杵着俩学霸，不敢班门弄斧。

　　"嗯……哦……你们俩多少分？"钟济抬抬下巴，故作无意地问。

　　"一百二十五。"唐政阳指指自己，"一百四十一。"又指指张洛。

　　瞧这差距，钟济差点没憋住说了脏话，内心的火焰"咻"地小下去。唐政阳拍拍他的肩膀："半个月能进步成这样，已经成绩斐然了。"

　　"行了行了，"钟济挥挥手，"你们俩考得好的先离我远点儿，给我点时间空间细——细——咀嚼一下自己成功的喜悦成不？"

　　两人识趣地上另一边去。钟济握着卷子，感觉手心的汗水渐渐濡透纸张。这是他对过去的一次胜利，这胜利，已牢牢地攥在手中了。也不能说胸口的大石落地，但他感觉特别踏实：心跳平稳，呼吸均匀。终于能睡一场好觉了，在归宿之外。

接下来的日子，钟济恢复了和其他人一样的作息。张洛和政阳要是打灯学习，他就跟着学；他们关灯睡觉，他也收拾收拾上床。三人觉得这种作息同步的感觉很好，除了吴权庆。以前宿舍分两个阵营，张洛和唐政阳努力学习，他和钟济则蒙头大睡。现在钟济转移方阵，宿舍里独剩下他一个睡大头觉的，心里怪不舒坦。于是权庆晚上在外面"打机"，很少回来了。

数学半月测又快到了。这次，钟济可就没上回那么淡定了。上次考试是在病刚好的情况下进行的，没考好，可以用精神不佳来解释，这回他没什么借口了。卷子下发时，钟济感觉到汗水汇聚成的小溪流又在手心的缝隙间流淌。他的紧张和兴奋总这样在生理上表现出来。

题不算太难，钟济做了预判。运用与上回相同的"连蒙带猜"法，他在那些似是而非的选项中选择。后面的大题没什么可说的，会就会，不会就不会。钟济老老实实地做完自己会做的部分，又不死心地胡乱填了些公式在碍眼的空白处。犹豫了会儿，还是把卷子翻回去，改了两个选择题的答案。放下笔，他自觉尽了全力。

交了卷照例要去张洛他们那片儿晃荡晃荡。曹苑还在锲而不舍地跟倒数第二道题死磕，一副不闻周边事的样子，显见还戴着耳塞；顾非、张洛和政阳三人为了不打扰曹苑，挪到第三组讨论去了。钟济走近他们，听见唐政阳说："这次的选择题好难啊！"

"我觉得不算难，但是前面陷阱很多，而且最后三道选择题转了几个弯，不太容易看懂。"顾非摘下眼镜，放进镜布叠得整齐的眼镜盒里。除了上课和考试这种费眼的时候，她不爱戴眼镜。张洛的眼镜倒一直老老实实地待在他鼻子上，以至于别人很难想象他不戴眼镜是怎样一副姿态。顾非和政阳闲聊的当口，他还不停地在草稿纸上验算自己最后一题得出的结果。

"选择题……很难吗？"钟济迟疑了会，凑过去问。

"嗯。基础题不多，有几道变了形的中档题和高档题。反正最后一道我是做不出来。"顾非拿笔在他的问卷上圈画了几道。

钟济接过卷子一看，心里七上八下。他刚刚改过答案的题，就在顾非圈画的几道中。这样的题，对了是福分，错了是本分。他安慰自己。

"哎呀！错了！"张洛一拍大腿。顾非抢过他的草稿纸，问："哪里啊？"

"这里，我想岔了。"张洛不停地倒抽冷气，"算到这一步，这道题最多得十分。"他手指的地方是分值十四分的压轴大题。

顾非忍不住撇嘴："十分很好了行吗？最后一小题我根本没有思路，整道大题最多就得七分。"

"学霸的世界。"唐政阳对向两人注目的钟济解释道。他两根手指夹起顾非的手臂，拿了两张标准答案纸。"来对答案吧!"

政阳像个心胸广大的赌徒,兴高采烈地对着他的中奖号码。无论是中了还是没中,他都能给予自己一声愉快的欢呼。从前钟济觉得他俩在这点上很像,但现在,他发现自己没有人家那样的底气,所以只能迟疑着、畏缩着。他仔细地将卷子的边边角角对齐,折出一条漂亮清晰的痕,然后偷偷地将答案纸压在自己的问卷下。现阶段的他,要看到结果,才有勇气面对过程。

顾非抬眼看挂在教室前方的钟,五点四十。她站起来拍手:"交卷交卷,两分钟内不交过来的就自己交啦!"教室里瞬间响起一阵窸窸窣窣的翻卷声。陆续有人过来,把卷子铺满桌面。顾非还特意走回自己的位子,"曹苑!"奋笔疾书的女孩没反应,顾非又加大音量,"曹苑!!"

"哦哦!"曹苑抬起头来,双颊通红,扯着嗓子大喊,"我自己交!!"

数学半月测安排在周六下午,考完试就可以走。教室逐渐清空,直到最后,连曹苑都开始收拾书包,钟济还坐在座位上发呆。

"你干吗呢?"临走前,曹苑跟他打招呼。

"我在想,如果我现在开始对答案,那么我答案的对错就被确定了;但是如果我现在不对,那么我的答案就处在对错不明的情况中……也说不定呢,答案纸上的答案有错的。"不好意思直说自己不敢对答案,钟济只好这么弯弯绕着说。

"薛定谔的卷子？"

"……别跟我开理科生的玩笑。"

"什么理科文科的……"曹苑捂嘴笑道，"不过你知道这个，还不错嘛。"

"虽然没文化但我也上微博的好吗？"钟济假笑。插科打诨几句，曹苑先走了。偌大的教室只剩他一个人，他靠墙坐着，环视四周，莫名地有些落寞。学习是一个人的战斗，一切还得自己扛。像个男人吧。他默念。随后又觉得滑稽，这种小事也值得上纲上线吗？自己活得太过无聊，也太过单一了吧。

挂在墙上的钟，嘀嘀嗒嗒。窗外何时落的雨，摔在地上，啪嗒啪嗒。红笔覆上一个个黑色字迹的答案，交融得刺眼。他无意识地在卷子上划来划去，听笔钩破卷子发出的"呲啦呲啦"声。这个结果他并不意外，只是他的一般成绩罢了。但他无法阻止心底渗发的缭绕寒雾，打湿点点心火。难道每次考差都要沉入这种郁结的心境吗？他本能地反抗，却无力逃脱，如同在沼泽地里挣扎永远是错误的选择。

挂上耳机，背起书包，撑着伞。走吧，哪怕雨丝扑面而来；走吧，哪怕泥水沾湿裤管……走吧，走吧。儿时雄赳赳气昂昂，驾着枕头也胯下生风，机器人放了满地便有千军万马，客人们笑话他的孩子气，只当是凡人俗识不足为闻；长大后为了这点成绩卑躬屈膝，喜怒形于色，哪里还见得一点大将军的气度。公交车外一片飞驰而过的繁华，他能看清的唯有车窗倒映的自己的身影。他不恨，他怨。怨它似倾盆大雨浇灭了他的骄傲，似不停下的车飞快地过，奔向一个被雨模糊的未来。

回到家，伞还没放下，父亲低沉的声音从书房传来："钟济，过来。"

钟济脱鞋的动作一顿。他缓缓将浸湿的袜子脱下放好，脚在冰凉的瓷砖上留下一个个湿漉漉的印子。

父亲在书房里踱步，见他进来，板着脸递给他一张纸。电子邮件的打印件，除去繁复的页面版式，只有一句话是有价值的："数学九月下半月测成绩 钟济 65 分"。

"六十五分，"父亲的步速越来越快，最后猛地站定在他面前，"六十五分啊！钟济！我上次说的话，你没听进去吗！"

"听进去了。"

"那为什么还是这个分数？嗯？"

"……"

他开不了口。父亲又把从前说过的大道理翻出来，翻来覆去地说。情急之下，他只好说："我上回考了八十三分。"

"考八十三分很值得骄傲吗？"

"那我平时都考六十多分啊，起码我有进步啊！"钟济不自觉地扯高音调。

"是啊！上回我专门给你们袁老师打电话，人家是说你有进步啊，但你知不知道你的朋友们考多少分？啊？张洛、唐政阳，他们俩考多少分？"

"我知道！"钟济吼。

父亲被他吓了一跳，愣了会儿才说："你努力了，那你能不能再努力点呢？现在这点分远远不够啊儿子，远远不够！"

他很生气。那股气在他胸腔里乱撞，撞得他疼极了。他不晓得过度的愤怒居然能转化为眼泪，至少他现在鼻头发酸，眼眶发红，眼珠子旁聚拢的泪水快盛够一盆了。但他还得圆瞪着眼，瞪着他爸，竭力让眼泪不掉下来，似乎掉下来就宣告了失败。

"我——努——力——了！"那几个字真像从他牙缝里挤出来的一般。他牙关咬得紧紧的，"我努力过！你没看到，我现在说的，难道你不相信吗？"说完，他拽开门，"砰！"，狠狠一摔。

房门紧锁着，灯关着，他用被子蒙头睡在床上。母亲发现门打不开，轻轻敲门问："儿子，吃点饭吧？"他牙关紧咬，仍然一言不发。

松弛的眼泪落得很快，但落了就落了，再无更多的。逼他落泪的是愤怒，他想，得像个男人，男儿有泪不轻弹。呸，这还是他爸教给他的。

愤怒随着眼泪排出，他的心现在空落落的了，疲惫松塌塌地萦绕。唯一不愿放松的是牙齿，呜咽、咳嗽、鼻涕，一切软弱的东西都会随着牙齿的放松而泻出。所以不能放松，他还在战斗。虽然不知对抗的是谁，但即使是一团虚空，也要让盔甲将自己紧紧囚禁。

门那边传来轻轻的响动，似是钥匙碰撞的声音。对了，他们还有备用钥匙。钟济颓然地软下身子，又在刹那间紧绷起来。因为那欲言又止间隐隐的气息，分明是他爸。

男人走到儿子床前，憋不出一句话来。母亲安慰孩子，会轻柔地抚摸孩子的头，那是母性的流露；父亲对女儿，或许有怜爱之情，摸头的力度虽稍重，但始终是温和的；然而父亲对儿子，两代中有沉重的责任要传递，情感像错了位。儿子忤逆父亲，背后却还是偷偷跟随着父亲，对齐父亲的影子；父亲教训儿子，但稚子成才总归是令人高兴的事，表面故作严肃，内心还是喜悦的。所以父亲要展露对儿子的感情，想不至于太过，便只能拍拍儿子的肩膀。他曾将责任放在肩上，他希望儿子也有能力承担这一切。这是最深的厚望了。

所以当他爸把手放在他肩上时，钟济突然绷不住了。若说之前是愤怒的眼泪，那么现在他也不知道这眼泪蕴藏着什么了。他就是单纯地情绪上涌，无法控制，哭得连背脊都在颤抖。不过他还是没发出一点儿声来，毕竟，大将军的兵马溃不成军，里子没了，还得存点面子。

　　这回他也得到一夜安眠。远离归宿，也无关成绩，他只是太累，于是终于在疲惫中睡去。

# 第八章

新鲜劲一过去，他们就落入平凡的生活中。

掩人耳目的学生情侣，在暗处倾诉、亲吻，逃避制度，逃避现实。在操场的出口分道扬镳，伪装陌路，神秘又浪漫。

当然这种遮遮掩掩也许并不必要，毕竟他们的恋情已经在朋友圈广而告之，而同学探究的眼神、老师意味深长的微笑也收了一大筐。但凌漪坚持要这样做，权庆不愿拂她的意。如果别人对他们的情侣做派熟视无睹，她就偏要在晚自习结束时，心照不宣又故作姿态地敲敲权庆的桌子，这样总引得来几束注目的眼神。

然而表面功夫好做，内心的疏离难以弥合。每到二人独处时，就有不合时宜的沉默来搅局。两人有一句无一句地搭着话，吃力地维持着连贯。万一其中的哪个接不着话，那话语就重锤一般跌入万丈深渊，没丁点儿动静。凌漪幻想的"互诉衷肠"，终归存在于想象中，现实只有一片尴尬的静寂。

吴权庆走在后头，有时步子迈得大了些，便悄悄放慢速度。今晚的天空没有月亮，光污染严重的城市，难见璀璨的星星。厚重的云让天空塞满了乏味的灰白。他望着前面的凌漪，眨了眨眼睛。失去月光映照的她，背影看上去有些凌厉，大概是操场旁直射的灯光切去了柔和的圆边。

几个月前的晚上，他躲在树丛里，等着熄灯铃一响就爬墙出去。夏天夜里的草丛，蚊子嗡嗡地聚成一团，碰到目标纠缠不休。被叮得受不了了，他愤怒地站起来挥舞几下，不小心动作狠了，灌木丛被折腾出窸窸窣窣的响声。紧接着，他听见一阵轻轻的脚步声。

他的心一下子揪起来，潜伏了这么久，现在这个当口被找出来，不说前功尽弃，恐怕以后的日子也难过。屏息静气，吴权庆一边的身子侧躺下来，右手臂堪堪垫在脑袋下，观察下地形，灌木丛间还有点儿空隙，够他看了。

那走近的步子像是喝醉了，一拐一斜，走得毫无规律。吴权庆盯了会儿，发现那是双皮鞋，圆头黑面，吊着的半口气终于放下来。只有学生才会穿这种乖巧的款式。即使被发现，也只是被个学生干部发现，最多口头警告。这种情况，只要脚底抹油跑得够快，倒没什么可担心的。不过他今晚约了几个朋友，看着时间也快到了，所以铁了心要出学校。且等吧。他换了个舒服的姿势。

一躺下，视野清晰多了。那天也许是农历十五，月亮大且圆，泛着银光。学校识趣地没有开灯，所以月光一贯地流，沿着景物的边拍出轻柔的印子。光流到他脸颊边，被黑沉的影子截住，生生断了个缺口。他忍不住拿脸去蹭那道光，明明应该毫无感觉，他却莫名感受有种痒痒的触感，像空气里透明的狗尾巴草挠他的皮肤。

嗒嗒，嗒，嗒嗒。脚步声在他耳旁盘旋，忽近忽远。他想明白，原来这脚步不是为他而来。那么是谁呢？黑夜背景下飘起的发丝，灌木缝隙扬起的裙角……一定是个很美丽的女孩吧？他偷偷揣测，眼睛直勾勾地盯着那个晃动的背影。

风止了，不知名的她也停下步伐。现在月光不再流动，像水流沉入湖中，随大流地沉静待着。她头低低，黑发垂在胸前，遮掩着他所猜测的清秀的面容，徒留一截藕白的脖颈。他看呆了，已然忘了围墙外的约，只想看清她长什么样。

女孩儿微微侧过脸，又抬手捋了捋掉落耳边的一缕头发，正当此时，月光轻悄悄蒙在她脸上——

是她啊。

瞬间了然，又不甚了然。他是少数几个很早发现她的美的人之一。忘了是哪节课间，一堆人围着说笑，谈起某件趣事，他站在人群中央哈哈大笑的时候，不知为何会分出心思去看人群之外、坐在角落里的她。排列整齐的牙齿咬着下唇，碾出道鲜红的印记；高挺的鼻子皱着，像个调皮的孩子；一双眼睛映着太阳，流光四溢——也真像她的名字。

但那种光芒却只维持了一瞬，就消散无影。当发现有人看她时，她惊慌失措地转开眼，盈盈笑意轰然而散，罩在她头上的黑色面纱，紧紧将她的眉眼包裹住，于是她的脸上只剩下一种灰白茫然又丧气的表情了。

那以后，他一直很后悔自己瞄的那一眼，虽然是无意的。他想要不就不看了吧，世间那么多花儿，没必要一点一点全看在眼里，有些花儿，让她盛放在别处也挺好的。

女孩儿的视线落到这边，吴权庆急忙缩起身子，又尽量不出声地往灌木丛里靠靠。她并没有发现，头微微偏斜，靠在树干上。

校园里的草木是半年才修剪一次的，但草木生长的速度远远超过了修剪的速度。灌木丛里伸出来一些杂乱的枝丫，其中不乏尖利的，刺在皮肤上有种锐痛。他暗骂自己一定是魔怔了，呆在这儿受这份苦。想是这么想，他的目光却不由自主地沿树干而上，企图再次探寻她重重掩映下的那点儿光芒。

突然，他听见一声细细的呜咽，起初是轻不可察的，而后逐渐强烈，越来越发展成号哭——时而隐忍，时而放纵，那样伤心的哭声是不常见的。她为什么哭？他不能抑制地想。有几分钟他只能看到她不住颤抖的肩膀和前后飘动的头发。他不敢乱动，怕打扰了她。紧接着他看到她哭得通红的双眼和在月光下散射出光泽的，睫毛上的那颗泪珠……他想他确实没把她看在眼里，他是把她看进心里了。

喜怒哀乐，能见齐一个人的四种情绪，彼此就算是很亲近的关系了。他见了她的大半情绪，恍然间，像认识了她许久。由不得他再对自己赌咒说不看她，就算她无所适从地一次又一次逃开，他也无法再将粘连在她身上的视线挪开。

后来，他倾慕她，她同意了。发生这么多事顺理成章。他想要的不多，只是一个能静静看她的位子。在他的初恋里，他竟然心甘情愿地成为一名观众，这是连他自己都没想到的。

权庆心里装着事，走慢了几步——他也一直是走在凌漪后面的。但这个样子又与周边的情侣们格格不入了：哪对情侣不是甜甜蜜蜜手挽着手的？虽没有明说，但凌漪感觉到身边若有若无的目光。他们这样一前一后地走着，明摆着是吵了架垂头丧气的。她回头瞪一眼，活脱脱一个撒气的小女孩。也就这点儿眼神还有点默契，吴权庆很快跟了上来。

走完漫长的一圈又一圈，凌漪抬表看了看时间。两个人简单地分别，凌漪走进宿舍楼。

她越来越搞不懂吴权庆葫芦里卖的什么药了。表白是他表的，要交往也是他说的，现在一声不吭地跟在她后面算什么把戏？这段恋爱带来的唯一好处是目光——没错，熊熊燃烧的目光。终其青春她都在渴望这些目光，无论真心假意，只要能把她装点成从前那个众人眼中的焦点，她都乐意收下。如果他喜欢她，那么她也愿意喜欢他；但如果他不能让她喜欢上他，那么他们各取所需，有何不可？人都是自私的，这是安慰，也是真理。

"回来啦，恋爱愉快吧？"曹苑头上披着毛巾，笑问。你看，一段恋情为她提供了多少关注点？这都是她所要……但这是他所要吗？他要的到底是什么呢？她没想明白。有一天她把这个问题抛给他，他笑得羞涩："我觉得你长得很美。"

这是怎么个说法？登时她就笑出来了。她以为他在开一个刻意的玩笑，需要她附和。

"为什么……要笑？"他好看的眉拧起来，很不解，"我说的是真心话。"

她笑啊笑，直到反应过来他说了什么。她心神一漾，要开口，又紧紧闭上嘴。纵然她有极端正的五官，也架不住青春期持续的发胖。鼻翼两侧时不时出现的痘痘，更让这张脸大打折扣。她不知他所称的"你很美"是何处所见。不问，她尚有一份自怜和窃喜；问了，说不定是自取其辱。

其实他很好，哪儿都好。从他们交往开始，伴随着炽热目光的那些闲言碎语，连续不断地传入她耳中："权哥会喜欢这种人？真瞎了我的眼……不，是他的眼！"嫉妒。

"早知道他的标准这么低，我还费什么心思打理自己，为他做这么多事……我直接去追他就好了啊！"哭哭啼啼。"谁知道她背地里整了什么手段，哼！"咒骂。

她挺直腰板走过，心却蜷缩成一团。她还是当年那个小女孩，受了指责就躲在洗手间里，压着嗓子哭。外表和内里所展示出的两个极端快把她逼疯，她是那么自卑又那么自大，以至于不近人情。她喜欢吴权庆，喜欢他带给她这么多注目；她又恨吴权庆，憎恨他那么招蜂引蝶；同时她可怜他，因为他们是同样孤独的人，可怜他就像在可怜自己，可怜自己的时候，也会可怜他。所以长久以来，他们虽然在操场上默默无语，却从来没人提出过要分开。这是一种近乎变态的心照不宣吧，她想。

躺在床上，权庆接到母亲发来的短信。照例排列着一日三问："吃得好吗？衣服够吗？还有钱吗？"他本能地抗拒这种无微不至的关心，他已经十八岁了，还要母亲像照顾三岁小童一样照顾他吗？但他还是顺从地回了短信，如果不回，母亲就会打来电话，这样政阳他们又要笑话自己了。

他生长于非常优越的家庭。父辈打拼出一份巨大的基业，数以千万计的财富，学成后会自动送到他手里。因为是独子，母亲对他极其宠爱，生活的方方面面都要亲自操持。想当年，他要住进这几人一间的宿舍，他母亲是头一个反对的，生怕宝贝儿子有个闪失。他父亲的生意忙，常年在外出差，一年到头，回家的日子扳着指头就可以数出来；而给他的关爱不过是几个来自世界各地的新奇玩意儿。在这样几乎可以说是"有求必应"的家庭长大，朋友们都羡慕红了眼。他本来也挺得意的，如果他没有进入那间书房——

那是个偏僻又昏暗的房间，他一直以为只是用作储物的。直到中考结束后暑假的一个早晨，他好奇地拧开了门把手，才发现门后矗立的一排排高大书柜。这套房子在他爷爷过世前，一直是老爷子的住处。后来老爷子去世，他和母亲才搬到这边来，这里离学校近，母亲觉得这样能更好地照顾他。

刚开门时，他被扑面而来的灰尘呛退了好几步。这房间，显见是好久没人光顾了，连家政阿姨也不来打扫。夏季的早晨，窗外正下一场雷暴雨。有时闪电的光扫进来，看起来怪吓人的。他随意抽了一本书，赶紧走了，心里还犯嘀咕，怪老爷子把小书房选在这样不好的位置。

未曾想那本书还挺有趣的。一本侦探小说，不同于他平时看的那种企图让人一惊一乍的"侦探文学"，这是一本正统、严肃的小说。逻辑严密的故事，一旦看进去，是挺让人着迷的。于是，隔了几天的一个早晨，他又到那个书房去。

门后，一层暗光抵住整个房间。光线映托下的书房一点也不小，屋顶也比前几日看到的要高，竟给人高大宏伟的错觉。窗户没关紧，就有微风吹进，略略掀起土黄色的窗帘。分神望去，窗外那棵霸道地占据了整片天地的树，叶子原是油绿色的。他随手抽了本书，拉过放置在窗台一侧的摇椅，坐下看书。

这一看就看到了中午。母亲打电话来问他在哪儿，声音很是焦急。他随口应着自己在外面玩，不回家吃饭。他想不能让母亲知道他在这儿。如果她知道了，这里必定又充斥着无休无止的打扰。这儿……应该成为爷爷留给他的一片净土。

日子长了，吴母便发现儿子变了。儿子的脸上以前总充满了笑容，无忧无虑的笑容；现在呢？现在他的脸变得复杂起来了，对于做母亲的而言，是高深莫测起来了。有时他生气，连吃饭都是一声不吭的；有时他似乎被某些旖旎的情感包围，整张脸都写着沉醉；甚至，有时他的脸上会出现与年龄不符的愤恨和痛苦。但这所有的表情，在她询问过后，都会转化成显而易见的厌烦。从前他也会展露这样的表情，但那更像是小孩子撒娇——她总也忘不了儿子小时候可爱的样子；而现在，在经历了各种各样的表情后，他的厌烦仿佛是真心实意的了。他躲着她，不愿再理所当然地接受她的关爱，平时总是躲到不知是哪儿的地方去玩。儿子变了，她苦涩地想。但她是个母亲啊！母爱就该像厚厚的被子，裹着她的孩子，为他取暖；就该像层襁褓，裹着初生的儿子……那是她的儿子啊！

高一一开学，尽管母亲多有反对，权庆还是执拗地住进了学生宿舍。高中校园，如果是在书中的世界，这里会有志同道合的朋友、情窦初开的爱情和永不停歇的奋斗……暂时摆脱了过去的他，终于有机会做一回真正的主角了！他是带着如此殷切的希望走进了学校。

然而现实与期望相差甚远。他进入的也许不是一间过分崇尚分数的学校，但中国的高中，没有一间不是以分数为重的。毕竟那场最终的考试已经被捧到了"人生的分水岭"的高度。更繁重的课业，更优秀的竞争对手，他的压力陡增。初中时尚且可用小聪明混过去的考试，到了高中成了一座无法翻越的大山。他在努力—失败—努力的区间中无谓挣扎，渐渐流失了本就不多的自信与幻想。他不怕痛苦，作品里主角们的挣扎翻滚是他向往的真情与鲜活；他害怕的是无波无澜，平淡无奇，恰如他的考试，每一次都有相同的结局。他愈发觉得这一切都是无谓的蹉跎了。

周末时父亲回家了。一年中的三百六十五天，父亲有三百六十天在外奔波。权庆嘴上不说，心里是高兴的。许是他们父子俩相处的时间不多，父亲对他并不严厉。他回家，喜欢大谈工作过程中的奇遇。权庆爱听故事，所以父亲一开讲他就搬来凳子坐着听。父亲也享受儿子给予的崇拜目光，不自觉地摆出和善面貌。比起父子，两人的相处更像朋友。

饭桌上，父亲照例高谈阔论。谈话间，权庆无意中提起自己近期阅读过的几本书，父亲听后似乎不太高兴，问："是老师要求读的吗？"

"不是，不过……"他小心翼翼地回答，暗想父亲不常回家，估计不知爷爷遗留下的那一屋子书。

"不是就别浪费这个时间，你现在的主要任务是学习，知道吗？"

"……知道了。"他偷偷看父亲一眼，放弃了争辩。父亲对儿子的顺从感到满意，夹了一筷子菜放进他碗里："来，多吃点，你还在长身体。"

权庆把头埋进碗里，吃得认真。

饭罢，吴父咧着嘴剔牙，开始对儿子进行一年一度的训话。往年的老生常谈后，他随意地问："学校里交什么朋友没有？"

"有，主要是同班的。"权庆竹筒倒豆子倒出几个名字，正要介绍介绍他的朋友们，父亲打断他："哦，那八班的袁林呢？"

"袁林？没听过这名儿啊。"

"嗯，上回他爸带着他来了我们一个饭局，小孩我见过，人不错，你们可以交个朋友。你抽空去认识认识。"

"哦……"

父亲见儿子顶着张帅气的脸，做事却傻头傻脑，立刻显露出恨铁不成钢的表情来："唉，你也大了，有些事儿不用你爸我明说，自己就该揣摩出来。"

权庆并紧双腿，眼睛直勾勾地盯着父亲。父亲在客厅里走来走去，瞥了眼仍然愣神的儿子，接着说："该交的朋友就得交，懂吗？以后，你是要继承这份家业的，朋友多，路子也广，记住没？"

权庆唯唯诺诺地点头。他本能地察觉到，今年的父亲比往年的要严厉多了。

一番长谈过后，权庆被赶回卧室。本也到了该洗漱睡觉的时间，但他突然想起自己为数不多的一篇受到嘉奖的作文。他心想父亲看到作文，一定会鼓励他，便兴冲冲地推开门，跑向父母的卧房。

正要敲门，一阵大笑破墙而出。权庆呆立在门前，不敢敲门，紧接着就听见父亲不加掩饰的声音："袁老板，那就拜托了啊！哈哈哈哈哈，好好好，我们改日再聚。"短暂沉默后，门里传来母亲轻柔的询问："是谁啊？"

"袁总，我们的新合作伙伴。袁林就是他儿子。对了，权庆最近的学习怎么样？"

"还可以吧。"

"过得去就行了，反正以后也要送出去。我想着，让他到国外镀层金，有个外国学历，面上怎么也好看些。

"还有啊，你平时也多提醒着点，让他多交点儿有用的朋友。出去了他还是得回来，多积攒点人脉总没错。

"我不在的时候，留心别让他看那么多书。经济方面的可以适当给他读读，其他的就算了，看多心都杂了。老爷子读了一辈子书，赚的钱也没我多啊！现在这个社会，最重要的还是……"

吴权庆站在门外，心慢慢冷下来。

他愈发明白，不同于常人，高中于他而言并非通往理想的上升渠道。父亲给他规划了适宜的道路，便意味着他必须一步不差地行走在这条道上。闪念间他当然想过要反抗，去走自己的路。但随即他意识到，反抗是要付出代价的。他能够放弃现在的生活吗？不能。要他走出家族的荫庇，他跨出一步就会缩回脚来。这是他的自我刻画，若说几个月前他对此还一无所知，现在，在通过阅读对自己进行了脱胎换骨式的洗刷后，在不停地解剖、责问过自己后，他对自己再了解不过了。母亲那无所不至的溺爱毁了他，纵然长大后他可以下意识地逃离，但在过去的日日夜夜中，这种爱早已潜移默化地渗入腐化了他的个性。怯弱、畏事、优柔寡断，他一遍又一遍地用这些词语鞭笞自己。而在这个感受疼痛的过程中，他无意中萌发了男主人公的性情。

男主人公爱在月下沉思，他就翘掉自习搬着凳子坐在凉风嗖嗖的操场中央，直到考勤表上记满了缺席；男主人公时不时抛出几句高谈阔论，他就在宿舍夜谈中插入许多不知所谓的话语，说完后留得一片安静；男主人公会大声吟诵，他就在课间朗读自己咬不准读音的他国诗篇，逼得周围同学一人买了副防噪耳塞。刚开始他们以为他在做行为艺术，一时半会的也就忍了；后来他们发现这些行为是持续不断的，终于揣测出他有心理疾病这一结果，纷纷远离。到了高二，不知受了什么刺激的他突然好了，阳光爽朗，一副无忧无虑富二代的样子，于是围在他身边的人又多起来。而他，在这无端的莫测变幻中，只是端着一张神秘的笑脸。

既然生活注定要走入无趣的正轨，那么就让我活一回在有趣的书里。我会张扬，现了一切颜色在皮囊；我会内敛，压了所有情绪在心底。

反正无人理解他的心境。坐拥金山银山还无端烦恼，多少人该啐他一句"身在福中不知福"。是了，未来待他扔了所有他的珍贵，他还得诚惶诚恐地双手捧接这丢不掉离不开的"福"。是了，小爷我掉了牙往肚里咽，压了所有愤懑挤出一张笑脸。会演戏也是男主角的做派，字里行间主人公们走马观花悉数登场，鞠躬尽瘁展出所有的面孔与层次是为了让读者饱一场眼福呐。

就让我在有趣的书里活。

只让我在有趣的书里活。

权庆能用这样洒脱的方式对待自己，他把自己当作局外人；也能用这样的方式对待同学，因为他们是局外人。但半只脚踏入他的世界的凌漪，却无法忍受这种态度的存在。她的怨气随着日子的流逝渐渐累积。逛操场的时间里，她越走越快，越走越快，步子急促得像故意不让身后人追上她一般。一开始他不明所以，默默地跟，默默地跟。但后来他终于醒悟，停下脚步呆立在原地，愣愣地看着眼前人越走越远。

凌漪走了很久，她累了。猛地回过身，她才发现他们之间竟然隔了这么长的距离。远方明明有一盏昏黄的灯，他的身影却竟然无法清晰显现，反而被掩在那又稠又厚的灯光下。她拨通电话。话筒里只传来很稀很薄的呼吸声，仿佛在等她说第一句话。

每次都如此。

"你不拉我一把吗？"她问。

"……"

"你不拉我一把吗？"她又问。

"我……"

"你不是上帝派来拉我一把的吗？"呼吸从她细窄的脖颈里喷出，过分尖利，"你不是吗？"她隐隐带着一丝哭腔，非常压抑，但他听出来了。

"我不是啊……"

连我自己都站不起来，如何去拉你呢？

"对不起，凌漪。"

我们同样孤僻，所以相似。我把你当成自己，我想你是女主人公。但原来不是的。你的求生欲很强，你想活下去，挣脱这个泥潭。而我陷得太深，只能把你往下拽。

你是个尚无定论的人啊，好好活下去。

"所以，就这样了吗？"许久，她的声音已经恢复平静，她沉沉地问。

　　"就这样吧。"

　　她首先挂断了电话，朝操场的另一端出口走去。她没有回头，却看到他的身影渐渐消失在黑暗中。

# 第九章

——"欸，难得今儿成人礼，大家一起照张相吧!"

从 T 市回来后，张洛和他爸谁也没提起个话头，闷声闷气地和好了。反正他们的交流，也仅仅停留在每周末张洛回家，报纸后传来的一声"回来了?"，饭桌上的"多吃点"和周日临出门前的"路上小心点"而已。

坐在书桌前，张洛在语文卷子上勾勾点点，心里不自觉地忆起几个月前在海边玩儿的情景。那次他也算想通了，觉着父亲是有什么不容争辩的苦衷，才始终不苟言笑地严厉要求他。但一回到家，一进这个门，看见父亲雷打不动地坐在沙发上翻报纸，那股强烈的威慑力又卷土重来，包围他，袭击他。他的念想全部消散了。

前两天他把这事儿说给钟济听。钟济听完，一拍大腿:"这算什么! 你是在蜜罐里泡糊涂了!"张洛差点被这论调噎住。说话时钟济正看他从高二文件夹里翻找出来的一些政治答题模版，一副苦不堪言的样子。"你爸和你志趣相投，两颗心往一处跑，你还不高兴呐？"钟济一不耐烦就爱抖腿，现在抖得可快，"我爸要是愿意让我打篮球，早几年我就上体校去了！"他泄愤似的抖着卷子，噼里啪啦一阵响声。张洛做着明了的手势走开。

钟济的话合情合理，但张洛并不觉着舒坦。他总忍不住想，是不是从很小的时候开始，父亲就持之以恒地把他往造好的模子里摁？哪一天摁得成型了，他便走也是父亲期望的步子，躺也是父亲铺好的床铺，心甘情愿地把父亲的意志当作自己的意志。

他心里总是沉沉的，被这事儿越拖越重。有些心病能说，情绪高涨时，一跺脚一张嘴就说了；有些心病说不出口，没有爆发点，只能像岩浆在地底下慢慢地沤。张洛就这么给沤得越来越沉默，一回家就关上房门，关上他妈贴在他身上的关切眼神和报纸后不散的威慑力。

他爸推开他的门时，他正在课外书里寻找些安慰，它们能分散他在某件事上过分集中的注意力。"什么书？"父亲直接过来掀起书的封面，不留神儿子被锋利的书页划了手。"……课外书。"张洛紧紧摁着指腹上的伤口，努力忽略那阵锐痛。

"你居然还有时间看课外书！"父亲震怒，"你自己数数还有多少日子高考？怎么，你还真想考中文系？"张洛缓缓抬头，咬牙切齿地从牙缝里挤出几个字："要考中文系又怎样？"

"你难道到现在还拎不清?!"巴掌拍打桌子，发出巨大的响声，听在张洛耳中就是震耳欲聋了，"我不说读中文有什么不好，你自己想想清楚，你现在这样做，对不对得起你的理想!"

张洛再不愿吐出一句话来。他要是开了口，哪怕只是泄了条缝，也算输。他不是要抹杀自己的理想，他是要打击父亲的威信，给自己争一口气，否则他将一辈子活在这种说不清道不明的禁锢中。

房门被敲响，他妈从门缝里探出头来："儿子，朋友找你呢。"

政阳拿着篮球站在门外，他本意是来找张洛打球，但瞅着门里父子俩剑拔弩张的形势，话也矮了半分："欸，叔叔好，阿姨好。"

张洛他爸看了眼门口，粗声粗气地招呼一句"你好"，又瞥了眼面色不豫的张洛，很不满意地哼了声，攥起他的报纸回了书房。

"阿姨，这球我是拿来还的，没事我就先走了……"唐政阳一气说完了话，转身要走。张洛他妈急伸出手揽住他："不忙政阳，你先坐会儿。等张洛换身衣服，你们出去打打球呗！我看他一天到晚坐在房间里都要发霉了。"话音刚落，张洛他爸又从书房出来，一抬手："小唐你坐，要不要叫你阿姨给你搞点水果？"

"不用不用，谢谢叔叔……"

"这个，你们这些同学有没有想过，大学考什么专业啊？"

"别人我不太清楚，但我个人是想去考古系。"

"哦……哦，考古，那也是蛮有趣的一门职业，做好了也是大有作为的……"

张洛坐在房间里听客厅传来的说话声，心都酸了，好话全给别人家儿子挣去了，自己这儿是一句没有呢！

过了一会儿，门上响起急促的敲击声："你磨蹭什么，还不快出来！"父亲低沉的嗓音里藏着几丝怒气，张洛本能地感受到威胁。他猛地打开房门。

父亲吓了一跳，似乎没想到到儿子的动作会那么剧烈，表情会那么扭曲。张洛一言不发地穿好鞋子，连身后的唐政阳都没看一眼，径直出了门。

两人一前一后地走着，政阳也不怎么敢在张洛生气时搭话，毕竟他平时不常生气。走到半道，张洛才缓和了表情，给政阳道歉："我今天心情不好，你别在意。"

"我……没事，跟你爸吵架了吧？"

"是，我已经不爽他很久了。"

政阳"呵呵"两声："你爸刚刚还叫我劝你别读中文呢。"

"我听他的?！"

政阳急走两步："欸，你不是真要读中文吧？"

"不行吗?"张洛侧脸看了政阳一眼。

"可以可以,当然可以。"政阳抱歉地笑笑,"我以为你上次去 N 大是受了我的撺掇呢,原来早有这个想法啊。"

张洛没接话,他走进一家小商店,打开冰柜拿了两瓶水,想了想,又问:"今天钟济不来吗?"

"呃……他最近学习都挺认真的,我想他要补的东西太多,就没打扰他……估计他爸也不会同意他出来吧?不过,你要是想叫他出来,我打个电话问问也行。"

"没事,"张洛合上冰柜门,瞭了眼正盯着他的唐政阳,"我俩随便玩会儿就行。"

政阳挑的日子都是好天。日光并不时时照在地上,偶尔也有厚实的云遮过;凉爽的风不很强劲,一阵阵地轻刷过地面。张洛没什么打球的心思,一下下的重投更像是在发泄怒气。政阳退到球场的边缘,默契地不去打扰他。

夕阳西下时分,张洛喘着气差点跪倒在地,他已经体力不支。但政阳举着一瓶水站在远处,所以他还是使了大力气从地上爬起。只是迷迷瞪瞪走向好友时,张洛突然发现,自己对父亲的怒气是无法挥散的。像刚刚那样纵情消耗自己的力量,疲倦的同时,郁结仍然石头般重重地陷在那里。而石头砸出的坑中,无力感往往像水流从四肢汇聚,积成一潭。

这全然是他个人的情绪,父亲是不会知晓的。从某个角度来说,因为父亲与他之间笼罩着的战争气氛,让他庆幸这种不知晓，起码他保有了自己的面子；但从更深更久远的角度来说，他的性格里还保有一份原始的，孩子对父母的眷恋。这是他极力抑制却无法成功的。

张洛趔趔趄趄地走，一时没站稳，身体虚弱地向前倒去。他落入他朋友宽厚的肩膀，头砸疼了，却不想抬起。奇怪了，自己跑动了这么久，还是手脚冰凉；政阳光在旁边站着，身体却这么暖……

"你还想趴多久？我的手都要断了。"政阳无奈的声音从头顶上传来。张洛挣扎着脱出身来。他接过政阳手中的水，几口下去，"欸，你自己带了水，怎么不早说？"水是温热的。政阳笑笑，摆手表示他不必知道。

两人之间出现一段舒适的沉默。好友如此，并不需要嘘寒问暖的废话来撑场面，沉默反而蕴了脉脉的友情。张洛瞄了瞄政阳，发现他也在抬头看自己，两人不约而同地笑起来。"我爸很喜欢你。"张洛把脚边的篮球踢到远处，像个无所事事的小男孩。

"这话说得，你爸不喜欢你啊？"政阳嗤笑，但当他扭头看见张洛脸上落寞的表情时，又不由得正色，"别瞎想啊，你爸可爱你了。"

张洛一乐，脸有点红："爱不爱的……我跟我爸俩大老爷们哪说过这个……"磕巴了会儿，他又问："是吗？"

"当然啦！"政阳垂着手，目光落到张洛的鞋上，"他把你看得太重，所以表达方式很重……嗯，你是他唯一的孩子，我猜他所有的期望都落在你身上了吧。"

这话要搁平时，张洛八成会闹政阳胡说，然而此时他静静坐着，听着，有点触动，但并不明显。

那之后是很长的沉默，张洛觉得，有无数的话在这沉默中流动。他知道，自己的烦恼还是打扰了政阳。他不说话，也不动作。这么生动的人把自己摁在无边的静态中，他一定是又沉进了那个很深很深的过去——

张洛认识唐政阳的年纪可比顾非曹苑要早多了，大概四岁时，他俩已经通过打架建立了深厚的友谊。双方的父母是不熟的，只是因为工作单位相同，所以住在同一个大院。后来张洛一家搬了出去，两人上了不同的地区小学，往日大院同伴的情谊也日渐淡薄，失去了联系。

六年级的一天，张洛刚进家门，他妈塞给他一套衣服，推他进房间里换。他打开一看，是套黑色的正装。门外传来父亲断断续续的叹息："人啊……说没就没了。"爸妈都说要回去送送，他到底没听明白去送的是谁。下车后，他妈拉起他的手，指向远方一个小黑点儿："你以前和唐朝他儿子可熟呢。"

那是张洛第一次离死亡如此接近。以前奶奶老说他们家福分齐全，个个都健健康康平平安安，他不以为然，觉得不是多大事。但那时，从回荡在灵堂中的哀乐，从挂满了白柱的黑纱，他突然觉出自己的浅薄。死亡是一座山，一条水，一重障，一道碍……你可以无限定义，它时时在变，它时时不变。你呐喊、抗争、哀求、跪拜……你做尽了一切事，它不会理会。它就在那里，带着人类最深的恐惧、最高的智慧，迎接走向最终的每一个人。

张洛痴痴地想了很多，等到他爸在他脑袋上拍了一下，他才一激灵反应过来。他们站在遗体前，家属们站在遗体的旁边。张洛不敢看，只要不看，他心里存着的就还是那个打架时偷偷帮儿子，结束了买几颗糖果给张洛封嘴的"唐叔叔"，就还是那个逢年过节提了好多水果到他家做客的"老唐"，就还是那个爱跟薛阿姨开玩笑，一开玩笑就被赶出家门的"唐朝"，就还是那个一到饭点就大喊"儿子"，一把兜过唐政阳回家的"阳阳他老豆"……这些，随着一个人的离开，都会在人们的记忆中逐渐淡薄、消散，最后只剩下一个空空的称号，去锁住最后一点遗留。

张洛看见站在遗体旁的薛阿姨和唐政阳。薛阿姨眼睛红肿，也许是为了不加深儿子的悲伤，她强忍着悲痛，强撑着陪爱人走完最后一程；政阳的脸上完全看不到情绪，就像他完全闭塞了自己的听觉、触觉、嗅觉，只留着视觉，很久很久地看着他爸。

黄昏，张洛四处找不到他爸妈，却在草丛里废弃的一排石凳子上找到了政阳。政阳坐着，脸上依然没什么表情。张洛走过去，坐在他旁边。

那天他们坐了很久。草丛里蚊虫飞舞，但两人都没什么感觉。太阳落下，月亮升起，张洛看了很多，政阳看了很少。张洛爸妈跑了半天，终于在草丛里找着儿子，本想一通责骂，看到儿子旁边的孩子，还是咽了下去。

要走的时候，张洛递给唐政阳一张纸巾，唐政阳看了看，没接。

"我不哭。"

"我知道，留着你以后哭。"张洛又从他妈口袋里掏出一袋纸巾，"这些都给你。"

张洛他爸要过来抱政阳，想把他带到敞亮处。张洛说："别动他，他爱安静坐会儿。"

风飒飒地过，夜凉如水。张洛坐在操场边的石凳上，感觉自己又回到了六年级的那个夜晚。不同的是，这次，政阳开口了，一字一词，吐得极慢，像在用力地想：

"我很久没见过我爸了，你知道，大概五六年了。

"我现在只见过我爸四十多岁时的样子。有时我想，当年吧，如果，如果他能多活一年，我就能见到我十三岁时的我爸，如果他多活两年，我就能见着我十四岁时的我爸……

"如果他一直活着，我应该能见到我毕业时的我爸，我……和爱人在一起时的我爸，我工作时的我爸，我获奖时的我爸……

"但我再也见不到他了，我爸他，也再也见不到我。我毕业、遇到爱情、工作、获奖……他都不能参加了。

"有时我想，这些重要的时刻，哪怕他出现一分钟也行啊。

"……又或者，其实我只是想回到他兜着我回家的那个时候；或者现在，我和你打完球，他打电话叫我滚回家吃饭的时候。

"如果十七岁的我真的能再见一次五十岁的他就好了。

"我很想他。"

政阳接过张洛递的纸巾后，不知过了多少个日夜，能哭了；又不知过了多少个日夜，站起来上学去了。他一直记着张洛。然而后来的四年中，他从父亲去世的悬崖里爬出来，又掉入自我认同的泥沼里。所以他和张洛也没多联系，只是过年发拜年短信时聊多几句。直到高二分到同一个班，才再续前缘。

告别了张洛的政阳走在回家的路上。太阳下去了，灯光上来了。小饭馆的灯牌一路闪过去，狭窄的街道上便有种凌乱的繁华感。政阳站定在两间饭馆前，一家猪脚饭，一家湛江鸡。饭馆里飘出的味儿一样香，里面都坐着三两客人。政阳的眼睛是看着猪脚饭的，但柜台前的老板娘抬起手招呼他时，他却慌忙把脚步蹀向湛江鸡。

点了份鸡饭，政阳才吃了两口，手机屏幕就亮起来。

"喂，你食咗饭未？"电话里传来老妈的声音。政阳夹了一块鸡塞进嘴里，嘟嘟囔囔地用他带着奇怪口音的粤语答道："食啦。"

作为从小听着正宗粤语长大的广州人，薛静一听儿子的口音就想笑，她知道这是随了他爸了："还生气呢？"

"没有。"

"我不是怕你搞这个没前途嘛，我们家又穷，万一以后没钱给你读书呢？"

政阳边听边笑。妈是个特别好玩的人，时不时蹦出点无厘头的话来。两人使用这种交流方式已经很多年，反正他是这个家唯一的男人，妈是这个家唯一的女人。既然妈老是在外面跑新闻，管家的事他就当仁不让了，这样一来，家庭财务账目他是一清二楚的。

"妈，怎么会没钱给我读书？"政阳用很严肃的声音说，"你的工资单我都看到了好吧？"

"但是考古……"

"妈，兴趣，兴趣是最好的老师，好吗？"这句话政阳说了多次，带着强烈的渴求。但说到最后两个字时，他总是刻意地把音量降低，把语气放柔。这是在征求他妈的意见，不仅是给双方一个台阶下，更是兑现他对这个家的承诺。

"好，我们回家再谈吧。"薛静垂下眼，简单交代几句，放下电话。

两人绝口不提的是，唐朝走后，母子俩就是彼此唯一的依靠了。他们比常人少了一条联系的纽带，当然更珍惜、爱护对方。薛静一直小心翼翼地引导这段关系，她知道，处于特殊情况下的脆弱母子，太容易粘连成相依为命的状态。她是一名独立的现代女性，拥有自己的事业，平时没有太多时间照顾政阳。她希望儿子能好好照顾自己，所以平日里注意培养他的自立能力。高一时，政阳就能做一桌远胜薛静的满汉全席。此后薛静就完全放开了手，更一心扑在工作上，她要攒够钱，够娘儿俩慢慢用，够她和政阳都在社会上站成"大写的人"。

想是这么想，她毕竟只有一个儿子，殚精竭虑的她还是要为政阳谋一条最好的路。经济学是大热，但分儿也高，政阳能不能考上还另说；中文，政阳倒是去参加过夏令营，看着是应付的样子；管理学，这小子能管理好自己已经花了她不少工夫……文科生能选的专业怎么这么少啊？薛静苦恼地要咬笔了。

"薛姐！"实习生敲门进来。薛静忙把笔掩在交叉的手臂后，恢复工作中的优雅熟练："什么事？"

夜深了，薛静从报社回来。轻轻拧开房门，一点微弱的光照过来，儿子在客厅里给她留了盏灯。如预料一般，政阳的房间还是亮着的。薛静叹了口气。她敲敲门。

"妈。"政阳回过头，神色疲倦，"妈，你吃了没？"

"我吃了，你在等我吗？"薛静摸摸儿子的头。政阳的头发很软很厚，就像小时候一样。

"不算是吧，我在做作业。"政阳把目光放回卷子上。他的笔记井井有条，整整齐齐地列在试卷空白处。眼睛酸痛，大脑胀痛，他身体的各个关节都像染上了痛疾。

"欸，高三生，辛苦啊！"薛静揉着政阳的头发，玩笑地感叹。

政阳甩甩头，板起脸："妈，你以后不能再这么晚回来了，很危险。"

"哎呀，知道知道，真是小管家公。"

"还有，我选考古当专业这事你想开没有？"

薛静看了政阳一眼，沉默了。傻儿子学精了，之前都是问"你同意吗"，现在上来就问他娘想开没，这嘴皮子功夫是真像唐朝。

"没有，你妈没想通。"薛静的不高兴都写在脸上，"你非学考古？"

"我都说了……"

"是是是，兴趣第一！你每次都拿这句话来搪塞我！"政阳眼看他妈发脾气都像个小姑娘，不禁苦笑，真是越活越回去了。

"不是搪塞，是说服。"政阳陪着他妈坐下，塞给她两本练习册，"你看看呗。"

一本语文，一本历史。

薛静先翻开语文那本，不出意外是满满当当的笔记，一列又一列。"你学得很认真啊。"薛静斜眼一瞥，政阳不置可否地笑笑。她又翻开历史练习册，也是满满当当，不过与其他的笔记相比，稍显杂乱。一个知识点用几条曲线引着，又导向另外一些用不同笔迹书写的知识点。

薛静把书递回去："自己归纳的？"

政阳将书的封面捋服帖，手指摸摸锋利的书角。

"就这本练习册，我都当宝贝做着呢，一点一点每天都不敢多做。"政阳认真起来，浑身散发着傻劲儿，"这么多作业里数它做着最开心了。"说完自己也乐起来，"欸，拿作业当宝，学魔怔了。"

薛静笑了。她的笑里带着柔情，母亲对儿子的柔情："你真的很喜欢历史和考古，对吧？"

政阳没回答，他盘腿坐上床，一双眼睛睁得溜圆："妈，你为什么不让我去？"

"考古很辛苦。"

"我知道。我不怕苦。"

"考古也挣不着什么钱。"

"我知道。足够养活我自己了，说不定还能养活你。"

"政阳……"薛静低下头，想了想，放低了声音，"政阳，妈妈觉得，考古很危险。"政阳的瞳孔不经意地震颤。他握紧了拳头。

"和探险家这种职业相比，考古当然不算危险；但是和其他你能选择的职业相比，考古已经是最危险的一项了。妈妈不能让你冒这个风险。"薛静牵过政阳的手，一根一根地掰开他的手指，"妈妈希望你，安稳地、幸福地、没有危险地度过一生，这样妈妈才会很好地度过一生。"

唐政阳寂然地坐着。他一脸平静。谁知道那平静下孕育着怎样的风暴，那风暴又是在掀起怎样的狂风巨浪后停息。

"我再想想。"这次轮到他说。

后来的一段日子里，他们再没提起过这个话题，母子俩相安无事。

九月份的某个周末，薛静和政阳久违地坐在一块儿吃饭。收拾餐桌的当口，政阳从书包里掏出一封信来。

"喏。"政阳把信递给他妈，一努嘴。薛静拆开，信纸上赫然三个大字——"成人礼"。"我知道你忙，不过还是想问问你来不来……"

薛静麻利地把信揣进兜里，灿烂一笑，"来啊，当然来，翘班也要来。"

政阳松了口气，嘻嘻地露出白牙："那我等你哦。"

同一时刻，张洛也把成人礼的邀请信交给他爸："到时候让我妈去就行了，反正这种仪式只需要一个家长代表……"

"嗯，我跟你妈一起去。"张洛他爸按着折痕将信叠好，放在一边。

"……"张洛失语，半天才吭声，"哦。"

印象中，他爸从未参加过学校举办的活动。从家长会到各种典礼，种种事务都是他妈处理的。为此，张洛他妈不知多少次抱怨他爸是"甩手掌柜"：芝麻粒儿的小事不管，但做掌柜的，碰上成绩单这种验收结果的单子，还得叨叨两句，账房和伙计全得低着头接受批评。

他猜想他爸这次如此决定，大概是因为他高三了，以后也没多少机会参加学校的活动，尝个鲜吧。虽然是这样的目的，他心里还是酸溜溜地。十月月考的成绩会在成人礼上进行表彰，他如果能考个上榜的成绩，也算在父亲面前争口气了。这样想着，张洛暗下了决心。

刚静下来打算复习，手机的指示灯闪了起来。张洛打开界面，发现唐政阳又发来微信。他们不在一处时，政阳总爱发些有的没的信息来"骚扰"他，而且赶巧似的，他一打算学习，信息就开始一点一点地塞满他的聊天记录。开始时张洛还一条条地详细回他，后来他烦了，隔几条才回一次，再后来就只挑有趣的回。平日里他们在学校，政阳是绝口不提微信上的事儿的，简直像这些事儿没发生过。时间长了，他便知道政阳一定是平时闲着没事儿，拽着他要陪着解闷。反正他俩熟，这点事儿他不放在心上。

不过这回的信息说得像是正经事："你觉得我要去 T 市读书吗？"

"想去就去呗。"

"离你们太远了。你们几个，都在省内读吧？"

"也不一定。"

政阳发微信的手指微微停滞，似乎在思索要怎么回复。"咚咚"，突然响起敲门声，政阳忙不迭地将信件往英语书下一塞。薛静打开一条门缝。

　　"我有工作，马上要走。今天自己做饭好吗？"

　　政阳眼珠一转："哦，你去吧。晚上回来吃吗？"

　　"回来的。你帮我买个盒饭就好。"薛静急急地套上鞋，伸手拿过柜子上的钥匙，脚步匆匆地往外走。政阳对着楼梯间大喊："妈，晚饭一定要回来吃！"

　　几分钟后，唐政阳锁上家门。一个小时后，他提着大包小包回来了。

　　薛静虽然一时间忙于工作，心里还挂念着儿子的嘱咐，毕竟这样的嘱咐并不多。儿子要给她个惊喜吧？她喜滋滋地想。到了五点，劳动模范薛静一改往日工作狂的风格，收拾收拾回家了，只留下门口直挠头的小实习生。

　　打开家门，"哇！"门内门外的人都吓了一跳。"好多菜！"薛静冲到饭桌前。政阳挽着半截袖子，脸上带着点被打了个措手不及的挫败："你怎么回来得这么早？"

　　"你叫我回来吃饭嘛！这些都是你做的？"薛静拿起筷子尝了一口，"你的厨艺进步了？"政阳在厨房和饭厅间来来去去，随手一指垃圾桶旁的几个饭盒："大超市买的。"薛静点点头："还是很好吃，有心啊我儿。"

　　等到饭菜摆成像模像样的一桌时，政阳拿筷子敲敲酒杯："还记得今天是什么日子吧？"薛静双手合十放在胸前，笑道："不知道。"

"今天是你的四十六岁生日。"

薛静脸一垮，手也无精打采地垂着："我儿，妈妈四十岁之后就不过生日了。"

政阳耸耸肩，扔掉两包蜡烛，又把剩余的一包放在桌上："好吧，那十八岁生日快乐。"

"噢，"薛静马上喜笑颜开，"嘴真甜。"

母子俩开始吃饭。薛静的位子正面对着客厅的大窗子，可以看见缓缓而落的太阳。天空很清，所以太阳的轮廓格外清晰，色泽格外鲜艳。水泥森林间，他的落下竟如此惨烈。他的灵魂本来是一把利刃，理应连天穹都可刺破，然而在高楼大厦们的阻挡下，他只能做一碗酱汁，堪堪从墙头浇下。

薛静默不作声地撇开眼，拿起筷子夹菜。不同寻常，政阳今天很安静，只埋头吃自己的饭。薛静想想，把菜放进政阳的碗里："吃多点蔬菜。"政阳"唔"地应了一声，仍不说话。

吃完饭，政阳执意要洗碗，薛静同他争也不放。"今天你是寿星。"政阳推开他妈，"我来收我来收，你去看电视吧。"薛静站在饭桌旁，心里还没着没落："你行吗？你不经常洗碗吧……"

"当然行啦，煮饭都没出事，洗个碗还会有事？"

儿子都这么说了，当妈的自然愿意由着他做。薛静一扔手提袋，斜躺在沙发上，有一搭没一搭地看着电视里的言情剧。正看到剧情渐入佳境时，政阳房间里传来音乐。

"嘿，你手机响了！"薛静向厨房里大喊。

"帮我看一下是谁打来的，然后跟他说我等会再打回去。"

薛静走进房间，手机屏幕上写着"张洛"二字。她接了。说话的间隙，她看见桌子边缘的英语书下放着一封信，要掉不掉的样子。放下电话，她抽出那封信，想把它放好——

N 大招生办

瞳孔一缩，她的手紧了紧。门外政阳还忙活着刷锅，时间是充裕的。

信件已经被打开过了，她很容易就能把信纸抽出，展开。

唐政阳同学：

我们很高兴地通知你，你已被评为 N 大 2014 年第六届考古夏令营"优秀营员"，并获得资格参加将于 2015 年 2 月举行的 N 大自主招生资格考试。请于 2014 年 10 月 18 日前在官网上确认资格，逾期将视为自动放弃资格。

N 大招生办

2014.9.28

考古夏令营？他去的不是文学夏令营吗？七月份……薛静闭眼，七月一整个月她都在外地跑一个新闻。印象中政阳是曾给她打过电话，说要去张洛家里住。她那时没认真听，也没想过打个电话去张家核实情况，因为桌旁还放着成堆等着她过目的稿件。现在想来，他大概是在那个时候，瞒着所有人，去参加了 N 大的另外一个夏令营。

其实这对于政阳来说，是个多好的机会啊。喜欢的专业，喜欢的大学，人生哪有几回志得意满呢？只是她怕他辛苦，怕他危险，怕他像唐朝一样，走了以后再也不回来。

薛静的眼泪一滴一滴掉出眼眶。在哪里她都是很少哭的。工作上，她是个女强人，只有她训得别人哭的份，哪有别人训得她哭的份；生活上，唐朝在的日子里，她生气的时候更多，因为他比她还要孩子气；唐朝走后，虽然她很想他，但她不明着哭，只暗着心里疼。很久之后她习惯了，习惯他用另一种方式来陪伴她。她从一个无神论者变成一个有神论者，相信几十年后的哪一天他们还会再见。她把所有的眼泪都寄托给了上天，寄托给她的爱人。她不再哭了。

现在政阳又让她哭了，提醒她还有一份爱留在世间。爱是双向的，政阳因为爱她，所以愿意让她用爱绕着手腕，心甘情愿地留在她身边，去报她希望他去的专业，所以她也不能辜负他，让他去他不愿去的地方，永远无法快乐。

政阳早长大了。门前那个跌跌撞撞跑着的小男孩，奶声奶气地叫她"妈妈"的小男孩，抬着头要她拿手绢擦他流出的口水的小男孩，早就呵呵笑着转过了哪座墙角。六年前她强忍泪水的时候，十二岁的政阳默立着，那时他就从他父亲那儿继承了男人的脊骨。六年，足够一副脊骨成长完全。临近十八岁的政阳，会做菜，会记账，会照顾自己，会承担责任。他已经是顶梁柱一般的男人了。

薛静走出房间。政阳擦干手，扭过头，视线落在她微红的眼眶上，又落在她手中的信封上。

"去报名吧。"薛静抬手，信封直直地递到政阳面前。

政阳的眼睛一亮，却迟迟不敢接，他迟疑地看着她："但你……"

"政阳，你长大了。"薛静微笑着看他，"你一定一定会保护好自己，对吧？"

他一震。几秒后，他接过信封，把它贴在胸口前。白炽灯光勾勒出他的面庞，坚毅而严肃。他说："我会保护好自己。"

"我知道。"

唐政阳抱住薛静，非常用力。他知道她是很努力，才让他离开。一直以来他们做得很好，双方都在独立地成长。然而独立成长是需要自信的，他们互为靠山，所以无所顾忌。现在他要往前走一步了，选择了这个专业，也许以后会离她越来越远。

他使了计。

他爱她，但他无法舍弃考古，所以他使了计。信件藏在明处，手机响得正是时候。每个细节都流露出策划的气息。她没有发现。一个孩子，如果他费尽心思地向他的父母隐藏，他们是很难发现的。

如果上天注定，她没有拿起这封信，那么一切都会不同。他会认命，去她让他去的地方。即使在未来漫长的生活中，他的认命可能将慢慢地氧化成后悔、怨恨等负面情绪，现时的他仍然会这样选择。奇怪的是，他有股盲目的自信，自信她一定会拿起这封信，改变他的生活。

现在她这么做了，他的后悔、怨恨便一并转为无尽的愧疚。但他明白，愧疚过后，他们仍同行在"独立"的道路上。现实中的远离是为了让他们在信念上更加贴近，未来她会更加理解他，他也会努力让她理解。

毕竟她一直是那个自豪地让他介绍："这是我妈"的人。


十月二十四日，校门口挂着大红背景的成人礼横幅，一个个家庭在旁驻足，拍照留念。张洛大步流星地走过，他爸妈酷得很，特别是他爸，根本不愿做这样"俗气"的事儿。"欸，"他妈几步追上来，"走这么快干吗？"张洛回头一看，他爸居然在后面不紧不慢地走。搁以前，他爸都是健步如飞，让张洛在后头用小碎步慢跑跟着的。

张洛停下，静静地站在树荫下。他爸慢慢踱着步子，从他身边走过。一个个脚印，张洛踩在他爸的步子上，亦步亦趋。

"怎么走这么慢？"这次轮到父亲停下，低沉的声音像从胸腔发出。张洛没接话，一个大跨步就和他爸走了个并肩。父子同行，也不知是谁迁就了谁的脚步，时快时慢，总不能走在同一个调子上。教学楼前，张洛他爸把纸袋子递给他，这纸袋子从下车起就没离开过他的手："欸，你妈做的汤。"

张洛"嗯"了一声，没接："等我开完班会再下来喝吧。"

"趁热喝吧，等会凉了。"

"用的保温壶，怎么会凉？"

他爸一时没了声儿，只是眼看着眉头又要拧起来。张洛最怕他爸露出这种表情，那预示着他们将要进行"一场严肃的谈话"。赶在他爸缩回手前，张洛几乎是抢过了纸袋："知道了知道了，我上去了。"

张洛走到三楼时，忍不住透过玻璃窗望了望楼下。他爸还站在那儿呢。并没有像煽情电影一样偷偷地目送儿子远去，他只是直直地站着，手扶着褐色的石扶手，像在感受，又像若有所思。张洛突然发现，从这个角度看，他爸显得挺矮的。一抹促狭的笑容出现在他脸上。之后上楼的路程里，他虽然收了嘴角，眼里却还留着愉悦。

休息的间隙，张洛辅导钟济一道千回百转的数学题。窗户响了。侧脸一看，居然是他妈敲的窗。教室里的嘈杂声音骤停，众人的眼神齐聚在门口的家长身上。张洛觉得脸发热，走出教室，推着他妈走了两步，带离了从教室射来的灼热视线。"干吗呀？"他搔搔脸，不太耐烦，"有什么事儿微信说呗。"

　　他妈瞥了一眼："你手机开机了吗？"

　　张洛闭嘴，确实没开机，为了克制住自己玩手机的欲望，他甚至都不把手机往教室带。"急事啊？"

　　"欸，你们班漂亮女孩挺多哈……"张洛妈没接茬，一双眼直往教室里瞟。

　　"我的天，你怎么关心这个！"张洛拼命压抑着嘴角的笑意，"你不说我回去了。"

　　他妈一拽他的袖子："刚刚，你爸送你的那壶汤，喝了没？"

　　"喝……了？"张洛一开口就撒谎失败，忙把目光撤到一边，"没喝。"

　　他妈瞪他："快喝啊，瞧你爸煲得挺不容易的。"

　　"我爸煲的？！"张洛的一边眉毛抬得老高，"他和我说是你煲的啊。"

　　"他真这么说的？"张洛妈捂嘴偷笑，"瞎说！他肯定是害羞了。"笑了一会儿，又有点感叹，"你们父子俩成天吵来吵去的，私底下感情可好吧？你爸都多少年没给我做过吃的了……"

张洛五味杂陈地沉默着，直到被他妈一掌推回教室。他提着纸袋走到钟济旁的空位，打开盖儿，倒是挺香。专注于做题的钟济抬眼一瞧："你妈煮的爱心汤啊？"张洛一吐舌头，"嘶……"钟济抢过勺子，"怎么了……哎哟！真够咸的！"钟济灌了两口水，"张洛，你妈的手艺还真……"

"是我爸做的。"

"那就更不如我爸了。"钟济家里是他爸做饭。他同情地拍拍张洛的肩膀，作为少数知道他爸性格的朋友之一，他还体贴地将勺子塞回张洛手中："得喝完吧，真不容易。"

张洛推开钟济的手，捧起大碗，仰起头一干而尽。放下碗意犹未尽地咂咂舌，又从钟济手中抢过水杯大喝半瓶。钟济凑过头去："喔，壮士！全喝完啦？"张洛将额头枕在手臂上，呆了好一会儿，突然发出"呵呵呵呵"的笑声。钟济莫名瘆得慌，忍不住拿手碰他，"你干吗？"

张洛微笑地摇头，叹道："这是我小学毕业后他第一次为我下厨。"

小学毕业后的那个暑假，反骨渐渐地从后脑勺处长了起来。曾经有一段时间，他像个小火炮筒一般跟他爸吵个不停。有好几次，他看见他爸从花盆后拿出那条木棍子，见势不好着急忙慌地从门口逃走。他往往去小区大汗淋漓地玩儿一场，直到夕阳西下，朋友们各回各家各找各妈之时，他才慢悠悠地蹭上楼，悄无声息地打开家门，溜进房间。等到他妈大喊"来吃饭啦"，他和他爸各自严肃地从房间里出来。拿起碗筷，争执就放下了。

不过，在之后的某一天，他还是结结实实地挨了顿木棍的打。打完他后，他爸又把不断挣扎的他扛回房间，平放在床上。那个晚上，他爸一直坐在床边的椅子上，没睡。而朝阳又升起时，张洛第一次在他爸脸上看到了一种称为"颓然"的表情。

再往后，他们"各退一步，海阔天空"。张洛表面言听计从，阳奉阴违。他爸也不再管得那么勤，有些打擦边球的小动作，睁一只眼闭一只眼算是过去了。相安无事了好几年后，点滴的争执又从报志愿这件事的口子里爆喷出来。

张洛承认自己不容易心软，只是这咸咸的汤尝起来有眼泪的味道。他猜他从来没理解过父亲，也永远不可能真正理解他。父亲成长的历程，经历的事情，像发生在另一个世界。瞬息万变的几十年里，他们走在截然不同的生活道路上。他永远不能理解，为何父亲要用命令下属的语气来命令他；永远不可明白，那个晚上父亲明明后悔了，在往后的日子里，却连一句道歉的话也没有说。他有股子犟劲儿，巧得很，他爸也有。爷俩相处的时候，两人都沉默寡言，偶尔掷出来的话语也个顶个的硬邦邦。

夕阳带来的"理解"无法持续太久，那时他只是比以往更贴近了他。往后的日子，也许他将在一次次的"感动""心软"中无限地贴近他，拥抱他无可奈何却又心甘情愿。

回去还是该同他说明自己要读金融的决定。张洛摸摸嘴唇。他转过头去，继续辅导钟济。

随班开完大会，张洛顺着人流慢慢出来，他爸妈在礼堂的门口等着。第二天是周六，高三还得再上一天的课，所以张洛不能跟着一块儿回家。绿树环绕的校道上，张洛把纸袋子还给他爸。"汤还不错。"他咧开嘴。"嗯，你妈最近手艺见长。"他爸下意识地回答，表情没有任何变化。但张洛还是在他上翘的眉毛里发现了一点踪迹。

校门口，爸妈嘱咐了几句，要往外走时，张洛突然大喊："要拍照吗，和横幅一起？"

他妈看了父子俩一眼，乐呵呵地从手提袋里掏出相机："来嘛，早就想照了。"

张洛拿着相机，四处看有没有能够帮忙拍照的同学。"欸，薛静！"他妈惊喜地叫了一声，"好久没见你了！"两个女人牵着手叙旧，听上去没完没了。政阳从教学楼楼梯上下来，见到站在一旁无所事事的张洛，就知道出了什么事。

"妈，人家叔叔阿姨站那儿肯定是拍照的，你别挡着人家。"唐政阳拉着后知后觉的薛静走到一旁。张洛他妈一把拉住了薛静："欸，难得今儿成人礼，大家一起照张相吧!"

镜头对准他们。张洛左手靠着他爸,右手靠着政阳。快门一响,他伸手搭在两人肩上。

第一张照片。他爸扭过头来,少见地开玩笑:"欸,故意的,把你爸给压矮了。"

第二张照片。张洛也转头,笑得露出了几颗大白牙:"爸,是我高了,我现在比你高了。"

第三张照片。大家正对镜头:"一,二,三,茄子!"

照片冲洗出来,唐政阳拿了几张回家。"你们俩都长这么大了啊?"薛静眯着眼笑,"以前在大院里的时候,两个小豆丁。那时张洛个子可矮了,现在比你还要高了吧?"

"哪里,"政阳放下书包,"我俩一般高呢。"

薛静不置可否地点点头,看了一会儿,又问:"上回你在学校里拍了不少照片吧?给我看看呗。"

政阳从书包夹层里抽出手机,把照片点出来,递给他妈,拎着包回房间了。

薛静一张张地翻。校园里的绿化不错,看来孩子们的生活环境不是一般地好。她想按下行键,不料手一滑,手机差点没掉地上。好几千块钱呢,她倒吸一口冷气,紧紧地攥住手机。

新的界面弹出,薛静发现自己似乎把相册的缩略图点出来了。她四处乱点想点回去，却发现整个屏幕都被一张熟悉的面孔占据……

打球时，上课时，趴在课桌上呼呼大睡时，小卖部前嘴里叼着食物时，相册似乎囊括了一个人生活中的千姿百态。那么清晰、那么生动的记录，像是有谁刻意挑了又选，从众多照片里把这一张张照片仔细收藏。

政阳磨磨蹭蹭地从房间里出来："妈，我饿了……妈？"

他盯着自己的手机屏幕，噎住。

一秒钟后他立刻反应过来，慌慌张张地从他妈手里夺过手机。头转过去转过来，他摆了副贼兮兮的笑脸。

"嘿……妈你不知道吧，曹苑可喜欢张洛了。"

"她都不爱和别人说。不过私底下让我帮忙照了好多张洛的照片呢。

"你看，这些存着都要发给她的。

"小女孩心思就是多……对吧？

"妈，曹苑真的很喜欢张洛。"

他自己都没注意到，最后那句话他说得磕磕巴巴，僵硬又无力。

薛静深深地看了他一眼。

"是啊。改日，也请曹苑来家里坐坐呗。你们同学好多年了。"

"知道。"唐政阳看看鞋尖，又看看他妈，笑得一片阳光灿烂，"知道，下次请她来坐。我……我先回房间做作业了。"

刚落的话音被关门声盖过，来了个尴尬的急刹车。薛静没说话。她慢慢地慢慢地沏了壶茶，让一切将出未出的嘈杂，在顷刻间归于平静。

# 第十章

　　"体育节的通知下来了！"钟济向空中飞抛一个文件袋，朝顾非努努嘴，"落实一下呗班长！"

　　顾非险险地接住："什么东西？……"翻开来仔细查看，她的注意力集中在一行字上，"抽签组队？"

　　"对！这回体育节，学校说缩短时间，两个班组一个队，承担开幕式表演和比赛项目。"

　　"也好，这样比较轻松。"顾非将文件袋压进桌斗，却被钟济半路截住，重新抽出。他晃晃文件袋，说："那可不一定，万一抽到曾经的敌人呢？"

　　一语成谶。顾非手攥着纸签，可算体会到了这词的含义。后面几个班的班长凑上来看，啧啧出声。"二班？你们运气也太好了吧！""二班和十九班不都是上学期篮球赛的前三吗，体育都不错的吧？""哎哟，这比赛的优势也太大了！"只有十七班的班长还记着点上回比赛的赛况，同情地对顾非耳语："有的受了吧？"顾非紧抿着嘴，狠狠点了两下头。

拿到签后的首件事是开班委会。听到合作对象是二班，几个人脸色微妙。"我们班跟他们班都杠了好几个月了，这事儿怎么跟班里交代啊？"曹苑问。余下的人也是挠头，想不出好办法。钟济的脸色最不好看，别人最多是路过甩个脸子，他和二班的林衢可差点打起来了，更别提球场上的不可计数的"肢体接触"。二班在二楼，十九班在五楼，相当于在一条对角线上的两端，根本打不着照面。即使偶尔那么几次，视线里出现了对方的身影，也是隔得远远的，消受不着对方的气焰。这下可好，两班至少得面对面干瞪眼一个月。他和林衢低头不见抬头见的，难保不出现擦枪走火的情况。真够麻烦的！钟济坐立不安。

一伙人还没聊完，对方已经带着浩浩荡荡一支队伍过来接洽了。"唉，门口怎么这么多二班的？过来打架啊！"教室里顿时出现骚动，几个起头的还嫌热闹不够大，在班里嚷个不停。顾非快步走进教室，重重敲黑板："干什么？还上着自习呢，再吵就登记名字了啊！"一招便清静了。两班班长见了面，彼此都有些尴尬。自上回篮球赛后，两人再没正经谈过话。即使是在班长会议上，一方出现，也必有另一方快速回避的身影。"顾非，"二班班长开了口，"我先说明，这一个月，我没法负责体育节的事务。所有事儿，都由程珏，"他指指身旁的女孩，"还有林衢负责。"

听见程珏的名字，顾非眼睛亮了亮。篮球赛里那位因伤未能出场的女篮队员？别人都说，若是程珏上得了场，冠军奖杯恐怕根本到不了十九班手上。程珏留一头黑色的碎短发，脸却是个顶个的清秀。比起顾非曹苑这些教室里养着的女孩儿，她略黑些，身上又有体育特长生常带着的野气，挺动人的。甫一接触，顾非对她仿佛天生存着好感，移不开眼睛。而程珏见顾非只瞧她，不知不觉将眼睛瞪了起来，像头羚羊。

　　"哦，合着你们班就派俩人过来？意思是我们班得占大头，负责更多的事儿喽？"钟济语气不善。他人高大，阵势这一摆，简直像在找事儿。林衢气不过，本来，他们班长将他挡在身后，他就不大痛快了，对头还火上浇油。他拨开人群："说什么呢？我们班把所有东西安排好了才过来的，你们呢，还一团糟吧？办事效率那么差还那么多话！"

　　"好了，林衢！"二班班长皱起眉头，上前拉了一把，没拉动，反被林衢甩开了手。场面似乎失控了，教室里的人纷纷直起头来看，议论纷纷。林衢杵在队伍的最前面，异于常人的身高衬得他如一尊傲立不倒的神像，压迫感极强。他瞟两眼顾非，又瞧瞧钟济，眼神里混杂着轻蔑与愤怒。钟济看着他，早就忍不下去，手直伸过去推他，却被他眼疾手快地抓住了胳膊。"嘿，打起来了！"教室里有人咋呼了一声，做作业的，看小说的，闲聊的，呼啦啦全围到窗口边上。两人势均力敌，不上不下地顶着对方。程珏看不过眼，用了蛮力，硬将林衢拽回原位；顾非则往钟济面前一站，彻底断了他还想往前冲的心。事情闹成这副光景，谁也别想谈了。二班往回走时，还有不服气的在里头喊："真晦气！"激得十九班这边啐了一地。钟济黑着脸走开，一个人的步子跺得有三个人响。

顾非揣着一肚子话去找袁平。"哟，谁手这么背抽这个签呐？"顾非语塞。学生高三了，袁平不可能当甩手掌柜："要不，我去找二班的班主任，协商换两个班过来？"顾非正要眉开眼笑地答应，级长从办公桌后的挡板冒出头来："别想了，名单上报了。"彻底断了后路。

第二回协商，双方都学聪明了。顾非自己下二楼，单独找了程珏。楼梯旁的小自习间隔音，程珏提议进去讨论。她快言快语，上场就把二班的要求阐述得清清楚楚，不存在丁点儿让步的苗头。饶是顾非对她备感亲切，也架不住如此多不利于本班的"条款"。以退为进，顾非先答应对方的所有要求，然后再提出与对方完全相同的要求。初次合作，双方少不得在"公平问题"上消磨时间。程珏无言以对，表情有些松动。顾非乘胜追击，提出还是先把开幕式表演节目确定好。一晚上过去，两个班的合作项目终于初见眉目。

暑热渐渐消退，校园的空地上零零星星地出现了练习开幕式表演的班级。早开始训练的一般是高二的班级，课程没高一多，时间没高三紧迫，算是三个年级中最悠闲的一个。学生会和团委多由这个年级组成，自然消息也最灵通。然而表演虽算得上是体育节的一等好戏，终究比赛才是头等大事。体育委员钟济再一次陷入上次篮球比赛曾碰到的困境——参赛选手不足。

"一千五百米没人报吗？"

翻书，写字，自得其乐，唯独没人在听他讲话。

"一个人都没有，那我们班弃权喽？"

…………

"弃权对班级总分有影响啊。"

"拿来给我看看。"顾非接过花名册。大部分同学都报了一两个项目，大概最后一年，大家愿留份纪念，也愿拼一份好意头。少数几个没报的，除去吊儿郎当不来上课和身体较差的，不剩多少人。陆安定，看她那小身板也不像能担负得起耐力项目，三级跳远。刘凌漪，篮球赛时她不是一把好手吗？好了，一千五百米。"填完了，暂时先这么定吧。"

晚自习公布出赛名单。凌漪从教室后门进来，眼睛一瞄黑板上抄得板正的大字，叫起来："怎么有我？"三两下抄起钟济桌上的花名册，她定睛一看，认出那是顾非的字迹，便跑到第四组，将花名册甩到顾非桌上："哎，怎么有我？"

顾非惊了一刹，册子甩在她桌上的劲儿可够大，对方显然来势汹汹。"我们班能上的都上了，但选手还是不够。

我看你没报项目，就自作主张了。可以吗？"自己毕竟理亏，顾非柔声应道。凌漪却不是吃软的主儿，"不可以！"她激烈地驳回去。整个教室安静了。几个准备进教室的，吓得悄悄把脚缩回去。顾非变了脸色。为了体育节，她忙前忙后，处理完同二班的矛盾又处理班级里的矛盾。虽说身为班委要有"为同学服务"的意识，但她自己的功课落后了，也是不争的事实。"可不可以为班级荣誉着想一下？"凌漪喘口气，刚要出声，曹苑走过来。"回宿舍再说。"她低声劝。四周没人抬起头看，一个个竖着耳朵也足够听清楚。

"不行。"

凌漪的声音沉下来。一般人也许认为她气消了，但曹苑从她紧咬的牙关知道不是——她现在是头毛发倒竖的狮子。"好，钟济，把刘凌漪的名字改成我的。"顾非说得冷漠，表情里已有压抑的怒气。钟济为难地摇摇头："改不了，名单已经确定，报给体育科了。"

刘凌漪摔门而去。

值班老师顺道进来检查，见班级里面还是一副没收拾过的剑拔弩张样子，意味深长地教育道："班干部要注意班级团结啊。"曹苑笑眯眯地将其送走，又迎来二班代表程珏，抬表一看，已是放学时。顾非一言不发地收好东西，跟程珏下楼。

"上次你提出的那个节目，我们班……"

"我希望二班一定答应，谢谢。"

程珏把眼睛从计划书上撤开，认真地盯着顾非："为什么？"

"首先，我们不能把这么多时间都浪费在接洽上，办事效率太低。如果你们有好的方案，欢迎反馈给我们。如果没有，就请接受我们的方案。

"其次，我知道二班和十九班有很深的积怨。但是没有办法，体育节我们是一个队伍。我们不想输，相信你们也不想输。那我们只有合作。

"最后，钟济和林衢不适合在一块干事。我看就让他们负责班里的组织工作吧，如何？"

顾非确实是被逼急了，才表现出自己直来直往最真实的一面。未料程珏见惯了她堆砌着谈判技巧的发言，倒很吃她这几句爽利话："可以，用你们班的方案吧。"

"……你能做决定？"顾非的怀疑赤裸裸地放在台面上。程珏笑了："我回去说服他们。"

顾非不知程珏是怎么"说服他们"的。好在第二天晚自习结束后，浩浩荡荡一大班子人，准时出现在了广场上。林衢钟济一相逢，便有火花无数。程珏顾非早早地把他俩安插在相反方向的位置，确保他俩即使眼力过人也难觅对方踪影。

合练的效果是显著的。双方的心理沟壑正以肉眼可见的速度缩小。先是没参加过上学期篮球比赛的女孩聚成一团说笑；再是几个没参加比赛的男生被目睹在去往饭堂的路上勾肩搭背；紧接着，通过顾非和程珏，曾经的女篮队员们有了密切接触；到了最后，连原本势不两立的男篮队员们也吭哧吭哧地开始了正常对话。

离体育节开幕式还有三天，顾非洗完澡，坐在床头擦头发。曹苑开门进来，笑问："你给安定报了三级跳远？"

"对。她有练吗？"

"她练得可认真了。"曹苑打开柜子，过一会儿，又探出头，"你有见到凌漪吗？"

"没有。"

"你们吵完架后我就少见她了。"曹苑在顾非旁边坐下，小心翼翼地打量她。顾非见她这样，索性把毛巾一放："那你想叫我怎样？全班女生，除了身体不好的，就她一人没有项目。"

"下次吧，你让别人参加，先告诉一声呗。"

"说得轻巧。"顾非撇嘴，"我提前去问她，难道就不会被拒绝了吗？再说了，十月份以来我忙得头都要冒烟了！"

"好好好。"曹苑忙宽慰她。顾非很少把自己逼到焦头烂额的境地，想来是最近的事儿追得她太紧。"你休息，我去看看安定练得怎么样。"顾非湿着头发瘫睡在床上，不愿应答。

晚自习前的操场上散布着练习运动项目的人，不多。

五点半刚下课时人是最多的，光红跑道上练接力的队伍就能跑出摩肩接踵的样子。现在人们都吃饭去了。饭堂的窗口跳出一户户红火的光，散佚在暮霭沉沉的暗蓝色里。曹苑六点从饭堂出来时，绕道去了趟沙池。那时人还多，窄窄一块沙池，至少有十个人从四面往中心跳，其中不乏田径队的。安定身躯瘦小，只能傻站在一旁。她根本挤不进去。七点二十，自习铃声差不多该响了，她还在那儿吗？曹苑停下脚步。

走近了，能看见一人独坐在池边，正举起鞋子抖落沙粒。"安定！"那人看见她，笑着招了招手。曹苑绕着沙池转。大量的沙子跃过边界，薄薄地将地面覆了一层。沙上残留着数不清的钉鞋印，还有只破旧的鞋子，边边儿钩起毛茸茸的线脚，半截栽进沙中。"吃完就练，不怕消化不良啊？"

安定听着，没吱声，只仔细将鞋带系好，筹划着再跳一回。

曹苑看她两眼，忍不住问："不会没吃吧？"

"嗯……对吧。"

"你这也太勤奋了！走走走，上超市买点吃的。"

安定挣脱开曹苑的手："不去了，再跳两次，得回教室了。"

曹苑一屁股坐下，苦口婆心地劝道：

"我跟你说，你不吃饭，晚自习肯定会饿。

"何必呢，为了练这个搭上晚餐。你这样还影响学习呢。

　　"哎，顾非帮你报这个，主要是想让每个人都参与，没想给你施加什么压力。

　　"真没必要……"

　　"走啦。"安定提起鞋盒，"七点半了。"

　　曹苑起身跟上。走到一半，她又问："既然你愿意参加比赛，又练得这么认真，当初怎么不挑个喜欢的项目呢？"

　　安定没有回答。她跳上台阶，消失在楼梯的拐角处。


　　开幕式就在明日了，真不容易。五点的下课铃打响，一个个准备往外冲的时候，几个男生站在班门口拦人。"别走别走！跟我们过去布置大本营啊！"没人抱怨，这几乎是一年里最万众一心的日子。红篷绿篷蓝篷，整整齐齐列成一排。按惯例，看台上的位子预留给高三年级。钟济一行人抬着帐篷上去时，二班的大本营已好好地扎在他们旁边。扎帐篷的人还没走，三三两两跨坐在栏杆上。两班早混熟了，这边远远地看见十九班过来，便起哄着取笑："你们能行吗？瞧这小身板！"那头也不遗余力地反击道："都坐着呢？呵，老了果然累得快。"

　　玩笑话说归说，二班却没有过来帮忙的意思——毕竟俩关键人物的矛盾还没解决。钟济木着脸，指挥众人拉开帐篷。林衢坐的位置就在他脚边，他还特意绕开，连句类似"让一让"的话也不乐意讲。林衢则更不当回事，闷着头玩儿他的手机，两耳不闻身边事。开玩笑的那伙人见笑声话语全似石子落进池塘，除了"扑通"一声响，连水花影儿都没有，逐渐噤了声。帐篷原本是设计在平地使用，然而看台是有阶梯的。几个大小伙子忙了半天，全白搭，倒出了一身汗。左上方抬支撑柱的实在累得不行，想腾出只手擦汗，便满以为能抓住似的，堪堪用汗湿的手掌握住细柱。他的力气本就消耗严重，抓了几秒便抓不稳了，细柱滑出手掌，倾斜的帐篷快速地向右下方的钟济倒去。"小心！"两侧的人惊叫，原本拉着帐篷的另外俩人被帐篷一扯，狠狠地摔倒在地。钟济心里咯噔一下，情急之下闭上眼睛——

"你们搞什么啊！"林衢的怒吼在耳边爆开。二班帐篷下的也坐不住了，几步蹿上台阶，过去帮忙。"嘶……"钟济睁开眼，大个子帮他顶住了一半的力量，但混乱之中，他的手不小心剐蹭到了螺丝，划出好大一个口子，现在正源源不断地冒着锐痛。手忙脚乱地把人扶起来，二班的也不矜持了，都过来帮着把帐篷扎好。

临走，钟济拍了拍林衢的肩膀，粗声粗气地说："欸，谢谢了。"林衢上下打量他，把他的手从自己的肩膀上拿下来，一声暧昧不清的"哼"响动在鼻腔里。"他怎么回事？"看台上忙活的政阳看到这一幕，斜着眼问。钟济耸耸肩表示不知，内心打下个大问号。

天黑透后，操场上游动起一片片人。主席台前仅有的一小块空地，几乎成了兵家必争之地。哪个队伍占久了，后面的队伍便发出响亮的嘘声，真能把他们面红耳赤地"嘘"下来。也有不争的，各据一块草坪。程珏拎着大扩音器喊话，到后面居然敌不过操场中央小音箱放着的电子音乐了。本想着今天能多练一会儿是一会儿的顾非气乐了，面前这群人只想跳舞，脑子里熟透了的节奏动作全让电子音乐给带跑了，再这么下去非得砸锅。两人一合计，干脆放了两班人该干吗干吗去。好家伙，男男女女全撒欢跑了，只留下顾非"明早七点到"的嘱咐在风中飘散。

　　第二天早上天刚蒙蒙亮，"哔！"，楼下响起一阵阵的哨声。迷糊中听见隔壁笑骂"别吵了"，紧接着整栋楼窸窸窣窣起来。曹苑推推顾非："起了起了，别睡了。"顾非揉着眼睛，听声儿还没清醒："……几点了？""六点半啊，所以叫你快起。"曹苑把着梳子，镜里倒映出她干净的脸庞。顾非噌地翻下床，趿拉着拖鞋，心里恼得很："睡过头了……哎，你怎么不叫我！"一边还往曹苑的胳膊上捶一拳。曹苑糊了一嘴牙膏沫子，口齿不清地吵道："喔哟，怪我咯？你的闹钟从半小时前就开始响了，你……"顾非把她从镜子前推开："去，叫安定起床。"曹苑吐了白沫子，扬起脸来瞥她一眼："哎哟，平时不见你这么关心她。"末了还说："我迟到还没什么人注意，你迟到，可小心被树为典型！"

顾非慌慌张张收拾好东西，急急地往楼下冲。她心想还能买个早餐，拐了个方向去超市，不料半路被人截住。"顾非？太好了，我们走吧！"程珏眼前一亮，拖着她往操场走。"我……我没吃早餐呢。"顾非不好意思地解释。程珏面露难色："啊，事儿可多了！大家还等着呢。""那算了我……"

小道上一个熟面孔走过，程珏大喊："给顾非买份早餐！"

那男生回头，有点懵，"餐费算谁头上啊？"

"算我们班班费里！"

"天啊，"男生小声嘀咕，"我们班和十九班都熟到这份上了？"

程珏说的"事儿多"，顾非到操场一看，松了口气。原来是表演用的人体油彩到了，会画画的人还没到。"昨天不都组织好了？每人画几个就成了，也不用太细。"顾非拍拍那几桶油彩，"你太紧张。"这时她已将程珏视作坚定的伙伴，可以说体己话了。

台下练了十几日，台上快得如走个过场。音乐起，屏气凝神地上台，平日捣乱的也知此时应该安分。再过个两分钟，主席台稀稀拉拉的掌声既送走了他们，又迎来了下一队，可谓节俭。下场的程式没人排过，每人说一句话，外围听着也是轰天了，只能靠自觉的几个嚷嚷："别吵了！""要扣精神文明分呢！"全没察觉他们的声儿是最突出的。

开幕式结束，尽可以逛了。奔走的校报记者，身扛摄像机手拿本，最威风的是向场边维持秩序的学生干部甩出胸牌的那一刻——外面的加油群众只有眼巴巴看着背影的份儿。医疗小组暂时得闲，现在的比赛对于运动员们的体能来说还算是小打小闹，等到了下午跑步的当口，就要忙得停不住脚了。窄窄过道里不断穿行，攥着几张纸登记大本营人数的，是团委；长时间坐在大本营中不动，以维持一定人数的，是班委。其他无事一身轻的去处可就杂了：拿着票入场助威的，没有票假装自己是运动员入场助威的，去饭堂里吃零食的，到图书馆外小广场散步的……五花八门——要不怎么说是体育"节"呢。

三级跳远比赛在上午，开幕式结束没多会儿就开始。它虽然是开门大项，但不是人们喜欢的竞技性强、刺激够味儿的项目，关注的人并不多，更别提比赛场地缩在操场的边缘。安定提着鞋子走下看台时，甚至没人意识到她是第一位代班出征的战将。她不是声张的性子，默默地便混入人流，走到熟悉的沙池去。广播台的音响也许坏了，播报了早上的赛程后再无响动，该说的部分全让大大小小的喧哗声填满了。人多人少不是照样比？她说服自己。高大的裁判组织运动员检录，第一场比赛，他很仁慈，教导她们放轻松，尽力比就行。也是，尽力就好。她又安慰自己。

"一号过来。二号准备！"

一号是田径队队员，前头的女孩儿们都伸出头去看，她迟疑一会，也寻了个缝隙看。她是七号，不急。

一号的身姿真美，小腿在空中划过一道漂亮的弧线，落地轻如燕。前几个动作与她之前所练习的别无二致，除了最后一个，截然不同。她疑心自己看走了眼，又看二号、三号……她的手慢慢冰冷。

"七号！"

她发抖了。

"七号？"裁判站起身看，"七号在这儿吗？"另一个裁判从地上拿起笔，看样子要登记"弃权"。

她颤巍巍地答了一声"到"，短促虚弱地让人差点儿发现不了她。裁判皱着眉头过来："七号，生病了啊？"她想说不是，嘴里挤出来的却是"是"。

"七号，能不能坚持？"

她点点头。周围的目光变了，似乎对她这种带病上阵的行为感到钦佩。还有不知名的人在旁小声喊"加油"，仿佛更大的声音会扰动她的病情。而她，居然从心底感受到一丝荒谬的快乐。

她跳了一次，很努力地，想要重复一号方才的动作。但她恐怕跳成了很难看的样子，裁判仍然皱着眉，问她："七号，你有没有接受过三级跳远的训练？"

她不敢接话——这不再成为一种坚强的"执拗"。目光又变了，变成疑问，或者轻蔑，她阴暗地猜想。规则允许她跳三次。每次跳完，她都宁愿自己别跳了。她的身体却很正派，硬要将一切演绎成"自强不息"。

测量员没有宣读她的成绩，裁判在名单上书写，笔画很多——"犯规"。

陆安定提着鞋子，徘徊在看台楼梯处。她简直不知道她在害怕什么。无人问津的比赛，有人见过的她的努力，众所周知的准则——"胜败乃兵家常事"。谁会责怪她？为何她仍然摆脱不了被羞耻淹没的感觉？

"安定。"

顾非在叫她！

她的心中立时激荡起暖流。每次同顾非站在一起，她都联想到太阳，万丈光芒烘干了她，温暖了她。并非顾非是那个太阳，而是她总能吸引到那么多的目光，一簇又一簇，抵得过一个太阳。

眼睛扫过她的鞋盒，顾非问："你比完了？"

她笑着，非常轻快，非常温柔。

"哇，好棒。"顾非的目光落回手机，看上去漫不经心，"嘿，对了，你知道刘凌漪的电话吗？"

她笑了好久，笑容都僵硬了。

"烦死了……我先走了哦！"顾非拍拍她的肩膀，快步走向楼梯，探出头大喊，"程珏，过来！"

她浑身冰凉。

顾非忙活好一阵，到下午可算歇了口气。刚喝口水，钟济急匆匆地跑来："刘凌漪在哪儿？"

"刘凌漪？"顾非呛着了，"她不在？"

"那肯定啊，检录处一直在催呢。"

广播里果然传来体育老师不耐烦的声音："请女子一千五百米的同学速到检录处检录，迟到者取消比赛资格……快一点！"

顾非慌张地在包里翻找手机。早上她打电话过去时，那边同她说的是"我在学校里"。她以为那就是答应参加比赛的信号，还怪内疚地同对方多聊了两句。

电话不接，广播三番两次地催过，也再没声儿了。顾非狠下一条心："走！"

到了检录处，听说她是十九班的参赛选手，体育老师脸色难看，语气不佳："刚刚为什么不过来！"

顾非撒谎不用打草稿，面不改色地解释说，参赛选手突发急病，一个班的人把她送到医院，过来后，听说比赛要开始了，才让她替补上场。面对不可抗的理由，老师不好再说什么，挥挥手示意放行。

一千五百米，接近四圈。顾非心里七上八下，打着混乱的鼓点。她自小没什么体育细胞，城市孩子能撒欢跑的机会也不多。除了极个别硬撑上去的比赛，她几乎不费心去练这些那些个项目。今年体育节，她小心地选择了五十米，一则五十米有种子选手，不须她出头；再则这个项目对耐力的要求小，在门外汉眼中，轻松。没承想还是栽在了她自己身上。假使她不自作聪明地将刘凌漪的名字填上，哪怕选别个，也绝不会是今天这副进退两难的局面。

自己种的苦果，吃吧。

顾非迈开腿，风呼呼地在她耳边吹起。前段的八百米是已知的，无非脸红、急喘和腿酸。她在往年的体质测试中体会过。再往后的七百米她无概念了，如果能凭意志力撑过……胡乱想着，她飞快完成了两百米。很快这些破碎的话语消失不见，如水滴滚入沙漠，即刻无踪；而她的大脑正像一座沙山，风刮过的表面光滑平整，留不住任何一缕思绪。她察觉到呼吸很重，很闹，在喉咙和鼻腔间翻滚，以至于她不得不张开嘴，收放它于天地之间。

酸水搅着血液，她感觉自己的筋骨都淹到醋里了。酸不同于痛。痛是尖锐的，明确的，逼迫着你的脑子混沌然而身体清醒的；酸在最开始是一种轻柔的不舒服。拿酒作比，痛是瓶劣酒，全身都渴望从刺鼻和眩晕中挣脱出来；酸是壶好酒，人昏昏沉沉，做梦似的轻飘飘，没法画一条清晰的界线去对抗它。她的腿愈来愈酸，愈来愈酸，接着，丧失了知觉，麻了。

顾非的意志力再强大，也无法应对"身体不听使唤"的情况。她的下半身刚开始叫嚣极限时，大脑尚能强力地压制。但很快，躯干造反了。它先于大脑对自己下达了指令。一瞬间的恍惚过后，顾非发现自己在走。而当她试图跑动起来时，简直能听见关节的嘶吼。

她是在不知不觉中走过八百米点的。那儿平时象征着结束，象征着胜利，现在不过是个普通的中点。赛道上，除了少数经过训练的，许多人都缓下了脚步，慢慢地走。比赛是比赛，观众们哪能让她们这样走呢？哨声加油声，火苗一般从四面八方点起来。她们被推着又跑起来，像一种应激反应，看台上她们名字的声音越大，她们就必须跑得越快。

顾非后悔穿这双鞋跑步了，虽然当时她没有别的选择。她渴望将脚上搁的石头蹬掉，否则她又硌又痛，像跑得只剩下这双脚。衣服湿漉漉地贴在背上，背是热的，衣服是凉的。风无孔不入地钻进她的耳朵、眼睛、鼻子，乃至后脑勺下蚊子叮咬的小包。无法抑制的耳鸣、头痛、抽搐，最后两百米，她的视野里一片空白。

她几乎是瘫倒在终点线上，整个身子向前扑去。医疗队员架起她，还对着后面喊："别让她们趴在地上，都扶起来！"钟济和曹苑大概说了些什么，模糊地像隔着一层水。她看见刘凌漪站在不远处，她的心剧烈地鼓噪。但她实在疲惫，睁不开眼睛，张不开嘴。

"你有病啊！"

操场中央传来怒吼。几个人围着裁判，地上还坐着个女孩，看着是刚刚跑完一千五百米的那一批中的。

"我们班的人跑成这样，你跟我说我们犯规？"领头的女孩狠狠地敲着桌子，"犯规你们不会一开始就说啊！"

曹苑认识那个女孩，高一她们曾是同班。杨丹妮性子火暴，平时呢，也属于"刀子嘴豆腐心"那一类。但你要真把她惹急了，也得好好地受上一阵。丹妮现在是高三十三班的团支书，这副架势，看着像为本班同学伸张正义了。

裁判组没人敢说话，杨丹妮喊得更大声了："别随随便便做出不负责任的事儿行吗？"

"没有随随便便……"

"这还不叫随便？"

"抱歉造成这样的疏忽。是刚刚有人向我们反映十三班超线，我们倒回去看录像带才发现的。但是，真的不能改了。"程珏站出来，曹苑这才发现她原来是裁判。

光解释并不能平息杨丹妮的怒火。程珏也不说话，看得出她是内疚的，毕竟坐在地上的女孩真的很累，肯定是尽了全力。裁判组一溜儿都是高一高二的，程珏没发话，他们在后面大眼瞪小眼，不敢吱声。那边十三班的大本营铁定听到了消息，来的恰巧是曹苑初中的同学。李元东初中时胆儿挺小的，上了高中，不知怎的勇气大增，竟跑去竞选班长，而且居然选上了。该说他胆子太小，还是人太善良？这么大个班级他是收不住的。亏得与杨丹妮做搭档，丹妮急马先锋，他在后头善后。

"……别吵了，让她回去休息吧。"李元东上场和稀泥，杨丹妮见惯了，瞧也不瞧一眼。她盯着程珏，抛下话：

“我看，你根本没资格当这个裁判！”

“喂！”

众人扭过头。李元东胆没个强，把同队的五班好友程北路一块儿带过来了。程北路其人，曹苑听到的评价褒贬不一。高二团委开会时，他身边围了一群低年级的小孩儿，问东问西，都显得特别信任他。同年级的团委成员，彼此之间时有交流，却没人同他说话。第一回，曹苑没看出来；第二回第三回……回回如此，进办公室开会的都心领神会。私下交流时，有人问程北路为什么如此不招人待见，另外一人神神秘秘地倒泄露出点内部机密：闹矛盾。闻言者翻了个白眼：这种答案我可以编一百个！说者急忙解释：里面的人说啊，他不豁达，不光明磊落！哦，那就是出阴招啦？……也不算是，听说是暗招。总之，心眼可多了。听者又问：那他具体干了什么呀？说者支支吾吾，显然是知道的到头了：“哎，学生组织里乱七八糟的事儿，我们哪儿掰得清楚呢？”

就是这么个人，拥有同李元东迥异的性格，两人却偏偏成了好友。杨丹妮身为团支书，私底下关于程北路的那番议论，她听过。因为对方于她仅是个点头之交，她也就不咸不淡地没怎么在意。现在她跟这儿理论，他好好地掺和什么？杨丹妮不客气，叉着腰扬起头：“怎么？团委的事儿管不够，管我们班头上来了？”

程北路面不改色：“我们现在是一个队伍。”十三班抽中了同五班搭档的签，曹苑略有耳闻。

"那好。"杨丹妮手指一转，指尖直直地对着程珏，"裁判不公正裁决，你解决吧。"

程北路并不看程珏，反而温和地对杨丹妮说："我听说了，但是，"他压低声音，凑近道，"听说这组裁判不好对付，万一得罪了，小心吃不了兜着走。"微微直起身，他又恢复了正常音量，"你们扶这位同学回去，我和裁判，"他指指程珏，"一块去主席台，申请审核裁决，如何？"

程北路说得头头是道，杨丹妮一时挑不出错处。眼看着下一场比赛开始，体育组恐怕要过来赶人，她撇开眼，算是同意了。

"发生了什么？"顾非好久才缓过劲儿来，声音还是沙哑的。曹苑摸摸她的肩，示意她放心："没什么。"

大本营里收着不少哨子，原是用来给运动员加油的。奈何场上人人用哨子，全部吹起来，显不出特别来。袁平寻思说找点醒目的道具，钟济和张洛便满校园地找。结果翻了个底朝天，一无所获。半道上碰见林衢。林衢虽然和钟济不对付，和张洛的关系却还不错。张洛随口抱怨他们碰到的难题，林衢听了，点点头，说："给你们找面鼓，怎么样？"

"鼓？"钟济眼前一亮，"这倒是可以！"

林衢瞟了眼钟济，仍然同张洛说："我帮你们问问，要行，我发微信给你。"

林衢头也不回地走了，留给钟济一肚子闷气。"哎，你说说，他怎么老给我甩臭脸啊？"

张洛嗤笑："那也没见你给人家道歉啊。"

"……怎么我就该道歉了？"

两人面面相觑。张洛歪着嘴，一脸似笑非笑的意思："你不知道？"

"知道什么？"

"腿伤的事啊。"

"他的腿伤了？当时没看见啊。再说了，我也伤得不轻呐！"

"好了好了，"张洛摆手，"看来你真的什么也不知道，可能二班那伙人也不敢跟你说吧。"

张洛讲起他听说的故事。去年学校篮球赛后，林衢伤了，而且挺严重，下了场感觉马上不对了。但他一直瞒着没说，怕耽搁后几日更重要的比赛。直到某重要比赛当日，林衢倒在球场上，彻底起不来了。他就这么错过了，也许是他有生以来最重要的比赛。

钟济慢慢收敛了表情。张洛见他上心了，停了嘴。他皱着眉头思索良久："我要去找他道歉！"

张洛一把扯住他："行了你啊。事情发生这么久了，你一下弄盆道歉语录劈头盖脸地浇下去，能行吗？"

"那你刚刚不是叫我去道歉吗？"

张洛被自己的话绊了脚，张口结舌："你……我的意思是，你得有点诚意！"

"那怎么才算有诚意呢？"

"自己好好想想。"张洛推开钟济勾肩搭背的手，"别老指望着我给你出主意。"

在道歉方面，钟济是典型的榆木脑袋不开窍。林衢领着两人走到半途了，他还面红耳赤地挤不出一句话来。张洛恨铁不成钢，一言不发地走得老快，逼得林衢和钟济不得不走到了一处。

林衢个儿特高，钟济看他得微微仰头。这姿势可新鲜，硌得钟济又紧张了几分钟，左顾右盼跟巡逻似的。怎么开口呢？钟济不擅长做这个。趁着林衢瞥他，不管三七二十一，他赶紧先开了口："我想……跟你道个歉。"

林衢不置可否，侧过脸去看别处。

钟济听过林衢错失掉的那场比赛的名字，对于怀抱梦想的年轻篮球运动员而言，那该是场具有决定性意义的比赛。如果他拥有参加那场比赛的资格，兴许不会答应在学校篮球赛里出战——为了规避一切可能出现的意外。然而林衢上场了，那是他自己的选择；很不巧，他受伤了，看目前的情况，也许是自己导致的。身为运动员，林衢应该知道，选择了什么，就要承担什么，这是不能怪罪任何别人的。但钟济依然十分愧疚，因为那场比赛确实过分重要，是他，直接导致林衢错失机会。他无法不自责。

"林衢！"

钟济深深地叹了口气。

林衢不再走了。他转过身，隔得远远的。

"对不起，林衢。真的，对不起。"

"……这不怪你。"林衢第一次开了口，声音很哑，"怪我。"说罢转过身，又走。

林衢越走越快，越走越快。钟济碰着他的痛处了。理智上他知道，赛场多碰撞，在当时的情况下，对方并非故意。他只是无比痛恨自己的选择。当初狠下心来拒绝班长的提议该多好？也许伤了一时的情面，但，倘若能在之后那场比赛拿一个理想的名次，他便有信心弥补所有的过失。他太后悔了，承受不住那么多的悔意，必须分出去一部分，转化为恨意。钟济在后面跟了一段，冥思苦想，终于想到张洛说的"诚意"。

"林衢！"他又喊，"我们比赛吧！"

林衢回过头："比赛？"

"对，比赛！成员，你找你的，我找我的。时间……就定在明年六月八号，高考结束后，好吗？"

林衢顿住。

许久，他说："好。六月八号，不见不散。"这回他的声音很沉，很稳。

两人走到路口，正看见张洛不停地徘徊。剑拔弩张的气氛消了，张洛感受得到，他没点破，问："我们要去哪儿啊？"

七拐八拐，三人拐进一条窄巷。路面坑坑洼洼，积着不知哪一日泼的脏水。钟济穿着新运动鞋，真是有苦说不出。然而他们的目的地还不是这儿，走了一阵子，他们拐出巷子，面前，是日报上的常客——年久失修的城中村。

　　"秋老虎"的时节，城中村逼仄的街道把热气拢到一块。钟济和张洛原地站了会儿，都是汗流浃背。"这儿有租鼓的？"钟济伸着脖子，看林衢走得老远，还不让他们过去。张洛耸耸肩："也许吧。不过等会儿还得想想，怎么把鼓运出去。"

　　林衢像是同人家谈好了，打了个手势。两人过去，却突然看见他的表情变得很奇怪。"阿衢，你来啦！"身后响起个淳朴浑厚的声音。一个浑身尘土，手上提着安全帽的男人走来，显然是刚下工的工地工人。林衢屈屈身子："程叔。"

　　"哎呀，这是你的朋友啊！"男人和蔼地看着钟济和张洛。

　　"对。"

　　"我知道啦，在S中读书，都很有出息的！"夸得两人都不好意思，连连谦虚说"没有"。

　　"程叔，我们先……"

　　"是你的朋友，一定也是阿路的朋友吧？"程叔打断林衢，朝楼上喊："阿路！"

　　三楼响起脚步声，一扇门打开，有个男孩走出来。

张洛虽然戴着眼镜，此时也不禁怀疑自己看错了。这人的名声在年级里不小，他绝没想过会在这儿碰见他。

"阿路，你的朋友来了！"程叔很高兴，"你们聊，我帮你们买点吃的！"

程北路不过滞了一瞬，马上从容不迫地笑起来："林衢。"

"路哥，我不是……"

"既然来了，上来坐会儿吧。"他转向另外两人，笑容温和，同张洛在某次典礼上看到的相差无几。

房子很小。进了门是客厅，再进去是厨房和厕所。右边两间隔开的小卧房，刚好够放张床的。空处还塞着两张折叠床。钟济和张洛坐在矮板凳上，浑身别扭。林衢干脆坐在地板上。

"张洛。"程北路瞅瞅张洛。

"钟济。"又瞅瞅钟济，"我没认错吧？"

两人都乐，问是怎么认识的。

"我记得高一的时候，张洛你的数学特别好。当时我还以为你会学理科，"程北路拿过水壶煮水，"怎么后来选了文科？"

"别提了，"张洛摆手，做出痛不欲生的表情，"我现在是后悔了。光政治就能把人逼死！"

几个人笑起来，气氛没那么尴尬了。程北路又点着钟济说："我认识你，好像是因为，顾非跟我提过你。"

钟济难得腼腆，同时，他有点莫名的犹疑。程北路不愧是人精，捕捉到他一闪而过的小心思："去年他们模联开会，找团委借东西。我们算是有……工作上的联系吧。"

"哦……呃……没有没有，我没说什么呀。"钟济百口莫辩。旁边张洛笑得都快岔气了，林衢也很感兴味地看着他。

正聊得开心，程叔推门而入。他兴致很高，愉快地张罗："来来来，给你们买了点小零食。两位同学，还有阿衢，等会儿留下吃饭吧！"

程叔一股脑儿地把东西倒在桌面上，辣条、虾条，都是些便宜的小玩意儿，孩子们童年贪嘴，又没多少零花钱，就买来抵个新鲜的那种。程北路似乎恼了，脸上不寻常地浮现一层薄红："爸，他们不吃这个。还有，学校有饭，他们会回去吃。"语气挺冲。

"嘿嘿，吃嘛，不要客气！"程叔乐呵呵的，没觉出不对。钟济连忙拿起一包打开："我挺喜欢吃这个的，学校有卖啊，我常吃的，对吧张洛？"张洛点头附和。程北路咳嗽一声，缓了脸色。

"哥！"

莽莽撞撞地有人冲进来。钟济和张洛嚼着零食，见了来人，都呆住了。

"你们怎么在这里？"程珏狐疑地望着林衢，"你带他们来的？"

"我……"

钟济拼命咽下最后一口，问："你怎么在这里?!"

"这是我家。"

两人傻了眼，来回看："你们俩……是兄妹?"

"堂兄妹。不过程珏一直跟着我们家生活，可以说是我亲妹妹。"程北路解释道。程珏大大咧咧地甩下书包，坐到林衢身边，她挠挠头，问："顾非应该没来吧?"

"没有，我们来找鼓的。"张洛说。程珏没再说话。钟济仔细看了看他俩，别说，真有点像："怎么学校里没传出你们俩是兄妹呢?"

程珏瞟了眼旁边这位："嫌麻烦，所以没说。再说了，我们在学校里不是一路人。"她扯扯程北路的袖子，"哎，以后我的事儿，你别插嘴了啊。"

"我不插嘴，你根本解决不了。"

"怎么解决不了?再说了，你跟人家保证申请裁判结果裁决，我不是更难做了吗?"

"不会的。"

"嗯?"程珏斜眼看他。钟济面上无辜，心里敞亮，大概意识到他们说的是今天下午的事儿。

"我让元东说服她，不要提交书面申请了。她们班根本没跑出名次来，只是为了争当时那口气。"程北路放下杯子，"归根究底，这事你们也有错。跟裁判组说做个顺水人情吧，明天的成绩榜上别明写'取消资格'，直接空着就行。"

钟济低头喝水。他听别人讲过，"程北路心思缜密"。他确实聪明。钟济偷眼瞧他，没承想正和程北路的目光撞上。这下，两人都看清了对方的门道，也晓得自己被看清了。

夜深了，三人告辞。程北路帮着他们将红鼓推出路口。月光下，少年人影子单薄。

走了很远，林衢突然说："别告诉别人。"

钟济和张洛对视一眼："我知道，年级里说什么的都有。但我认识的路哥和阿……程珏，都是很好的人，所以……"

"我们明白。"张洛拍拍林衢的肩膀，"就像刚刚叔叔说的，我们是你的朋友，所以，也可以是程北路的朋友。"

钟济摸摸自己的下巴："嗯，我觉得，他人还不赖。"他狡黠地一笑。

百旗飞舞。所有旗手擎着班旗，奔跑在红跑道上。体育节结束了，之后，有人选择出国，有人选择艺考，有人选择留下。二零一五届不同的命运轨道愈来愈清晰。拍完合照，一大班子人张罗着要去饭堂聚餐，嚷嚷"毕业典礼都不一定聚得到那么多人"。顾非先一步走，她得组织班委把大本营清扫好。有人叫她，她没听见，那人便叫了好几次。叫最后一遍时她转过身去，铁青着脸。

刘凌漪赔着笑，全没之前的嚣张样儿："顾非，我错了……"

认了错就好，顾非不是死乞白赖非要端着的人。但她必要损上两句，出出恶气："哦？今天可比前几天活泼多了啊？"转眼看过去，刘凌漪一副垂头丧气样儿，她又心软了，摊手道："虽然我也有错，但这回你真能气死我。"

一千五百米可把顾非跑伤了，她滔滔不绝地抱怨着自己跑得有多累，以期唤起刘凌漪的愧疚之情。刘凌漪果真愧疚得不行，没听两句，泪花盈了满眶。顾非慌了，连忙好声好气地安慰。凌漪摇头："我和他分手了。"

失恋比一千五百米重要。顾非放了置气的心："为这事不参加比赛？"

"是，也不是。"凌漪笑得惨淡，"我要离开学校了。"

父母让她选择，出国，还是艺考？反正决计不让她在文化科读下去，他们心知肚明，女儿考不考得上大学仍是个未知数。国外是另一个世界，她害怕。能留在国内，哪怕病急乱投医地选个艺考呢？没有底子，不知前程，家里送她去外地急训。明年年初的专业考试，考好了，留下；考不好，直接出国吧。

"我要走了。"顾非抱着她，她红了眼眶，眼泪掉下来让它掉，她绝不让自己现出抽抽噎噎眉紧眼皱的可怜状儿，"以后，不知道还回不回来。"

她痴迷地望着 S 中。真美，绿草蓝天，红砖红瓦。那是游子对故乡的思念，尚未离开就已开始。少小离家或有老大回，待她回来，这群人该像蒲公英种子一般飘散天涯了吧？那时，会否所有都时过境迁，故乡不复故乡，夕阳不复夕阳？

# 第十一章

是从什么时候开始喜欢的呢?

曹苑说:"初一寒假无聊,随手打开了个综艺,就掉坑里了。"

顾非说:"小学放学电视上经常放动漫啊……后来懂得在网上搜索后就越看越多了。"

陆安定说:"被网络带跑的。"

钟济说:"我小时候就爱打篮球嘛!长大后也会关注这些资讯的。"

唐政阳说:"我喜欢的角儿都在史书上。"

张洛说:"我不追星。"

…………

"欸,学长,配合一下嘛!"戴着团委标志的高一小学妹以为张洛在敷衍,急急追了两步,不死心地问。

"嗯,本来就没有特别喜欢的人物啊。"张洛捋捋袖子,随手一指,"那不是团委副书记吗?你们不怕被逮着啊？"

几个高一同学回头一看，程北路正黑着脸气势汹汹地走过来，忙逃也似的跑了。"欸，张洛。"程北路抬抬头，算是打了招呼。张洛一只手搭上程北路的肩，开玩笑道："今天过来找谁啊？男班委还是女班委？"

"欸，正经事儿。"程北路一抖手中的空信封，"叫你们班支书过来。"

"哦。"张洛斜倚着门框，双脚随意交叉。程北路奇怪地看了他一眼："曹苑！"

女孩抬起眼，目光落在张洛身上，又瞥了眼门口的程北路，了然地从抽屉里拿出一沓资料来。紧着些脚步走到门口，张洛一侧身子。

她微微低头，抿了抿嘴。

"人齐了吗？"

"齐了，除了一些出国的联系不到。"

"那些就算了。"

"今天门口这些高一的孩子怎么回事啊？你不是说跟他们重申过，不准再带社团事务到高三楼了吗？怎么还来？"

"唉，下面没传达好，一帮小年轻搞七搞八。"

"哟，官大爷口气这是……"

门口两人说说笑笑。张洛站着听了会儿，没什么意思。他直起身走进教室，同出门交作业的唐政阳擦肩而过。

是从什么时候开始喜欢的呢？

不经意的投石往往能惊破一池春水，激起涟漪。

瞬息万变的娱乐圈，明星冒起就像割韭菜，一割一大茬，哪里寻不到一个面容漂亮身材颀长性格合意的？在这样的时代，好像长时间喜欢一个明星也成了值得夸耀的事。

曹苑想他长得真的不好看，至少在那么多精致的面孔里，他不算出众的。拿照片给顾非看时，顾非瞧了一眼，然后把手机抢过来，又仔细端详了几秒："不是你喜欢的类型啊？你不是喜欢书生吗？你的口味换了？"

曹苑咬着嘴唇，半天没想出反驳的词来，最后只莫名心虚地辩白，现实中不会喜欢这样的人，好似她已经偷偷地把心许给了屏幕中的偶像。其实没有，不过那时她们才初一，她还没有磨炼出自信的面貌，顾非逗她，她就怯了。

晚上一个人时，曹苑忍不住摆弄起手机。相册里缓存着他的一张张照片：舞台上的凌厉眼神，机场里的困意丛生……一些剪影，但足够让她泄露眼里的一点温柔笑意了。看到他的脸、身姿，扩展到一切细节，都能激发出她发自内心的愉悦。像不期而遇的好天气，只叫人眯着眼微笑。

后来顾非拿这些小女儿心性的旧事逗她、作弄她，她已经懂得又笑又骂一笑而过了。或许在她的潜意识里，过去这种青涩的、含苞待放的感情非常珍贵，以至于她不愿将它们曝光出来，接受包括成长后自己的众人视线的检阅。总要有些东西是留在窖子里藏酿的。

喜欢他的日子不算短，但一眨眼就都过去了。手机屏幕还是明晃晃的他的照片，打开手机时会不由自主地微笑。微博里他的行程却没再有太多关注了，偶尔登录账号，会惊讶地发现他已经换了好几个发型，笑成许多种好看的、些微陌生的样子。

不是不再狂热，只是长大以后，对"边界"的把握更加准确。她有好多要做的事，忙得焦头烂额，为了理想，至少是为了终点，艰难地攀爬。她不能再像以前那样，整颗心都挂在他身上。初中小女生，睡前想到他以后会交女朋友，会结婚，甚至会慢慢走下那个舞台，泪水就悄悄漫过眼眶，脑袋依偎着被子，把脸窝着哭了起来。

然而三四年过后，遥远的未来还没到，她已经成长到比遥远更远的境地了。初二时乐颠颠且不知疲倦地为他奉献自己的时间和精力，内心还觉得是理所应当的；而身处高三的现在，并非压抑着不去花大量时间关心他，只是对自己的投入变得更自然、深入，也就缺乏了几年前无尽头的热情。

现在想起他时，她会希望他不要那么辛苦，转到幕后，也不是不能接受；希望他交个女朋友，不久的将来能拥有自己的家庭。有周边就买，有新歌就听，顾非笑话她"操着一颗亲妈心"，她反击回去："哪儿亲妈心？现在不亲妈了。说说你啊，为二次元人物'立传著书'，到底哪位才是亲妈心啊？"

顾非撇嘴："但是我和他们并不生活在同一个世界啊，能做的也只有写点文章。"

两人沉默了一会儿。曹苑突然站起来，往绿茵茵的草坪走去："欸，你觉得，到底是喜欢三次元好呢，还是喜欢二次元好呢？"

顾非疑惑地眨眼："怎样算'好'？"

曹苑张着嘴想了片刻："我也说不出个所以然来。"

"好吧。我觉得，喜欢三次元，生活和被仰慕者是同步的，你有渠道去见证他们的真实生活，有机会去见真实的他们……"

"我从没见过他啊。"

"但我连这个机会都没有。"顾非侧仰着头，"我可以说是，时时和他们生活在一起，却永远不能见到他们。你懂吗？而你，以后一定会见到他的。"

曹苑低头，食指缠缠绕绕。

"嘿，你知道，我一直相信，他们住在这颗、这颗、这颗……"顾非抬着手指点来点去，无奈广州夜空的星辰实在太过稀疏，"好吧，我想的是，这么大的宇宙，总有他们的容身之处。就像平行世界……"

明显走神的曹苑根本没在听，她思索着陆安定早晨同她说的事。

曹苑睡眼惺忪地从床上爬起时，顾非已经出了门。她顶着一头乱毛走到洗漱台前，安定正在刷牙，用眼神向她示意了早安。曹苑点点头，拽过毛巾向另一头的洗衣台走去。

　　"等……咳咳咳……等会儿。"安定想说话，不留神呛着了牙膏沫。曹苑茫然地站在原地："啊？"

　　"给你看条消息。"安定得了甜头似的笑着，掏出手机，"你看。"

　　曹苑落目，看了几行，心里一跳。

　　微博很短，内容大概是十二月中旬，某组合来广州开演唱会。

　　而她们俩的偶像，都在这个组合里。

　　"什么时候开不好，挑这个时候开……"曹苑嘟嘟囔囔地抱怨。

　　"去不去？"

　　曹苑讶异地抬眼："姐姐，我们在上高三。"

　　"反正我是要去。"安定的手指在屏幕上不停划动，"我已经找到购票网址了。下个星期一就开始订购，你可得快点决定。"

　　"但我……这……这可是高三啊。"曹苑痛苦地说。

　　"曹苑，"安定极其认真地盯着她，看得曹苑不禁把头往后靠了靠，"你摸着良心对我说，那天你安得下心来学习吗？当他们在场馆里又唱又跳，我举着手灯尖叫的时候，你能平静地坐在家里学习?"

"……不能。"

"你喜欢他多少年了?我看看,得有四五年了吧,你见过他吗?"

"……没有。"

"你不想见他吗?"

"……我想。"

安定抿嘴,仿佛答案已昭然若揭。

"你说得好像很有道理。"曹苑拿起牙刷,把牙膏挤得深思熟虑,"我再想想。"

"我再想想",转眼就想了一上午。曹苑发觉自己甚至没认真地听一堂完整的课。她打了个寒战,老是这么牵着挂着,就要影响学习了。还不如现在做决定,下周买票,抛下顾虑一路好心情地滑到演唱会当天。

事情的可能性和可操作性一旦被自己认可,心里就不免痒痒的了。


说了一通的安定瞧见曹苑脸上犹豫不定的表情,便知事情有了八成。曹苑不是个想九分走一步的人,她想一两分就会迈步,所以扳动了她心思的事儿,十有八九会被实践。这时只要再给她留点余地仔细想想,事儿便妥了。安定聪明地没再发话。

正如她自己所说的,无论曹苑去或不去,她是要去的。

倒不是说她"身为高三生"的觉悟比曹苑低，她日日伏案学习，成绩的提升速度是不容小觑的。但她四年积累下来的对偶像的感情，却远比曹苑更冲动、更激烈、更不可阻挡。

曹苑与安定对待追星一事，态度多有不同。曹苑是个静，追星局限于"转发微博""保存图片"和买专辑，旁的一点不做；安定是个动，歌要会唱，舞要会跳，线上动态尽数掌握，线下活动一样不落。曹苑爱掩，书包服饰干干净净，非好友不提一句偶像，若不是班里有安定作为同好，在教室里有那么几句讨论，恐怕班上不会有多少人知道她的这一面；安定爱现，各类用品上布满了外行人不知，同道人一眼便知的特殊符号，抽屉里有本自己做的图片册子，还时不时地同周围的同学宣传一下偶像的最新消息。曹苑羞于表达自己的感情，评论总绕不过几句普通而干巴巴的赞美，似乎多一分就成了亵渎，当然，这用她自己的话来说是"我比较含蓄"；安定则觉得喜欢就要大方说出来，有些略嫌肉麻的形容词她也挂在嘴边。顾非做总结陈词："能让聒噪的曹苑坐下，让文静的安定站起来的人，就是她们的偶像。"

安定骨子里有夸张而不显山露水的一面，比如她惯有澎湃的情感，却时常把它们压制在静得没一丝波纹的海平面下。她的生活中，许多东西是做给别人看的，像是海面上的天气，阳光灿烂或是暴雨倾盆，都可稳稳地被预测；

至于海面下汹涌的暗潮，迸发的情感，便全是做给她自己看的了。顾非和曹苑的钓钩或许有一小截探入面下，终是不深；他却是唯一一个全副身心被她的海水所裹抱的，意义非同小可。有时他带来的波动甚至会溅起浪，搅动得上层的空气也发生微妙改变。事实上这是非常必要的，因她是个过于文静的人，若无这一分热闹，文静难免落为乏味。

不出安定所料，第二天的晚上，曹苑给了回复："我去。"她坚定地说，几秒后又泄出几丝底气，"但我们得……"

"瞒着父母去。"两人异口同声道。

这当然是毋庸置疑的共识。高三、考试、繁忙的学习……如此多的名目加诸她们头上，哪里还有多余的时间分配出去——即使有，那也是从父母眼中漫长的"学习时间"中偷来的，横竖不是名正言顺。

"谁来买票？"两人眼睛相对，又同时撇开目光。买票可不是个轻松活儿，虽然看着只是鼠标的轻轻一点，但刹那间反映出的迅疾反应能力，却非常人可学。陆安定扫一眼低头不语的曹苑，最终还是说："我来吧。"

她也知曹苑在这方面是个静的，万一抢票时慢了半拍，那座位可就"千里之外"了。既然要去，就要坐最好的位子。这一星半点儿的命运她得攥在自己手上，容不得半点错。

周一的晚自习，六时五十五分，曹苑突然站起，迎着众人的目光走到安定的座位旁。安定拿着手机，半只脚已经跨出座位。"要我……""不，我自己去。"唐政阳左看看，右看看："同志，你们在接头吗？"

　　"你不懂的。"曹苑神秘地摇头晃脑。唐政阳忽然收敛了目光，乖顺地看自己的课本。曹苑背后一凉，听到了袁平的咳嗽声。不用细看也知老师的表情有多难看，她猫着腰逃回自己的座位。而安定则趁这间隙从后门溜出去了。

　　躲到楼梯间的暗处，安定一刻不停地操作起来。抢票需要耐心、技巧……出来了！她手指颤抖地输入个人信息，因为紧张，还不小心输错了几个字。她匆忙点回去重新键入，嘴里无意识地念着"快点快点"。卡着吸气的那个当口，她飞速地按下"付款"。等待信号转呀转呀转……好了！她瞪大双眼，像是要把"付款成功"这四个字吞进心里。长出一口气，她甚至感到晕眩。这真无异于一场百米赛跑了。

　　买完票后一切尘埃落定。两人同平日一样，该学习学习，该睡觉睡觉，绝不在教室里泄露丝毫的欣喜。要瞒就瞒到底，两人索性连顾非也没告诉。顾非虽然察觉出不对劲来，但没有确凿的证据，也仅仅是停留在怀疑状态。曹苑和安定有时憋不住了，站在阳台小声交谈时，顾非就故意在宿舍和阳台间走来走去。曹苑和安定的话语被她卡成一段一段，她俩非但不恼，反而冲她露出小孩偷了糖果似的笑，倒让她丈二和尚摸不着头脑了。

十二月的某个周五，演唱会前一天。曹苑的心紧紧地跳，吸气，呼气，就算气在胸腔里打起太极拳，也抚不平她躁动的神经。手里拿着的明明是苦哈哈的政治原理，她居然能边背边笑。甚至在读一个冗长的段落时，她笑出了声。这下四周的同学都不能静而观之了，一个个转过头递来"关爱的眼神"。几处眼神碰撞，大家忍不住笑了出来。欢乐多多的第四组俨然成为笑的磁场，一下又吸引了兴于教室各方的莫名其妙的笑声。无意间，乐的氛围蔓延至整个教室，反而无人注意始作俑者曹苑。于是她把红透的脸埋在臂弯里，又偷偷地用只有自己听得到的声音笑了。

第二天，交完文综答卷的同学们纷纷收拾书包回家。顾非问曹苑要不要一起回，曹苑一口拒绝。见她手忙脚乱地收拾东西又支吾不出个所以然的样子，顾非怀疑道："你到底要去哪儿？看你样子也不像要回家吧。"

曹苑披头散发地从桌子底下钻出来，一双眼睛亮得吓人，紧抿着嘴又紧张兮兮地咬着唇，活脱脱一副想向别人炫耀口袋里的糖、又怕别人知道了会抢的样儿。顾非眼皮一跳，灵光乍现般上讲台拿了昨晚的报纸，直接翻开娱乐版——

"××组合明晚将在穗开唱。"

"你和安定……不会吧?！"顾非瞠目结舌，"你爸妈知道……好了，当然是不知道的。"她摇头，"你俩真是……

无法无天。"

"嘿！"曹苑轻拍顾非的手背，满脸殷勤地笑道，"看个电影也不过这么长时间。今晚有什么突发情况你先帮我俩兜着。我走了！"

曹苑刚到门口，就被安定直拉着走，半步不停。安定等得火冒三丈：曹苑的动作太慢了。她原是想着要一下课就冲出去的。两人喘着气跑到侧门，安定的动作比平时快上一倍，利索极了。曹苑被衬得磨磨蹭蹭，认庋似的杵在一边看她打车。

两人万事俱备，偏偏忘了学校地处偏僻，是半天也不见得有车停的地方。而最便利的交通工具地铁，也没有直达的站点。安定左跑右跑拦不住一辆车，急得满身是汗。"想想办法啊！"她训斥愣在路边的曹苑，心里多的是烦躁郁结。曹苑一激灵，脱口而出："去前面坐公交吧！"

"还有时间吗？"

"往市区方向坐，别管了。"曹苑指指手表，"最多只有一个半小时了，死马当活马医。"

上了公交，安定突然淌起冷汗："我带票了吗？"

"你说什么?!"曹苑的声音立时尖了八度，"别吓我啊！"公交上的人们转过来看两个脸色煞白的女孩儿，买完菜的阿婆把目光往她们身上乱放，小声地用白话交谈："学生仔……"

安定翻找的手顿了顿，表情意味不明。曹苑一把扯开她的书包，见装票的信封好好放着，大松了口气。然而两人都不敢松懈，神经绷得十足紧。曹苑的脑仁一阵阵地疼，疼得她无法想清楚事情。但她愿放纵这种疼痛，甚至享受它。在见他之前的一切经历都那么珍贵，哪怕是再细微的感受，于明日的记忆里也有瑰丽的色彩。她盼望等待的终点，又惧怕。强烈的反差让体验的快感膨胀，映上她脸庞不自然的红。

不言的气氛带着上了出租车，两人各自掏出耳机听歌。曹苑沉浸在自己的情绪中，安定不打扰她，只看着自己的手机锁屏发怔。上周，爸妈又吵架了。她很不合时宜地想到。而愈是要把念想驱出脑袋，它扎得愈牢……

上周他们又吵架了。

本来是很闲适的一个周六晚，她还下载了一部电影，预备来个久违的放松。二十分钟后，门外响起的吵架声。责骂如此这般地你来我往，她听惯了，也麻木了。看电影的心情被搅得一干二净，连手下还余着一两笔的作业也不想动。抓过床头的大耳机，盖上耳朵，蒙上被子，打开开关，便满怀是他的歌声了。

低低的吟唱入耳，圆润了疼痛原生的锐角。缓解的方法是前几年才找到的，而她父母的争吵已经持续了十几年。有时她疑心，他们为何还不离婚，偏要苦苦地折磨对方，折磨她这个无辜的女儿。

"这不都是为了你吗！"

妈满脸是泪地喊出这句话。她通体生寒。

"为了我？"她难以置信地指着自己，巨大的石块横亘在喉间，无法咽下。

"当然是为了你，要不是为了谁呢？"爸坐在沙发上，手指夹着烟，不耐烦的眼神四处扫射，"别那么自私，快去学习。"

她擦干眼泪，冷笑出声："为了我？呵，谢谢，你们真是费心了。"

原来，如果没有自己，他们早各奔东西了。也许自己是那个牵住他们脚的沉重包袱吧？拖得他们迈不开步子。可是，可笑呐，她又是多么庆幸，自己至少能做个包袱。纵然他们三人都痛苦不堪，团圆的形态却可以给她极大的安慰。

自怜、自郁，她消化不了的部分，通通倾倒给他听。反正他的不言不语面色不动，就是最好的接纳。而她既愿将最深的苦楚告诉他，也是容他为自己人的表示。从此他的喜怒哀乐便是她的喜怒哀乐，他若是赢了，她的欣喜比他更狂。就像把自己无法实现的那部分自我全数加诸他身；他的每一步奋力向前，都够得她的深深喝彩。他与她在她的世界里胶结得越来越紧，到最后竟是难分难舍。


路好长。零零星星的摊子支在场馆外，横幅被吹得耷拉下一边。外面萧瑟，所以繁华全钻进里边了，钻进人声鼎沸，灯火耀眼的场馆里。

她们急匆匆地跑进场地，喘得上气不接下气。检票人员见怪不怪地瞥了一眼，用机器扫过她们的票，淡淡地说："演出马上要开始了，抓紧点。"

马不停蹄的进场路上她们只见到一只只手指点着方向，一晃而过的身形容貌她们是无暇去看的。陆安定平时小小瘦弱的身子，不知怎的竟跑得比大个子曹苑还快。曹苑在拐角处好不容易抓住安定的影子边儿："欸，你怎么不走……"

一个新奇的世界扑面而来。

大场子黑张着口，无限深邃，又像蕴藏着无底神秘，由表及里地透着股诱惑劲儿，直把人的激动、尖叫、语无伦次往里装。场馆里显见已经调动过气氛，稍有个风吹草动的就袭来一波接一波的声浪。东西两边各有两块大屏幕，滚动播放着组合的代表曲目。

两人在门口呆愣地看了会儿，直到门口的工作人员不耐烦地催促，才醒过神来进场。

好歹是赶上了，久悬的心迅速安妥下来。两人坐下，惊奇地将周围的人和物看了个遍：她们赶得紧，什么都来不及买，几乎是换了件衣服就过来了。座位上摆得整齐的应援物——荧光棒、手幅、指环灯，可说是帮了她们大忙。而四周坐着的人里，有和她们一样好奇地东张西望的女孩，也有一脸严肃、挂着口罩，手上还端着专业相机的姑娘。

前者她们尽可大大方方地看，还愿大胆地上前去交谈；后者她们只敢远远地观望，更别提鼓起勇气去攀谈了。曹苑对后者很是艳羡，她在微博上看到的照片大多是这群姐姐拍的。一沓沓的照片似乎给予她们更多喜爱他的资本，同时也让她们从普通粉丝中脱颖而出。

现场的气氛越炒越热，到后来已经像滚热的水蒸气忍不住掀了锅盖似的顶。突然，场馆内的灯在同一时刻熄灭，引发了愈加强劲的尖叫声。黑暗中曹苑与安定的视线不期然相撞时，能看到笑容在彼此的脸上剧烈地迸开，掺着跃跃欲试的调皮和期待。

"砰！"

一声炸开，千万声鼓点紧随而来。曹苑觉着这鼓点是摸清了她的心跳，又或说是征服了她的心跳，否则它们怎么会跳动得如此一致？她的气息满到了嗓子口，急着将那一声声不知思索的尖叫推出喉咙。剧烈的震颤令她眼眶泛酸，这一刻她确是等了四年，但她又不知道自己等了多久。他上个月的造型像是上辈子的事，出道时的一颦一笑又似在昨日。若不是今日来此，她不清楚自己竟是一直在等的。她以为自己早就冷漠了。

舞台上浓雾散尽，浮现几个模糊的轮廓。安定这回真觉得自己的耳膜要破了，被自己的声音刺穿。那一个个轮廓都面貌模糊，她几乎是凭着直觉在其中找寻着他，一丝的怀疑足以斩断她的目光，因为他是能够让她一眼认出来的——

一眼就锁住了她的心神的人。

只看到背脊，也足够描摹出他全副的音容笑貌：微蹙的眉，专注的眼，紧抿的嘴。安定深吸了一口气，灼人的瞬间里无数的思绪一闪而过。初中的某一天，她打开电脑，屏幕角落的推送里出现了一个过分好看的名字。谁会把名字取得这么文绉绉啊？耐不住好奇心，她点了进去。按着顺序找到他的照片，很干净的模样，带着新人的羞涩。她使劲看了好几眼，终于把他的名字放进搜索框。从那以后，搜索框里再没缺少过这个名字。

遇见他以后，毫不夸张地说，她觉得自己又活了过来。初中的陆安定时刻面临着来自学校和家庭的拷问，痛苦不知该如何自处。从前客厅里传来争吵声，她只能把房门反锁，缩在床上，掐着脉搏读秒，感觉全身的血都藏在泪里，慢慢地往回流。现在她可以坐在电脑前，一遍又一遍地放着他的影像，看他认真地唱歌、跳舞，看他真挚地讲述自己的理想，看他的目光穿透镜头落在她身上，仿佛仅此就能给她无限力量。最温暖的时候，是点开闪烁的企鹅标志，能看到一群人吵吵闹闹地谈论他、关心他，自然如待自家兄长。有这么多人喜欢他，而自己也是其中一员，真好。

思绪沦陷又挣脱，漫长的回忆不过费了短短的一秒。而现在，她想，我终于见到你了，不算跨过千山万水也算走过千日万时。从你第一次上节目连话都说得七零八碎磕磕巴巴的时候我就在看你，到现在你随口一说就是满场笑声的时候我仍在看你，但看你终究是看你，隔着屏幕心里明白那只是影像。现在我终于站在这里，见的是活生生的你，我与你的生活终有一线重合，终于在这条时间线上，我们能共同经历未知的下一秒。这对你我而言都真是太不容易了。

曹苑分出神来看安定，哑然发现她已经泪流满面。她俩认识这么久，住同一个宿舍，朝夕相处，她还是第一次见到她这副模样，又哭又笑，很痴地将目光停驻在台上的某个人身上。曹苑摸摸自己的脸，还好，没有失态。

聚光灯"唰"地照射过去时，曹苑清晰地感受到什么东西在她耳边炸开。天呐，他比照片上还要好看！而且他是真的和她共同生活在这个世界上的！她不可置信地笑起来。太新鲜了，站在舞台上的他确确实实是自己喜欢了四五年的人，但又如此不同——这是她第一次能够强烈感受到，他是另外一个独立的个体，而不是扁平的，靠着各种新闻和八卦去塞满的单薄人物。

场中的气氛十分热烈，灯起灯落的同时声起声落。

第一部分结束后，曹苑的背后出了薄薄的一层汗。短暂的休息间隙，场内或大或小的感叹声此起彼伏。还没等歇够劲，灯光又逐渐变暗。不过演唱会本来就不许人们歇够劲儿吧，曹苑暗想。她是没力气再去像刚开场时那样嘶吼了，她的激动比身边的人们消减得要快。安定一路喊着，声音都哑了，仍不愿松松嗓子。曹苑却宁愿静静地听、静静地看，享受这份脱离热闹的平静。正如小时候她静静地缩在角落里看书。那是原始的她，用一切平静来欣赏和烘托美好，而不借外界繁杂。

不知怎的，台上持话筒低头安静唱歌的他，瞧着竟是有点眼熟了。这眼熟就像是公寓房里隔道门的邻居，虽没进行过深入交谈，低头不见抬头见的也值得两句问好。网络上，他的许多细节都被神化了，即使她有一定的分辨能力，也不免被这类匍匐的赞美所影响。现在他实实在在地坐在她面前，目光似乎还会不紧不慢地扫过她，就突然现出一副凡人样了。但凡人也是应有尽有。凡人的美、凡人的才、凡人的德，他是尽得的。这样的凡人脱不开人的眼，人的眼也脱不开凡人的样儿。

好长一段时间，她恍然融进温软甜蜜的气氛。多愿这一刻可以长存，仿佛此时感受到的激动欢愉，足以抵过之前的焦急、无奈、悲伤。是啊，多愿。曹苑打开手机，还有半个小时。她留恋地望了眼舞台，他仍旧好好地坐着，笑着。只是还没有分别，她已生了刺痛的难舍之情。怎么会这样呢？她怕是想了太多，想得太远了。于是她摁下伤怀，竖着耳朵去感受。听他唱最后一支曲，听他唱最后一个小节，听他唱最后一句，听他唱最后一枚音符。见他随着队伍鞠躬做最后的问候，见他走到门前又回头看了一眼，见门里他的鞋消失在黑暗里。邻座的女孩带着哭腔喊，怎么这就结束了啊？曹苑只俯下身，慢慢收拾掉在地上的手幅和应援灯，一言不发。

安定也帮着收，待半个场的人去了后，没头没脑地说了句："明天还得回去学习。"

曹苑瞪她，站起身来，把目光落在退场处，犹疑地看了会："欸，你说，他们现在应该还在后台吧？"

两人的视线碰在一处，飞也似的转开。"指不定走了呢。"安定嘟囔，"没走也见不了……"曹苑没理她，兀自探出手去捡飘落在前方座位的礼花碎片，将它捧在手心。刚刚它们飞起来的时候真美丽极了。她环视四周，不过是十分钟前的景啊，怎的热闹来得快也去得快呢？

她和安定走出场地，来时灿烂的夕阳藏匿起来，换了疲惫的黑夜和不留情的狂风。安定穿少了，不住地发抖，只好靠快步走来维持热量。两人还得走很远，才能打到车回学校。曹苑裹着外套跟在安定后头，神色略有些茫然。远处的人潮正在散去，近处的马路是安静的，若不是有两人交叠的脚步响着，这地方真能僻静到可听落针声儿了。

忽然，轮胎碾压地面的声音大了，两辆面包车疾驰而来，很快超过了她们，往不断延伸的前方开去。曹苑抬起头来看了一眼，没忍住，又看了一眼。这一看使她的眼睛突然酸涩了，她福至心灵地想，这该不会是他们的车吧？

饶是再怎么猜测，车开远了，都不会再回来。刚刚见着车的瞬间应该使劲抓紧的，虽然"抓紧"的意思不过是多看一秒，但多一秒也是多，也是她赚了他们相处的时间，也是紧巴巴的回忆里多添了一分余裕……她的眼泪簌簌地下来了，居然如此猝不及防。

　　往后曹苑数次想起那个晚上，想起她的呐喊与哭泣。当时的她究竟是怀着怎样的心理去观看演出的呢？又或许她根本没有认真去看，仅仅是盯着他的脸过了整两个小时。她曾施施然自诩追星时的收敛、理智，都在那晚瓦解。她一度非常非常严格地克制自己对他的感情，过分了，动心了，她会及时斩断自己获取信息的渠道——不刷微博，不看新闻。把他存在的痕迹一一抹去，不留丝毫想象空间。过了几个月，当那种感觉不再存在时，她才慢慢地恢复对他的关注。如此反复几次后，她便再也不会心动，只是"克制而和缓地喜欢着"。然而内心深处，她也许不愿承认地，其实十分羡慕安定。安定不使这些花招，也不需什么框架去把感情限定。她喜欢，就是十足的喜欢；热情，也是十足的热情。她多么坦率。

　　从始至终，她一直在思考一个问题：他的身份究竟是什么呢？初二时她觉得他像一名兄长，因为那时她多么渴望有成熟的哥哥能保护她、引导她；高一时她觉得他像一位朋友，因为她需要一位聆听倾诉的朋友，而他们又有那么多的共同爱好。众多身份中她唯一排斥的是"爱人"，因为，即使她羡慕热情、渴望豁达，也知道那实在是太过天方夜谭。她视这种感情十足珍贵，不肯轻易地施出去；她清楚他们的世界离得有多远，跨过界线的感情结局必然是万劫不复。她要守着自己的底线。

她反复揣测，难下定论。但那晚过后，她一下抓住了他的定位：陪伴者。人生中不乏难以理清的关系，都可用"陪伴者"来概括，偶像和粉丝不过是众多关系中联系得比较紧密的一种。我扶持你走过一段路，你扶持我走过一段路，牵着手，在几年的光阴路途上彳亍而行。往后许是分道扬镳，许是携手相伴，都不碍着过多的情分。因为陪伴者是君子之交，我只敬你台上意气风发，台下的事儿我一概不干涉；我们交换半份情意，剩下的半份我们随意自处，与对方无关。

人心若是真这么简单就好了。

还是会随你起伏啊。往后你事业有成，结婚生子，过上普通人最憧憬的生活。我站在你身后，满足又心酸。因为你感恩的是整个粉丝群体，而我却希望自己是特别的。没能像个朋友站在你面前，笑着对你说声"你好"，可能是我这一路上最大的遗憾吧。但本应如此啊，这些混杂了十八岁细腻感情的起起落落定会十分难忘，何况有缺陷的美更能长存。更重要的是——

那一次我碰到一个很高的栅栏，害怕自己跨不过去。

但我突然想起你一次次地跑、摔倒、爬起、再跑，于是我走到远处，眼睛丈量着距离，双脚积蓄着力量。我轻轻蹲下，做好了起跑姿势。

我奔跑，在枪响的时刻。在栅栏前，我抬起了脚。

跨了过去。

因为喜欢你，我获得了勇气。知道有些事情再难也要战胜，知道有些事情，不是不可战胜。

我相信你，从过去到现在，从你的成长，从我的成长。虽然是行走在不同的路上，但我们最终都到达了这里。所以在这颗、这颗、这颗星星上，在那个平行时空里，我们一定是与对方并肩前行的陪伴者。

没什么能为你做的，只愿你一生平安幸福。路途也许艰苦，但我知道你会披荆斩棘向前，任何阻碍都不能阻止你，一切都会灿烂辉煌。

而我只需要好好坐着，看你台上，灯光亮起——

# 第十二章

十二月，天气冷了，凛冽的风不住地拍打窗户。走廊上少了打闹的身影，偶尔有缩着身子抱着热水瓶的人走来走去。为方便文科班的同学们学习，学校特地在十九班旁辟了个教室作为自习室。自习室的环境是好的，只嫌太冷。曹苑怕冷，便不愿去旁边教室；顾非怕闹，越临近考试她越敏感，早早地抱着大摞课本去占座位。

顾非只在上课时回教室，其余时间她的大半"江山"被曹苑占着。每天下发的卷子足有数十张，资料纸更是不计其数，紧紧逼迫着可怜的小桌子。曹苑把暂时无用的书放在顾非桌上，视野开阔了不说，做卷子也不必缩手缩脚，舒服许多。这是顾非不在的好处……也有坏处，曹苑不时扭过身，竖起耳朵：沙沙的写字声，偶尔，一点微不可察的呼吸声。两个半小时的晚自习里，她悄悄地做着探测，听一会儿，心里安静下来，就止住。顾非在时，常拿些数学题去讨论，她不动声色地加入他们，最后总能把谈话导向说笑。顾非不在，她没有了接近的理由，只好偷偷摸摸地听点余音。自习间隙，有时政阳来，有时不来。不来便有他窸窸窣窣穿棉衣的声儿，跨出座位拿起水瓶，稳着步子去打水。

倘若呢，后头坐的是政阳，她三不五时就要去逗他的；若坐的是钟济，她也免不得去借两支笔，再开开顾非的玩笑。偏坐的是他。之前吴权庆调过来与他同桌，没几个月就不再来上课。后头原本坐着的几个吵闹少爷，也鸟兽散似的走了。一问，有的在准备托福雅思，有的已处大洋彼岸，总之是走了出国的路，高考也就随手一放。但这么一大群人走了，像把他俩留在了无人的孤岛，她愈发端着无谓的矜持，不愿主动与他交谈了。

端坐在另一教室的顾非探知不到好友的烦恼，即使知道，她也惯了。试卷上的书写简洁有力，解答逻辑清晰，明明白白一副正确答案的样子。她呼吸均匀，心情愉悦，即使偶有患了疑难杂症的题目出现，她也淡定地药到病除。九月以来的挣扎终于结束，各方面回到正轨。地理老师曾在课上提醒，要谨防十二月到三月易现的"高原反应"。"高原反应"，即在备考时期的中后段，学生们广泛显现的疲乏、厌倦、注意力不集中等现象。课堂上一片心虚的笑声，顾非倒自如。自己的"高反期"来得快，先前心神不宁，如今看来反而好。作为班级的排头梯队，她不可能被落下，现时别人的节奏慢了，她越要加快步伐，争取在这一阶段甩开一大截。

下个月的今天，是四校联考，再过一个星期，是广州市统考。考试不少，所以要尽力把问题都扫除，重点都巩固，走好每一步，给之后的一模二模筑高点儿的阶梯。

张洛也是这么想的，所以他比平时都要刻苦。不晓得是不是用力过猛，适得其反，他觉得自己的记忆力下降了。往常他挺喜欢做题，也挺喜欢背书。做题和背书的过程于他而言是很顺畅的。这并不是说学习不费劲，而是说他费劲之后总能完成目标，所以费不费劲、费多少劲也就变得无关紧要。他是奔着那个目标去的，若一点力气不使也太不像话。但近几日他背书时，却感觉自己像个"左耳朵进右耳朵出"的闲人了。莫不是"高反期"到了？这么想着心里又该"波澜壮阔"，赶着下午放学的当口，他去办公室找了趟袁平。

"没事儿，大家都会遇到这种情况。你和平时一样生活学习就行。再说了，堂堂张洛还会怕这个？"袁老师开玩笑。他似乎看出张洛的欲言又止，说："有什么事来找我就好，平常心，平常心。"

张洛得了句定心的话，重担却没卸下几分。国人爱讲究个"开门红"，更别提为了考试一惊一乍的考生。一月份的考试，他极想赢，然而他已隐隐有了落败的预感。晚自习前他路过五楼自习室，从窗隙瞄见顾非微弓的身子。晚自习后他特意又去了一趟，顾非的姿势几乎未改。她的沉迷投入，给他很大的心理压力。

　　曹苑抱着些待收拾的文综资料，悠悠走出教室门。前方那个瘦高的身影生生逼停了她的脚步。曹苑是个近视眼，没戴眼镜就让世界失去了锋利的棱角。她只见到他侧过的脸，神情在昏暗与光明的交杂中暧昧不清。即使看不分明，她也知道他在专注地看着什么。许久，他若有所思地后仰了一下身子，走过拐角。听他的脚步声渐远，曹苑才敢上前去。他在看什么呢？走过第一扇窗她就僵住了，一盆冷水将身子浇了个通透：教室里，只剩一个人。


　　"要走了吗？"顾非摘下耳机，仰头问，"等我收拾收拾，你坐着等呗。"

　　曹苑静默地站着。

　　"怎么不说话？"她见顾非抬了眼，棕色瞳孔被灯光照出流光溢彩。她一向不露声色，却处处留情。惯常见的这双眼一旦被自己浑浊的心绪沾染，便哪里都不再有景致。

　　说她从未想过这个问题，那是谎话。事实上她曾无数次地想到过，有多大的可能，张洛会被顾非所吸引呢？苗头不停地露了又掐，因为她虽然好奇又揪心，仍无法将这两个在心理上同自己最亲近的人，以这般方式连接起来。

　　然而，她可以忽视臆想，却不能忽视事实。凛冽的冬风在空荡的自习室内拧起漩涡，窗外的大雨下在教室里，曹苑身上的棉衣还笼着暖意，身子却迅疾地冷了。"头痛。"干涩的喉咙里蹦出两个字。顾非点点头，用手探了探她的额头，曹苑轻轻别开脸。顾非毫无察觉，叠起两份卷子，拍拍曹苑的肩膀："走吧，回去给你找点药吃。"

回宿舍的路上，曹苑一声不吭。顾非当她身体不适不想说话，并不奇怪，自己边看手机边走。曹苑慢了半步跟在顾非身侧，偷眼瞧她。她们的关系从未出现过什么疑虑，大抵是因为认识得太早，之后的许多事情便水到渠成了。一想到可能会同好友产生这样荒诞的交结，她起了一身的鸡皮疙瘩。

曹苑借口身体不舒服，早早上床，却在夜半仍辗转反侧不得入眠。她实在是太想知道了，恨不得明天一大早就在教室守住，等张洛进来时拽着他问个清楚。她心下越知道这不可能，就越痒痒，越睡不着。第二天只得顶着大黑眼圈和连天的呵欠上课。

度过一堂昏昏欲睡的数学课，曹苑猛地惊醒。揉揉眼睛，课室里一半疲倦到趴着睡觉，另一半却仿佛永远精力充沛，居然在寒冷的冬日在室外踢起了毽子。顾非不在座位上，哪儿去了？……曹苑迷糊地一回身，正撞着后排两颗靠在一起的脑袋。

"怎么……怎么跑那儿去坐？"她哑着嗓子问。

顾非从笔记本中直起身来："上节课的题没搞明白，这样说话方便些……欸，你要是不行，还是回宿舍歇着吧。撑着病上课没效率的，还不如养好了再来。"

"我没事。"曹苑故作轻松地撑开一个微笑，却让顾非的眉头蹙得愈紧了。只是她万万想不到，好友的面色泛青并非因为病，却是因为她。张洛闻言也抬头看她，目光淡淡地没什么意思，飘了一会儿又落回笔记本上。

面前的两人讨论题目，演演算算，好不热闹。曹苑突然觉得自己像个尴尬的存在，往日那种插入谈话的表现看起来那么不识趣。她不想再等待一个停歇的机会。

曹苑的身体状况固然让顾非挂心，对她而言却还有其他更重要的事。印象中，她似乎没见到张洛经历过"高反期"。按老师的说法，他的"高反期"也许还未到来，然而，若是他根本没有"高反期"呢？每年总会有些神人一般的学长学姐，按部就班走过高三一年，不出岔子，最后也考上了国内最好的大学。顾非自知不是"神人"，但她不确定张洛是不是，至少现阶段他很有"神人"的风采。数学课留下的一道题，顾非在脑中排除了一个又一个解法，被自己绕得头都大了，后来剑走偏锋写了个答案，险险拿到大部分分数。她拿过张洛的答题纸看，发现他用的是那个自己嫌计算量太大而舍弃的解法，中规中矩，得到了所有分数。

顾非明白，即使再来一次，她也不会选择这类毫无美感的解法。无奈所谓考试就是以成绩论英雄，自以为的"风骨"又有何用呢？顾非出了一身虚汗，有些惊慌。她自我反省还是自视太高，误了事，以后万不可再犯同样的错误。

她长出一口气。她本无须同张洛斗个你死我活，毕竟学习是个共进的过程。可她太想赢了，似乎赢了这场就能不停地赢下去。胜利能给她带来象征更大胜利的好兆头。

张洛满腹心事地坐在座位上，笔在动，但明显没学进去。刚刚他看到顾非的解法，马上就反应过来，她并非没想到过自己的这种解法，而是在众多的解法中选择了她最喜欢的一种。反观他呢，他只能想到两种，而写在卷子上的那种更优，所以他选择了它。他的最终得分确实高于顾非，但那只是一时之胜。他和顾非都不必为基础题担忧，唯一能拉开差距的地方是压轴题。高考的压轴题往往被赋予很多意义，有时会考一些较偏的考点，或是同大学的知识点联结。顾非在这题上或许拿不了满分，但她天马行空的思维确保她总能找到解法。而对于自己而言，能找到循规蹈矩的解法当然好，若找不到，他便束手无策了。

坐立不安许久，他决定找顾非借笔记本再看看。感觉到有人在拍她的肩，顾非摘下耳机，表情不耐，显是讨厌攻关克难之时被人打扰。张洛抱歉地问："可以借一下你的数学笔记本吗？"

"哪道题？"

"我们刚刚讨论的那道。"

顾非把笔记本翻得"唰唰"响，待翻到那一页，张洛正想接过，却听顾非说："等等，我把它取下来。"说罢捣鼓起笔记本的活页扣来。笔记本用得太久，固定纸张的地方难免老化，变得难以解开。顾非左摆弄右摆弄费去不少时间，张洛忍不住玩笑道："别弄了，我又不会看你其他的笔记。"

这句话一出来，两人不约而同地感到尴尬。张洛把说的话一咂摸，心里便不太是滋味了：对啊，你还怕我偷学你，提高自己的成绩吗？你就这么看待你的对手？顾非其实没有那个意思，她只是格外珍惜自己的笔记本。把要用的部分取下来，万一有个"三长两短"的也不至于全体覆灭。但张洛的脸色告诉她，无论怎么解释都是错。她索性笑着把笔记本一推："说什么呢！你用吧！"

张洛的表情稍微和缓了些，接过笔记本。顾非欲言又止地看看他的水杯，还是没说出口，回去做自己的事了。曹苑说要借她在自习室的位置用几天，所以她只得在教室自习。傻丫头也真够坚强，不舒服还硬撑着。她摇摇头。


每年总有几个能引起大躁动的节日。年末的圣诞节，因其被赋予的独特含义和与元旦相近的日期，尤受到人们的关注。S中素来赶得时髦，从教室到操场都被装点一新。广州冬天的气温不算低，但寒冷是货真价实而刺骨的。和着寒风的冷无孔不入，把人的身躯一点一点地逼进棉袄里。

唐政阳的手紧紧缩在袖中，连根手指都不愿露出，还将袖子合拢，活像个遛弯的老大爷。"这个天还要做操，真是活受罪。"他一屁股坐在顾非的位子上，"欸，别做题了，你老坐着不动弹，过几天绝对生病。"张洛低低地应了声，头倚在手臂上，满脸倦色，笔仍不停。政阳还想说点什么时，顾非在讲台上敲了敲黑板。

"最近早操的出勤率很差。知道天太冷大家不想走动，但是我们班在一起做操的时间也没多少了。"她顿了顿，"希望大家珍惜这段时光。"台下没人响应，抬眼望去，一个个不是在发呆就是在睡觉，唯独钟济大声叫了声"好"，吸引了不少揶揄的目光。顾非朝那个方向看了一眼，接着说："今天是平安夜，班委会给大家准备了一点东西。"

沉睡的目光瞬时殷切地集中到她身上，有人叫出不切实际的幻想："有派对吗？"马上激起一片欢呼和交头接耳。"不是啦……"顾非否认，讲台下又是一片失望的嘘声，"不过，下午会送一棵圣诞树过来，如果大家同意的话，我们把班费挥霍掉，晚餐在班里吃吧！"

教室又活了过来，同学们拍着桌子，笑着叫着，好像遇到了什么了不得的事儿。顾非长舒一口气，也许是冬天的关系，也许是考试将近的关系，班里死气沉沉了好一段时间。虽说节日会让人分心，对考生来说不算好事，但他们也确实需要被其他特殊的事情激发一点儿热情了。十七八岁，她期待的能够放声大笑、纵身一跃，肆无忌惮的狂妄的年纪，即使上头有考试压着，总不该半点噪声不出，乖乖化成一潭死水。

曹苑回教室换些课本，忽然就有好多呼声闯进她的耳朵。她望向讲台，顾非正和政阳商量着什么。该是讲了关于班级活动的事儿吧？她神思恍惚，竟毫无前奏地被一股眩晕碰撞。再次睁开眼不过是两三秒后的事，她定睛的焦点，稳稳当当地，落在张洛的鼻尖上——那是礼貌待人的关键细节。目光落在对方鼻尖上，既让人感受到你亲切的注视，又不感到逼迫。她学会的这些客套细节，生疏客气没有半点想要探寻的热情，她从来不用在重视的人身上。只有眼睛会无法抑制地泄露真情，而对放在心里的人，无须遮掩真情。

如此细致、耐心地观察他，她哪里敢。她不敢的，躲闪的眼神才是她的常态。然而，毫无意义的今日今时，她随随便便就跨过了那道障碍，直勾勾地盯着他。她奇怪自己怎么没早点看他，从眼睛开始，漫开整副容貌，现出清晰的轮廓。她知道他也在看她。怕什么？她不怕。往日的忧惧、羞涩、不敢言，那个在他面前表现出最不像自己，又最像自己的曹苑，这一刻令她如此厌弃。她眼见他首先别过目光，笑着对她说："怎么了？"

他知道的。她心下一片清明。

"没什么，好好学习啊。"她笑回。张洛倒愣了一瞬，微微张嘴，却也没说什么。

曹苑收了顾非递过来的小鹿角。最后一笔班费被用于圣诞节，确实，除了购买答题卡，再没有其他东西与活动可以让他们花钱了。每一次转身，鹿角上缀着的铃铛都会发出叮当的响声，放大她的每一次窥视。好在班里叮叮当当地响成一片，她的种种小动作淹没在欢乐的海洋中。她把视线落到斜后方那个身影上，思绪放回自己身上。几百个日子里，除了成绩，他是最能影响她情绪的人。可能暗恋是这样，一颗心挂在对方身上，朝思暮想，在希望与绝望中无尽地徘徊。她只看他时是正确正常的。可旁边总有个观望的少女，探头探脑。那位不断生长的曹苑，她看着她，互相拉扯着被初生炙热的感情消磨的身躯。曹苑会长大。虽然，她去适应环境、去做个活泼随和的人，都出自执拗的自我逼迫。但几年里日复一日的渗透，已经使"强迫"进化为"自觉"，积极活泼的曹苑是胆小怯懦的曹苑上生发的新草层，谁也不能否认这片绿不是土地的一部分。所以当最初的曹苑因为喜欢上一个人而再次出现时，现在的曹苑产生了抗拒心理。她是鸠占鹊巢地占据着这个身体，总害怕最初的曹苑会经由某个契机卷土重来。她本应该毫不犹豫地消灭她……然而无法，她无法下手，因为无论是最初的曹苑，还是现在的曹苑，都热烈地喜欢着张洛。张洛让她产生了对自身认知的混乱。正如她眼中的张洛兼具男孩和男人的形象，面对喜欢的人时，女孩的怯懦和女人的勇敢同样在她身上迸发、涌流。怯懦不再是最初曹苑的代名词，勇敢也不再是现在曹苑的专利，自我犯了难。于是她只好又分裂成感性的自己和理性的自己。理性的自己专注于考试，安静快速地清除一切不利于自身利益的事物，形成一套过度的自我保护机制；感性的自己时时刻刻逃不开初生感情的影子，狼狈地只愿蜷缩在幻想里。对此她毫无办法。晚自习，她逃离他，在另一个教室学习。接下来的两个小时里，她数次回来，寻找抽屉中根本不存在的文具，询问毫无意义的问题，然后慌不择路地逃走。一次一次，她控制不住自己。

她毫无办法。

平安夜的晚上是不寻常的热闹。第二节晚修下课前，高一高二教学楼的喧哗声已经很大。不多会，连楼下的理科班都嘈杂起来。许多人索性收了书，审来审去地聊天。到了这个点，袁平肯定不在办公室，顾非懒得去再喊"安静"，何况今日所有的训词都是煞风景的。时不时，哪个班里传来男生的高声怪叫，就有数不清的怪叫迎合他，逗起一片稀稀落落的笑声。顾非托着腮，望着挂在墙上的钟数秒，"三十，二十九，二十八……"，晚修的最后三十秒，她得松松弦。真舒服啊，要不今晚就不复习了吧……她懒散地想，头往棉袄里缩。"哐哐哐!"急促的敲桌声打断了她的迷蒙。钟济一边敲她的桌子，一边往楼下张望："走，下去!"

顾非揉揉眼睛："干什么？"

"走啊走啊，等会放学人就多了！"

顾非反应不过来，还在抽屉里摸摸索索。钟济看不下去，一拽她的手腕："走吧走吧，等会我再陪你回来收东西！"

两个人前脚紧挨后脚地出了门，居然没引起太大注意，唯独张洛意味深长地瞧了一眼。

曹苑刚推开班门，两个身影急匆匆地冲出来。她晃了眼，直到人走到灯光下才发觉，竟是钟济拉着顾非在跑！"真在一起了？"她倒吸一口气，若有所思地走进去，恰撞上张洛未收回的目光。两人俱是一滞，曹苑微微偏头，似有所察地瞟了瞟门口；张洛垂下头，遮掩似的翻动桌上的资料。曹苑内心一沉。

教室里热闹了，教室里安静了。几分钟的光景，人走得干净，只留下几个雷打不动爱学习的，勤勤恳恳地做卷子。曹苑抓着笔，久久落不下来。该心乱如麻了，她想。

窗外爆发出一阵又一阵的欢呼声，张洛过去开了窗，哗——好冷。曹苑冻得打了个寒战，不明所以地看过去——他半个身子俯在窗台上，笑得像个小孩儿。她感觉胸腔里奇妙地一动，海边的落日，那天……又心酸又欢喜，她永远记着。

"你来看！"张洛突然探身回来，曹苑吓了一跳："啊？"

“那不是钟济和顾非吗？”

楼下聚集着好一堆人，其中那些戴圣诞帽的，是 S 中引以为傲的合唱团。近几年平安夜的大广场上，合唱团准时出现，欢唱圣诞颂歌。这活动原本是几个同学的兴起之作，后来演变为 S 中的传统。前几天曹苑还想着去凑凑热闹，到了平安夜，被烦心事儿搅和，反而忘了。她顺着张洛的手望过去，大路灯下两个交叠的人影，模模糊糊是有他们两人的样子。“呵呀，”曹苑瞧着面前这出好戏，“不会真的现在就在一起了吧？连我都不告诉，口风太严了！”

“不一定啊，搞不好钟济想今天晚上表白呢！”张洛偷笑，“整天听他在宿舍里念叨顾非，太烦了。”

“嗯……嗯？钟济确实喜欢顾非吧？”

“当然啊，我们宿舍听得耳朵都要起茧子了。”

“我以为你们只是爱开钟济的玩笑。”

“你们不也是开顾非的……”

“噢……”两人恍然大悟地点头，“所以他们确实是两情相悦啊。”曹苑笑得狡猾。张洛盯着楼下，笑道：“看来我回去就能给钟济一份圣诞大礼啊。”

曹苑心里一跳，脱口而出：“不，还是别了。”

“怎么？”

外人都能看出来的事儿，当事人心密如织，会看不出来？口不对心，欲语还休。顾非的自我约束比她紧得多，只怕是强忍着不在这个关头去捅破窗户纸。钟济也许是真傻，他们两人——曹苑轻笑，解释道："感情这种事儿，我们外人瞎帮倒忙，多煞风景。"

张洛想想也是，便不再提。没话说的当口，曹苑又开始七上八下，思索半晌，终于支支吾吾地问："你和顾非，你……"

张洛一脸茫然："哈？"

"他们俩在下面，你……你不下去看看吗？"

"你想下去看看？"他明显理解错了，顺着她的话不知所以然地接下去。

"不，"她观察他脸上有无端倪，"我只是问问。"

张洛松松手臂："不是你说的吗，他们俩的事儿，我们这些外人掺和，没劲啊。"他勾起嘴角，笑是过客的笑，云淡风轻。曹苑赔着笑脸："好好好。"小心眼全都烟消云散，揭到晴天。

广场中央台阶处，合唱团唱着，后来围观的人们也加进来。一水儿清亮的歌声夹着不成调的哼唱，杂了，但更热闹。满广场的人齐唱一首歌，调儿四处发散。节日里的歌唱要什么专业性呢，不过为了讨众人烘托好的气氛。大音响里的歌手本人，独自认真演绎歌曲。跨越五楼高度的也唯有他，唱着很轻的歌，轻得飘起，似可入梦回旋。他倚在墙上，摘了眼镜，闭了眼；她跪坐在椅子上，手靠着窗台，托着腮。

"Last Christmas

I gave you my heart

But the very next day you gave it away

This year

To save me from tears

I'll give it to someone special

……"


跑下楼梯，跑出大门，跑过办公室——等会儿，袁平
眯着眼瞧窗外，嘿，钟济这臭小子，真是越来越大胆了。
他抽出压桌底的两份成绩单，看看，叹了口气，算了算了，
也不碍事，圣诞节不打有情人。

"等会，"顾非扶着腰，哈出几口白气，"你让我喘会
儿。"钟济仍然抓着她的手，兴奋劲儿十足："看，人很多
啊！"说罢又要拽着她跑起来。顾非一瞪他，钟济猛地缩
手。顾非又气又乐，推他一把："走嘛。"合唱团正唱那首
*Last Christmas*，去年圣诞他们班唱过，顾非能哼几句。周围
多是高一高二的学生，尤其是高一的，看着校园活动还觉
得新鲜，围作一群呼哈乱喊，让她回想自己是否也经历过
这些。高三学生看底下两个年级，当然什么都是小朋友作
为。然而半年后她的身份也要换了，由雷厉风行的高三学
姐升作青涩无知的大一学妹，到时该是大四的前辈老神在

在地对他们评头论足了吧？顾非笑，笑自己处于十七岁的如今竟羡慕十五岁的轻松自在，即使她知道那轻松自在并不真实；她又有些羡慕未知的十八岁，那是人们常道的"撑过去就能到"的大学，是终点站，是桃花源。十八岁的顾非会怀念这个迷茫地四处张望的年纪吗？十七岁的顾非又如何能知道十八岁的他们将去往哪里呢？

黑暗中，谁往她头上套了什么，拉着她钻进人群。"钟济？"顾非扯下头上的东西，是顶圣诞帽。几秒不留神，钟济拽着她站到了合唱团里。他捏捏她的手心，让她放松。合唱团唱歌时，为让观众手中的荧光棒亮得更明显些，大灯暂时熄灭，所以无人发现他们的偷偷潜入。还剩半首歌的时间，钟济的嗓门倍儿大，即使如此，还是淹没在欢乐的声潮中。顾非放心地开了口，拍手唱：

"A face on a lover with a fire in his heart

A man under cover but you tore me apart

Now I've found a real love you'll never fool me again"

镁光灯"唰"地一亮，他抓着她的手冲出人群。"咔嚓"——

政阳得意地拿着手机："我下来看热闹的，没想到啊，你们俩，还给加戏！"

他回头笑骂一句，脚步不停。

跑到广场外围的僻静处，他停下来。转过身，他问：
"开心吗？"

她一愣，尔后笑着点头。

"开心就好。"他低下头，双手拢着，"嘭！"手一挥，像有星星在面前炸开，落进他的眼睛，"平安夜快乐。"

"好好学习啊。"他慢慢退后，咧开嘴笑，"我也会好好学习的。"

她傻站着，眼见他一步一步退开，忽然灵光一闪。

"嘿，钟济！"

平安夜快乐，谢谢你。

纵知圣诞节烟火燊然，美丽无限，仍愿守着平安夜，留着灿烂，明日再开吧。


一个星期后的傍晚，体育馆里的灯光旋而转暗。室内室外的黑夜融在一起，坐在下层的高一高二生窃窃私语，上层看台的高三年级倒是安静，没人说话，像等待着什么。

"下面这首歌，参加过我们迎新晚会的同学应该都很熟悉。

"每年，我们都会送走一届高三。这首歌，一方面为 S 中所有的高三同学加油打气，希望你们在高考中都能取得理想的成绩；另一方面，作为 S 中合唱团本届毕业生的告别演出，在这个舞台上，最后一次为大家表演——

"*You raise me up*。"

一个人打亮手机屏幕，紧接着整个看台亮起。仿佛静谧的森林深处，萤火虫们纷纷点起它们的灯，从黑暗里钻出，闪现了它们的身影。

　　光河漫漫。

　　他们摇动着身子，和着台上的歌声，动情地唱。三年过去了，他们终于唱起这首歌，第一次也是最后一次。高中时光随着歌曲一同接近尾声，那之后，路止于此，海始于斯。

You raise me up so I can stand on mountains

You raise me up to walk on stormy seas

I am strong when I am on your shoulders

You raise me up to more than I can be

"You raise me up To more than I can be."

# 第十三章

　　四校联考的成绩公布，十九班的成绩不错，在年级里算排得靠前的。师生松了口气：可算有个安生的寒假了。

　　寒假可安生，不可松懈。十几天的假期，折腾出百余张卷子。刚下发时还有人嚷嚷着要找老师，到了最后，都像打蔫的茄子，趴着不吭声了。顾非还分着折好卷子，曹苑索性拢起来一叠——没叠起来。卷子中间有一道浅痕，再折不下去了。顾非甩甩手中的卷子，那意思，要曹苑跟她学。曹苑半伏在桌上，摇摇头。

　　"怎么不开心？"顾非把卷子分门别类装进彩色文件夹中，"不是考得挺好的。"

　　"是啊，但是吧……"曹苑枕着书，想笑又笑不出，"万一下学期一模考不了这么好呢，万一我寒假没法好好学习呢。"

　　"砸掉手机，扔掉电脑，走向人生新巅峰。"

　　"去你的……"曹苑笑推顾非，眼神乏乏的。

顾非正色："真的，我让我爸妈把电子设备都锁起来了。"说罢想想，又把东西一放，"嗯，但愿我不会真的拿铁丝开锁。"曹苑哈哈一乐。顾非臂里挽着一大摞书，手上还提着一袋，"好了，我走了，寒假快乐。"曹苑从棉袄里抽出手，挥挥。

"好冷啊。"顾非眯起眼。寒风从侧边吹来，半边脸都冻僵了。她不敢乱动，怕一个差错手里的书掉了——到了这时候，再没有比翻了毛边、记满笔记的书更金贵的东西了。坐上车，终于有浓密的温暖包裹她，她哈出一口冰气。后座挤着她的被子、储物箱、行李，一应带回家去。"下学期回去时带有用的就行了。"妈妈是这么说的，"反正是最后一学期了。"

窗外青翠渐行渐远，转眼驶上了灰黑色的大马路。她在这儿读了两年半——不，应该是五年半。初中高中，十二岁到十八岁，最好最活跃的年纪都在这儿了。现在剩下最后半年，她琢磨这时间怎么过得这么快呢？但她以前是不这么想的。初中时成日和曹苑厮混，她俩熟，除了政阳没别人来打扰。体育课看的云是慢慢飘的，体育课的下课铃也是好半会才打响，时光又闲又长，她捧着圣贤书一味地读，觉着什么都远着呢，舒坦。上了高中，不再那么平稳，似乎她的生活也掺进了喘气与汗水，认识安定，认识凌漪，认识张洛，认识钟济后……日子一晃眼就过了。

"顾非啊，"爸爸突然出声，把她拉回现实，"平时不要学得那么晚，还是要保重身体。"她应了。果然，下一句是："考什么学校都好，自己一定要开心。"

"我，考好会比较开心。"

"我知道，可是……"爸爸不说话了。其实他不说顾非也知道。顾家是传统的书香门第，哪朝哪代起就户户读书，出尽了举人秀才的。长辈们管教一向严格，旧时，读不好还要挨手板。到了他们这一辈，本应一以贯之地严加管教，但家族同辈的一个堂哥，高考前因心理压力过大患了疾病。以往每次回老家，路过堂哥屋前，总听见有人压低声音："哎呀，是疯了……""疯了……可怜……治不好啊……"伴随着声音，天天坐在屋前的伯母干着她手里的活，有时缝东西，有时择豆子，总不停，就像声音也不停。近几年她少回去了，听姑姑说，堂哥的"疯病"好了，去年出去打工了。她松了口气，要不她总会想起那位伯母的样子：紧闭着唇、一言不发地坐在塑料板凳上择菜。因了这件事，长辈们都有了忧惧，"万一学迷怔了"，不敢再逼。

手机响了，钟济的名字跳到微信界面的最上方："一起去看花市吧？"

顾非摁下"好"，又迟疑了。想了想，她把字删掉，问："找多点人去好吗？"

那边回得很快："好啊，那我约张洛他们，你叫上曹苑和另外几个吧。"

顾非应了，转头在宿舍群里发了消息。曹苑和安定都答应要去，唯独凌漪说她那天有事儿，去不成。顾非心下了然，没多问。

到了碰头那天，几个女孩子都早早到了，聚在咖啡馆里学习。曹苑拿出一沓卷子，翻开第一页，顿了顿，又随手翻到第十几页的地方。顾非瞥了眼卷子："没做？"安定也抬起头来。

伪装的曹苑被拆穿，倒没了脾气，"唰啦"一声翻回第一页，果然白茫茫大地真干净。"太累了，我就玩了几天。况且最近学不进去，我想休息一会儿会学得更好呢……"看着顾非的眼神，辩解的声音渐渐小了下去。

"保持惯性不要停。歇够了，学吧。"见曹苑的气势矮了半截，顾非没多说。安定看了看两人的样子，嘲弄道："曹苑是被顾非管得死死的啊。"

"没错，从小学开始，一直都是她管我。"曹苑趴在卷子上，有气无力地答，手臂不时挪动着在试卷上勾选项。顾非撇了嘴看她。安定从文件夹里抽出几张薄且滑的牛皮纸，问："我带了哲学原理纸，要看吗？"

"考我。"顾非换了个方向坐好。两人你一句我一句地考，不多时背了两三页。其间曹苑出门转了转，回来抱怨："他们迟到了吧，我看门口没有人呐。"

顾非正在背原理，这么一打断，最后几个字堪堪地塞在嗓子眼，硬是上不来了。"核心……"安定出声提醒。"核心价值观！"顾非快嘴地抢答，生怕安定把最后几个字一并吐出，印证了她背不出来的事实。

"不要管他们了，等来了让请吃饭……"顾非话音刚落，几个男孩推开咖啡馆的门，钟济气喘吁吁地跑在最前面："抱歉抱歉……等来等去的……浪费时间了……"

"哎钟济，顾非刚刚可说了，你迟到了要请客的。"曹苑笑道。钟济边摆手边说："可以可以，不要点太贵的就行了。我请你们吃晚餐吧。"

"天呐，姐夫你真阔气！"曹苑口无遮拦的喊声，惹得男女主角闹了个大红脸。旁边的几个围观者憋着笑，纷纷转头四处看。顾非望着曹苑狡黠的笑容，恍然醒悟这是对"管教"的报复。正待开口，钟济接过话尾："没有没有，等会儿妹夫来了，让他带你去吃好吃的。"曹苑被击得一时气短，半天没想起反驳的话来，只微红着脸跟在队伍后面。政阳看着走在前面谈笑风生的两人，啧啧叹道："我就奇怪了，他们俩腻歪成这样，怎么还不谈恋爱！"

哪想钟济顾非虽然表面上谈笑风生，其实心里各运作着小九九。顾非问张洛去哪儿了，钟济答他在上补习班，还未下课。顾非感叹他真刻苦啊，钟济应答是啊是啊……他们的对话中不敢出现一丝空隙，哪怕只有一秒钟，也足够酝酿尴尬的气氛。曹苑的话不能说是无心之语，但他俩有心人的身份是确凿无疑的。

走在后面的几人边商量着说先去吃饭，边悄悄地溜到队伍前面。大家都默契地没打扰"气氛很好"的两人。两人反正是左一句右一句天马行空地聊，较劲儿似的没停过。

天冷，火锅正合适。几个人围坐一块，热乎气儿腾腾地冒出来。坐定没几分钟，张洛风尘仆仆地出现在门口。他头戴毛线帽，脖子上还围几圈围巾，眼镜片碰了温暖的空气，罩一层水雾。钟济"嘿"一声笑出来："你怎么穿这么多，不怕闷着啊？"他只穿了件夹克外套。张洛一顿，面露尴尬，将围巾搭在椅子靠背上，一扯帽子："我妈……爸妈非让穿的。"顾非接上话，很感兴味地问："欸，你去补习了？"

"是啊。"张洛正色，眼睛直直地盯着顾非。

"你还用补？"顾非挥手笑道，"你哪门课不好啊，真是的……"

"最近挺多都不好的，我得补补。"话尾被张洛抢过去。他惯常随和的眼逼促地看人，顾非有点接不住，直耿耿一口气咽不下去，又有莫名的歉意泛上来。张洛移开眼睛，盯着桌子无端地看。桌面上的气氛遭冷风一扫，怯得其他几人不敢开口，所幸还有个钟济，不识场面又爱说话的，张口就说："唉张洛啊，刚刚曹苑可说了……"顾非忙掐他，钟济扭头，表情丰富，那意思："不能说？"

张洛没理对面两人的眉来眼去，他的视线落在曹苑无意间绞紧的手上，轻声问："曹苑？"曹苑忽地松了手，敲敲桌子："吃饭吃饭，再不吃火锅都得凉了！"张洛深深地看她一眼，低下头，用筷子一圈圈地搅着汤汁。

热热闹闹吃过一顿，出门，天已全黑了。不远处的天空被一圈橘黄色的光映得亮堂——那儿正是花市。左右喧嚷着从地铁源源不断出来的人潮，把一行人挤成一团。几人费了九牛二虎之力冲出重围，发现花市广场上人也不少。顾非摇头，说算了算了，这么多人进去说不定就挤散了，现在先来拍张合照，好发到朋友圈上。安定掏出自拍杆，众人拢作一块儿，正好填满画面。冬天特别是冬夜的风，嗖嗖地吹，止也止不住，吹得照片上人的笑脸又冷又硬，顾非挑了几张，横竖没有满意的，最后才勉为其难地拣了一张出来。等发完照片，其他人已经冷得跺脚，不耐烦地踱来踱去了。顾非忙推钟济："进去吧进去吧。"

果真应了顾非的话："进去就散了。"曹苑张洛这两个显见少来花市的，一进门就左顾右盼，看了个目不暇接。广州是"花城"，名副其实，连冬天都能摆一街的花来凑趣。绿枝的剑兰斜倚在长筒边上，橘红的大花压得扁扁的；各色菊花排布整齐，长长的花瓣坠出富贵样。有小孩儿扒着大向日葵，不知是贪闻它的浓香呢，还是念着它的瓜子。过一会儿着急的家长找来了，作势轻拍小孩儿两下，示作惩罚。没承想小孩儿倒上了瘾，不愿走，抱着向日葵不撒手。眼见哭声要大起来，家长忙跟店主买了那枝花瓣被扯得皱巴巴的向日葵，息事宁人。店主抽出向日葵，又送了枝金黄的银柳，向大人夸这小孩人中长耳垂长，必是个长寿的，银柳就当向孩子讨福气了。家长听了高兴，抱着小孩儿要他跟叔叔道谢。小孩儿得了花高兴，吉祥话一串一串地蹦出来，逗得周围大人喜笑颜开。

曹苑一直盯着那小孩儿看，此时也笑起来。她没注意同伴走去哪里了。张洛还算反应快的，四处望望，见人都不在，拍拍曹苑："欸，我们跟他们走散了。"

听了这话的曹苑，都要疑心是不是顾非带头把队伍带跑，又故意给他们俩制造"单独相处的机会"。两人面面相觑，又不约而同地把头扭开。"要逛吗？"曹苑摸摸脸，怪事，竟没有发烫。张洛不自在地点点头："走呗。"

气氛很尴尬。曹苑脑子里蹦出些有的没的问题，想了想，问了也聊不上几句，无疑自讨没趣，只好闭着嘴，巴望对方能先打破僵局。张洛也揣着同样的心思，欲言又止地看着曹苑。曹苑微笑着点点头，意思是让他先说。于是张洛问了个很不着调的问题："你……四校联考考得怎么样？

一对对情侣甜甜蜜蜜，恩爱的夫妻牵着孩子慢悠悠地逛。

此情此景之下，曹苑紧咬着嘴唇，还是没忍住笑："还可以。"

笑开了就破了尴尬，张洛也松了表情："欸，干吗呀？这有什么好笑的。"

"嗯，你特别好笑。"曹苑故作严肃地评价。两个人东拉西扯地聊起来，自在的劲头还没过，曹苑冷不丁发问：

"张洛，你都知道了吧？"

他一时没反应过来，回头看她。

"你都知道了吧？"她又问，一字一字咬得清楚。

他也许是听懂了，也许是没听懂，嘴唇翕动，目光却云里雾里。


曹苑看张洛似懂非懂一脸懵懂，嗤笑道："算了，不逗你。"错眼的瞬间，依稀见他脸上一闪而过的如释重负，曹苑掐紧了手心。

"钟济……"

"顾非……"

谈起这对共同的朋友，两人倒是心有灵犀。张洛笑道："说起来，这次是钟济先约的顾非。怎么后面多了我们这么一大串电灯泡？"

"哼，肯定是顾非打的好算盘。"曹苑眯起眼，"说是集体出游，现在还不是把我们甩开了？"

打开话匣子，后面顺畅多了。两人沿着会场边走，说说笑笑，没在意周围的吵闹，以至于连吴权庆的喊声都没听见。

"唉唉，权庆，算了。"唐政阳拽拽权庆的衣袖，"不打扰他俩。"

吴权庆悠悠地收回手，没走两步，呛声道："那不是怕有人不自在。"

"瞧你说的，哪儿来这么个不自在的人呐。"

权庆瞟了瞟旁边这哥们："我说，你真不闷得慌？"

政阳反手一打，额头上已经有了汗，但还是稳住声音，笑问："说什么呐，我怎么一句也听不懂啊？"

权庆猛地将脸凑过去，政阳反射性地往后一跳，脸色变了变。"我心里可清明着呢。"权庆若有所思地看着政阳，对方现了愠色，他顾忌着，没把话题继续下去。政阳正了正衣冠，反将一军："刘凌漪不在，你怎么有兴趣来？"

权庆的脸上有了几分苦色，不自在地咳一声："我怎么知道她不来呢？"

"那你怎么不知道呢？"

"我很久没有她的消息了。"吴权庆沉声道。半晌，他直望着政阳的眼睛："政阳，我对你的事没有恶意。你别刺我。"

政阳沉默片刻，右手搭在权庆肩上："抱歉，是我过激了。"吴权庆一笑泯恩仇，摆手道："说了，我心里清楚着呢。"

两人默契地没再谈起这档子失意事儿。权庆提起他那群"总是坐在教室后方的朋友"，"对啊，他们现在可轻松了吧？"政阳问道。

"不全是。"权庆掏出手机，翻出几个人的朋友圈给他看，"大仁大宇这两个，我们一块学托福，他俩学得苦不堪言，底子实在太差，不过我们还算是一条绳上的蚂蚱，一条线上的战友。"往下翻翻，权庆指着照片上一个棕黄脑袋，问："还认得出是谁么？"

图片的清晰度不高，政阳也不认识什么棕黄脑袋，便问："谁？"

"黄伯格。"

"嗯?!"政阳抢过手机，放大图片后又看了好半会，皱着眉头质疑，"不会吧？"

权庆笑得打跌。不怪他要卖这个关子，如果用"飞扬跋扈"来形容他这群朋友，那么黄伯格一定是他们当中最"温文尔雅"的那个。或不必美言之——他就是畏首畏尾的那个。若不是家里相熟，哥几个都不愿带他玩儿，哪里想到他今天张扬如此。权庆解释："以前在国内，他父母管头管脚的，可严了。估计出去后就'矫枉过正'了吧？"

政阳手划过屏幕，查看照片："嚯，这是交了个外国女朋友啊？"照片里的黄伯格挂着不羁的笑容，怀里紧紧搂着一个高鼻深目的女孩儿。权庆接过手机，一看："是啊，你就听他吹吧。"

"那你们几个里就尽黄伯格一个逍遥啦？"

权庆偏头想了想："其实还有一个，但他不让我跟别人说……算了，你又不认识他爸妈。"政阳认出照片上那个大汗淋漓的人是金克。金克是他们班最早出国的人，该是家里早打定了主意，高二结束后就送出去了。"你猜他现在在干什么？"

“怎么？”

“要我说，这小子也真够倔的。他跟家里说上学，其实根本没上！拿着学费去找了舞蹈教练，现在练了有大半年了。”

政阳咋舌。他跟金克不熟，平时见了也不一定打招呼。早在高二成为同班同学前，他就听说他是学校街舞社的社长，确切地说，许多人都听说过他。特立独行的金克，高一就接下了社长的职位，带着街舞社在学校大大小小的活动里穿梭自如。金克不爱学习，上课铃响了，他的鼾声也响了。各任课老师教无可教，忍无可忍，对他只有一个要求：睡觉时保持安静。

后来金克索性不来上课，老师们问他干什么去了，答曰，不是在舞室睡觉，就是在舞室跳舞。好了，难道他的家长不管吗？老袁把电话打过去，那边说：“老师，我们不是不想管，是管不住啊！”得到答案的老师们如得一纸圣旨，从此不再管。不过金克不惹麻烦，他只是把所有的精力放在爱好上，有空也帮班级排排节目，末了还挣得一个“文艺积极分子”的称号。

钟济称其为“奇人”。吴权庆听了，只笑话钟济是“槛内人”。钟济不明所以，政阳却听明白了。金克在班里没什么朋友，仿佛自带一股威慑气场，令人敬他三分。唯有权庆敢打趣他，且不被蔑视。政阳羡慕他这种人在世上的生存方式，无拘无束，自由自在。然而他明白，这份洒脱需要多少财富去支撑。他没有资本，所以不能从心所欲。他走最普通稳健的道路接近梦想——至少他还有机会去实现它，已经是很幸运了。

放下手机，政阳问权庆什么时候出去，权庆掰手指数了数日期："八月份吧。"

"这么快？"政阳挑眉，"我以为你至少得待到我们都去上大学呢？"

"不可能。我爸在那边给我安排了一堆事儿，烦得很。不过我也想早点走。"

"哎哟，早点拥抱自由？"

"算是吧。唯一放不下的，就是你们这群朋友，还有……"权庆垂下目光，咽了咽口水。政阳了然地点头，又笑说："我们怎么就成'唯一'了？你也太抬举了。初次离开父母的小羔羊，哈？"

权庆也笑了，摇摇头："真的。我爸望子成龙，我在外面干得好他才高兴呢。我妈……她倒是不希望我出去，但我想，我离她远点，我们俩都会开心点。"

"唉，没事儿，天下父母都这样。我妈原来也不同意我考去 T 市，现在不还是放行了？"

吴权庆微笑："对的。"


"张洛！"他被吓一大跳，忙答："什么？"

"你晃神了吧，哈哈。"

"啊对……你找到他们了？"

曹苑愣了愣："没有。"

他又展露了那种特定的、无所适从的表情，可能他自己无法察觉，她却再熟悉不过了。

"张洛，你给我买朵花儿吧。"

他诧异地抬起头，以为自己听错了。站在他面前的这个女孩笑得很诚，似乎从不遮掩。然而他们之间一定充斥着遮掩乃至博弈——为了保护双方都不在特殊时节里受到伤害。她那样直白地说出来，仿佛是扯掉了那条遮羞布，再加上花摊老板不明真相的添油加醋："系啊系啊，俾你女朋友买朵花啦。（是啊是啊，给你女朋友买朵花吧。）"

"呃，她不是……"话一出口，便戛然而止。对方脸上的灰败神色稍纵即逝，仍是被他捕捉得一清二楚。她身上再次出现了去年七月机场见面时，尴尬的礼貌与客套。他愧疚，又有点气恼，他们很合得来，本来可以成为多么相熟的朋友！他也不必小心翼翼……然而他终究心软了，因为她已很久没说话。

"你想要哪一朵？"

曹苑放下手里原本拿着的玫瑰。桶里的玫瑰都是要出售的，浑身的刺刮得干干净净，唯独这朵，摊主粗心了，没刮干净，留了根刺。不期然的刺虽不至于把她的手指扎出血来，也深深地在她指腹印了个坑。唉，怪她攥得太紧。

"你想要这朵也可……"张洛接过玫瑰，曹苑却又把它抢回来。她将它放回花桶，挑了朵雏菊："给我这朵吧，我要这朵。"

张洛不敢再看她的眼睛，径直对摊主说："这个多少钱……"

"嘿，张洛！"钟济边喊着边从后面跑过来，险些没撞着人。他赔了个笑脸，继续喊："张洛张洛！"张洛不得不承认，他是松了口气。"干什么？"他应着，把花儿递给曹苑。

"哇！哥们开窍了！会送花给女孩子啦！"钟济一惊一乍，搂过张洛的脖子，朝曹苑嬉皮笑脸，"小姨子你用的什么战术啊，也教我一招呗！"曹苑笑笑，没说话走开了。

"欸，怎么回事啊？你把人惹急啦？"钟济鬼鬼祟祟地凑近张洛耳边，刻意压低声音。张洛一巴掌拍上他的后脑勺："好了，你不要多说。"

"反了你了，敢打我……"


"他送了你一朵花？很浪漫嘛。"顾非忍着笑意，调侃道。曹苑没接她的茬，见了她竟像卸了千斤担，完全脱力的样子。顾非忙扶住她："你怎么了？怎么回事？"

曹苑死死拽着好友的胳膊，努力站直："顾非，我觉得到了那个该放弃的时候，我可以放弃了。"

"毕业？"顾非不动声色。

"对。"

"我送你回家？"

"好。"

顾非带着曹苑坐上出租车，见她一直抽着气的样子，紧张起来："你没事吧？"

曹苑胡乱地摆摆手："没有……我只是不知道，心里不舒服，胃也会疼。"她不再强撑，慢慢剥出疲惫不堪的原形。顾非轻拍她的背，听她的声音闷闷地传来："真羡慕你和钟济。"

"没什么好羡慕的呀。"

"你啊，身在福中不知福……"

当真？顾非想起刚刚钟济问她的问题："咱们一年后都在哪儿呢？"

"一年后？在外地读大学吧。"

钟济眼皮一跳，迟疑半秒，问："你不在广州读书吗？"

"当然。"顾非斩钉截铁地答。似乎觉察到哪儿不对，她顿了顿，又问："你会在广州读书吗？"

"嘻！"钟济故作轻松地看向别处，"我能考去哪儿还不一定呢，这不都是分数决定的吗？"

之后他们聊了其他的话题，依旧愉快，除了那道坎儿切切实实地凿在两人心里。顾非没想过高中毕业后的事情，她猜钟济也是。能隐约感受到对方的心意，对有心人而言足够快乐。未来反而是不可多想，甚至会为"今朝有酒今朝醉"的现实蒙上灰霾。

她恨一切消磨她斗志的事物。而现在，恨不得爱不得，她犯了难。

手机震了一下，安定拿起来看。顾非说她病了，和曹苑先走。她们走了，她也没什么好留的。方才一大伙人走散了，剩她一个人，她不愿意逛，索性回咖啡馆来复习。期末她带了成绩单回去。成绩在她自己看来是不尽如人意，不过好歹爸妈都摆了好脸。一家人坐在一起，难得安生地吃完一餐整饭。正当她感激涕零之时，她妈又开始唠唠叨叨地挑她爸的毛病。她爸一开腔，家庭大战在所难免。

安定麻木地将自己锁进房间里，翻笔记，做卷子。到了日子，她换一身温柔体贴的装束，走过冷战现场——客厅。"砰!"把她和这个家庭的所有戾气，永远地关在房子里。

她渴望离开。现在她不再为了她的父亲母亲学习，她为自己学习。几个月后，当一切尘埃落定，她会拿着录取通知书远走高飞。陌生环境里的自己一定是个神采飞扬的人，像顾非，像唐政阳……远方也一定有崇拜的他，有心心相印的他，有志同道合的他们，实现她所有的愿望。

十八岁的陆安定走了，踏在八岁的陆安定蹦蹦跳跳前进的人行道上。八岁的陆安定左手仍有父亲，右手仍有母亲，发间仍有花朵，心中仍有对未来的无限期冀。十八岁的陆安定对现时已再无保留，但她依旧将全部希望托付给未来。仿佛唯有如此，她冰冷的寒冬中才有熹微的晨光。

# 第十四章

　　冬去春来，楼下不知名的植物开了一树的粉花儿。地理老师说那是巴西来的树种，不常有。唐政阳只记得那树有个鼓肚子，不是圆润富贵的鼓，而恰恰是饥病的鼓，上瘪下瘪，独中间胀了气似的鼓起一圈。这气节比起校园里其他清瘦挺拔的树差远了。不过女孩儿们大概才不管劳什子肥肥瘦瘦，她们看花。巴西树独有一点为人惊叹的，是它学了樱花的习性，花朵纤细，质地娇嫩，色泽清艳，短暂开放数十日，徐徐落下。大风吹过，虽不能如樱花树群营造"落英缤纷"的缥缈气氛，但飞舞的粉色花瓣，足以让少女们驻足，引逗她们掏出手机，记录下这假扮的盛景。

　　"你干吗呢？看花呀？"身后凑上来一人，政阳忙躲开。曹苑见他神神秘秘不知在想什么，顺着视线看过去，嘲弄道："你看人家女孩看得都入神了！"

　　政阳张了张嘴，心想辩解再多也是白搭，没说。"怎么不上去？我看张洛也不在下面呐。"说完，恨不得抽自己两嘴巴子，何必提这壶呢？幸亏曹苑没怎么上心，只答"我等顾非呢"。政阳多少心虚，转身想走，曹苑拉住他，欲言又止。

"怎么了？"

"薛阿姨……呃，你妈妈请我周末去你家里做客。"

政阳匪夷所思："为什么？"

"我怎么知道！"曹苑将他拉到一边。百日誓师典礼刚结束，高三楼下人来人往，他们刚刚已经撞着好几个。她压低声音："而且，她还不让我带着顾非去！"

"可能……她想知道我最近的学习情况吧。"政阳绞尽脑汁为母亲想出个合理解释，曹苑撇撇嘴："那你的成绩也不是什么难以启齿的东西啊，顾非怎么不能去？"心思一泛活络，"你是不是在家里夸我来着……你不会喜欢我吧？！"

声儿太大，四周把耐人寻味的眼神都扔过来。两人一阵噎，政阳气笑了："你可想得美吧！"曹苑也不好意思，但还是问："到底为什么呀？"

"有空你就去呗。"政阳耸耸肩，"大不了我回去再问她。"

说是这么说，他心里那根弦一下给抽起来了，冷汗直流。他清楚他妈那股子探求到底的精神，她做记者也是这么做上去的。应该说他们娘儿俩具备同样敏锐的观察力，他妈细细观察他的这些天，他也感受到了她的目光。他不知道她看他，是出于母亲对孩子天生的爱护，还是记者对目标的窥视。若是后者……他心里紧了紧。

　　想得多了，人显得呆。张洛喊了他好几次，他埋头想事愣是没听见。待回过神，定睛看看身边人，连退两步。张洛平日见他淡定惯了，现在觉得他一惊一乍真是新鲜，便打定主意怎么都要逗他一逗。政阳心里有人烦，面上还是此人烦，烦不胜烦，冷起脸来不接他的玩笑了。两人左一步别扭右一步别扭地走到饭堂。玻璃柜台里阿叔面前剩着最后一笼屉烧卖，政阳抓着饭卡，抢先上去买了。

　　张洛傻乎乎地看不出苗头，悻悻地捧着碟炒河粉跟在后头。唐政阳今天可真是怪到家了，但张洛又怎么参得透好友那颗玲珑心呢？就像现在政阳突然站住，张洛嘴上抱怨"出什么幺蛾子"，心里还稀里糊涂的。

　　"你没吃晚饭？"钟济面前摆着六个竹笼屉，全空了。他一抬眼，两人瞧着他眼里也是空的。胡吃海喝，海喝不成，只得胡吃，兄弟是碰上难题了。政阳没多想地把烧卖往桌上一放，钟济也没多想，顺手接过来，吃了。政阳一天之内给人噎几回，说不出句好话。还是张洛解了困："怎么了？"

　　钟济真有几分醉意，不似装的。原来吃喝一路，吃也颇具喝的功效。他一通胡咧咧："年级前五十……远离我的视线！"

　　两人掉头就走。

　　"回来！"

把人叫回来后的钟济冷静多了，撑着头一副苦相："你们说，怎么才能考进年级前十名呢？"

张洛感受到桌对面目光炯炯的求知欲，头不自在地偏过一边："不知道。"

"你不知道？你不知道还三天两头考全级前十的？"

"那都是运气！"

"你的气可真足，分我点呗？"

哥俩瞎贫能贫一晚上，政阳赶紧打住："行了行了。"张洛挠挠头："真没骗你。"

他说得也没错。文科班的年级前十长期被隔壁重点班包圆，要想抢下一个，无异于虎口夺食。他也不是回回都得，不过上学期初的几次考试比较幸运罢了。当然钟济是不服，张洛排在顶上的荣誉榜他看了无数次，哪儿是运气能随便糊弄过去的？政阳打了个岔："你问这个干什么？"

钟济托着腮帮子，眼里的神儿游得可远："老袁说，我再加把劲，一模说不定能上二A线。"

"可以啊！"旁边的赶紧鼓励。钟济得这成绩很不容易，他的底子差，头天学得咬牙切齿，第二天狠狠心还把书本捡起来读。张洛说："那你还愁什么？"

"我愁怎么能进年级前十啊。"

政阳咂咂嘴："这不是你该琢磨的问题。脚踏实地，啊。"

背后饭堂大妈正风风火火地擦桌子，言下之意是赶他们走了。张洛急急忙忙往嘴里塞了两筷子炒粉。钟济没明白过来，两人快手快脚地把他的碗筷给收了，又推又拉，把他弄到门口。

"行了，我自己能走。"钟济哭笑不得地甩开手。伙伴们一前一后地赶他："快点儿，迟到了宿舍记名啊！"他听了，脚却慢下来，手指虚虚地在空中点了点。眼看着男生宿舍前的人越来越少，张洛火大，拔腿想走。政阳轻轻拉住他，示意他看。

失落。

一直以来，钟济是他们几个里最意气风发、无忧无虑的人。宿舍四个，唐政阳学究气太重，时不时爱掉个书袋子，感感时伤伤秋；张洛做题杀伐果决，做事拖泥带水，受了点挫折，闷着脸几天蹦不出个字；吴权庆时而理想得令人发笑，时而现实得令人叹气，神出鬼没，悲喜不定。唯钟济一人，怒是地动山摇的怒，悲是水势浩大的悲，欢笑浮于表面——除了面对顾非，能在他脸上看到的东西，都是心里话。

政阳拍拍他的肩膀。上学期钟济刚退出篮球队那会，虽然是有点苦大仇深的样儿，但不复杂。钟济是很简单的人，你能用一句话讲清楚他在想什么。而失落与愤怒、与悲伤、与快乐都不相同，那是种克制的情感：你想说的有千言万语，临到嘴边，却只是叹了口气。

"你看，张洛。"钟济面前有张红榜。每年高考录取工作结束，学校都会张榜表彰重本线上的学生，从全国顶尖的大学开始，一路排下去。刚贴的时候，榜前挤满了人，都在找自己认识的学长学姐的名字。也有人默默地数，看自己心仪大学的录取名额究竟卡在哪一个名次段。红榜的前端总是挤满了人，看不清的还非要探个手机进去拍摄；到了中段，人少了；再到后段，基本上都在疑惑自己认识的人是否考失手了，连榜都没入。"她能排到那个位子，对不对？"

作为对手兼朋友，张洛心里有数，他默默地点点头。

"而我呢，"钟济戳戳榜单的最后，"我连这儿也进不了。"

站在旁边的两人哑了嗓子，钟济说的是实话。他们见他迈了两步，突然回过头笑："挺讽刺的，对吧，"他似乎是自言自语，没带什么心思地踢路面上的小石子，"她真难追啊。

"你们知道吗？我天天在梦里打球，醒来的那一瞬间，太糟心了。每次这破学习把我逼急了，我就想，我跟它较什么劲啊？我，不缺胳膊少腿的，爸妈也不靠我养活。到哪儿不是闯荡，非憋在这里，算什么好汉？

"可是她在这儿啊。想到她我就怂了，想着忍吧忍吧，忍一时风平浪静。

"但我总忍不住想，如果初中时我死乞白赖非要进体校，会怎么样？"

会怎样呢？

"你后悔了？"张洛问。政阳横他一眼：这不是往人家心窝里插刀吗？

钟济忽然笑了，他说："那又有什么办法呢？我已经走到这里了。"

回宿舍后的钟济俨然没事人，该睡就睡，不多久呼噜响起来。政阳让他一敲打，心里酸得很。眼下显然不是陷入离愁别绪的好时机，他跳下床，恶意地把床架踢了个叮咣响，呼噜应声而止。走到阳台，夜风"呼"地过来，一下把他从黏且长的连串想法里拽出来。他禁不住打了个寒战。

自主招生的结果过几天该出来了。若能入选，他便是在决战前吃了颗保命的定心丸。当然这也象征着，是时候同过去做个决断了。没什么东西一定要说开，也没什么东西会永远不变。他看得明白。

"不睡啊？"阳台门被推开，背后传来个沙哑的声音，困意未消。政阳措手不及，半天没应下声，等人转身开了灯才犹豫地问："……我把你吵醒了？"

"上厕所。"

张洛出来后，眼皮撑开点了。他本想返身回去，见唐政阳揣着满腹心事站在那儿，问："不进去啊？"

"你睡吧，别管我。"

"什么事儿啊？"张洛倒来了兴趣，非要凑上去问个明白。唐政阳怪相多，但怪到他张洛不知道的，少。政阳这人兜不住事，搔首挠耳大半天，为的是别人关切地问他一句"你怎么啦"，他能跟竹筒倒豆子似的，帮你把前因后果全倒腾清楚。"从今天晚修开始就见你不对劲。"

　　再瞒只会增加对方的好奇心。政阳索性把近期发生的事胡搅一块儿，瞎编。他递过去一个手机，亮起的屏幕里是他们明晃晃的高三教学楼。张洛不明所以，他再点，照片下浮起解说词："倒数一百日。"

　　张洛"噢"了一声，满眼半信半疑："就为这事？"

　　"你还记得我在 N 大的自主招生名额吗？"

　　张洛点头。政阳假模假样地叹口气："再过几天出结果了。"

　　等待总是让人揪心。张洛勉强接受了这个理由。夜里很静，除了星星在他眼珠子里跳出动静。政阳没憋住："你打算考哪儿？"

　　说完偷眼瞧他，好像这个平常的问题还能在对方身上击起多大动静似的。

　　张洛自然不当回事，随口答道："最好能留在省内吧。"

　　果然。虽是预料中的结果，他心里那块阵地还是迅速地陷落下去，留下个大窟窿。

　　"我爸妈，我觉得他们有事瞒着我。"

　　"……嗯？"

"我很担心。"张洛烦躁地踢了下墙板，"我妈不让我回家。"

家事最难插嘴。安慰几声"没事""别乱想"后，政阳词穷了。张洛心烦意乱，没空搭理他，招呼不打一声，径直回了房间。苦了政阳刚安顿好的一桩心事又开始翻江倒海，这回凉风没用，静思也没用。他安顿不好自己，大半夜站得头昏脑涨。

第二天，唐政阳直接把电话打到薛静的应急手机上。薛静经常工作得连轴转，打普通号码不一定联系得到她。政阳寄宿在学校里，娘儿俩周末见着面，工作日没急事就各忙各的。高中三年，应急号码的使用次数一只手能数过来，所以响铃没几声，那边就接了："怎么了？不舒服吗？"

"没。"

平底鞋剐蹭地板的声儿挺大，政阳听出来那边走得急。"要不要我去学校啊？"

"不用……妈，我就问一件事。你为啥请曹苑到咱家做客啊？"

"我在开会，你只有这么个问题吗？"薛静愠怒道。

政阳察觉到他妈想把问题压下去的心，不依不饶地问："我就想知道这个。"

"你跟曹苑关系不是一直很好？她好久没来家里玩了，妈请她不行吗？你还嫌家里丢人吗？"

得，道德大棒。察言观色这么些年，唐政阳正面迎战的本事没有，绕着走的本事还是有的："你为啥不让顾非也来？"

对面沉默两秒，想是没预料到小子知道这么多："下次请她。"

"何必呢？都要高考了，你一次性请完不是更方便？我跟顾非的关系也好啊。"他妈遮遮掩掩的态度引发他的疑心，心里愈加不踏实。

"反正我已经请了。你好好学习吧，我回去开会了。"

提示音一响，对面挂了。

"第一组，上课啦！还吵什么呢？！"科代表举着课本，对这边吆喝。高三的老师，喊叫的功夫基本交由课代表代劳，珍贵的嗓子要用来讲珍贵的知识。高三学生比起别的年级听话不少，不想学的早退了，剩下的都是兢兢业业、全神贯注的。

挨到周末，唐政阳一气儿跑回家。薛静在厨房里忙活，听到开门声，头也不抬："书包放好，待会儿可以吃饭了。"像是早预料到他会提前回来。他妈一边切萝卜，政阳蹭过去："妈，你不给我个理由我心里怪慌的。"

"就电话里说的那个理由啊。"薛静淡淡地，眼睛没离开砧板上的萝卜，一丝一丝，切得极细。

"我不信。"

薛静没答话。锅里白汤翻滚，冒起的白泡里藏着鱼的腥鲜气儿，扑哧扑哧，香味跟着散出来。她捻了萝卜丝下去，转身又找生姜，也是一丝一丝，切得极细。

汤做好了，薛静见政阳迈不动步子，推他："傻站着干吗，吃呀！"语气里丝毫没有不快。政阳心想该不是暴风雨前的平静？他得赌一把。

"你不会……真以为我喜欢曹苑吧？"

薛静挑眉，背过身："你要喜欢她，倒好了。"

一晚上过去，两人再没讲半句话。到了周日早上，政阳背起包去上辅导班，开门就遇见忐忑的曹苑。曹苑见他如见救星，瞪着眼睛问他怎么办。政阳轻轻推开她。"说话啊！"曹苑急了，扯住他的衣角，看他面如死灰的颓样儿，又不敢说重话。走到电梯口，碰巧了，薛静从里头出来。曹苑下意识往政阳身后缩，又想，不对啊！这不是坐实了猜测吗？立刻钻出来了。

薛静像没看到似的，伸手将她挽过来。"曹苑，好久没见了啊！"热络地招呼。政阳冷漠地同她们擦身而过。曹苑毕竟年轻，哪儿敢忤逆长辈的意思，虽明里暗里觉着不对劲了，还得笑着过去。

曹苑记得小时候去过政阳家，跟着顾非一起去的。说起来，刚开始她和顾非的关系不怎么好。顾非那脾气，长大后克制住了叫骄傲，没长大时叫骄纵。曹苑那时候还特别内向，跟人说话都不敢看眼睛。偏偏老师把她俩安排成同桌。顾非傲得独来独往。别人还擦着鼻涕号哭的时候，她已经踮着脚尖要琢磨电影女明星的"气质"了。她瞧不上身边这扭扭捏捏的小姑娘，除了她挺爱读书，这点她另眼相看。

熟起来的契机在一个下午。满屋子的小孩儿，哪个不是独生子女？虽然个性迥异，但都是爹亲娘爱捧在手心里惯的。顾非没个约束，学校活动里，有个女孩走了神没和集体合作好，她就使劲用眼神儿怼人家。一次两次你能说是小孩心性吧，三次四次人家家长不乐意了，说你这小孩儿怎么回事？女孩本来委屈，有爸妈撑腰更是委屈得不行了。班里一众小女孩没几个跟顾非亲的，此时全声援对面。只有曹苑，第二天还是怯生生地跟她打了招呼。年幼的顾非很感动，以后同她说话都是笑脸了。坚冰一旦融化，曹苑也不是封闭自己的人。两人很快成为好友。

顾非跟女孩处得一般，却能跟男孩打成一片。唐政阳和她的关系特好。顾非父母忙，她几乎天天跟到政阳家里去读书蹭饭。因着这个缘故，两家关系不错。街坊邻居们见政阳老往家里领个红嘴粉脸的小姑娘，笑话他是不是带了个"小媳妇"。而自从顾非曹苑两人熟起来后，捎着走的就不止顾非了。不过曹苑得回家吃晚饭，所以在政阳家里待的时间不长，自然没有顾非同薛静那么熟。

"来，曹苑，你吃点水果。"

薛静笑着把碟子放在玻璃桌上。薛阿姨曾是她和顾非最早的偶像，漂亮，事业有成，有种顾非向往的"气质"。顾非偷偷和她说过，等她老了也像薛阿姨一样——对于七八岁的孩子，大约三十岁是"老了"。

如今的薛阿姨真的老了，曹苑猜想是唐家的那场变故带给她的。六年级的某一天，政阳消失了。回来后，大家再没能从他身上找到一丝那个上房揭瓦的小屁孩的影子。曹苑从那时与他真正相熟。但顾非永远将他看作小学二年级的唐政阳。

她想着这些年的事发起呆来。薛静没拆穿她，静静地等。直到曹苑自己反应过来，红了脸，知道了容颜易老，薛阿姨凝然娴静的气质却没有消散。

"苑苑，学校里的生活和家里比怎么样？"曹苑乍然听到小名，先是一愣，又是一暖，答出来竟有些结巴："挺……挺好的。"

"政阳在学校没少捣乱吧？"

"没有……"

薛静笑开了："你紧张了？"

"没有……没有啊。"曹苑说出来，也笑了。她早不是当年寡言的孩子。

"你别紧张，我今天啊，就想问问你政阳最近的情况。"薛静垂下眼睛，嘴角仍留着笑意，"你也看到了，刚刚在外面，他的表情不是很好。但他又不愿意同我说，是最近的学习压力太大了呢，还是出了什么别的事儿？我啊，之所以不让你叫顾非一起来，是怕他想多，以为我又要做什么呢。"

曹苑暗暗松了口气。政阳有什么不对劲……"那您该问张洛啊！"

薛静的手微微一抖，轻不可察，又被衣服挡着，曹苑没看见。她不动声色地擦去桌角的几滴茶水："张洛还是他最好的朋友吗？"

"当然。"曹苑拿起一片哈密瓜，"应该不是他俩吵架的原因，我前两天还看他们一块儿去饭堂吃夜宵呢！"

"他们经常一起吃饭？"

"对啊。"

"曹苑，"薛静拢了拢头发。一位记者要抛出她最尖锐的问题了，"听政阳说，你喜欢张洛？"

曹苑吃瓜的手停住，接着，剧烈地咳嗽。

"……他连这都告诉您了？"不知她真咳还是假咳，反正从眉心到脖子全红透了。然而薛静注意到，她眼神里那点细微的东西，与其说是羞涩，不如说是尴尬。

"我是记者嘛，挖掘素材是我的本事。"

曹苑点点头，大大方方地承认："是，我喜欢他挺久了。"

"那——政阳和张洛这么熟，偷偷帮你拍了不少照片吧？"

她掐紧自己的指尖。她问过无数个问题，见过无数人脸上的无数表情，悲伤的、愤怒的、喜悦的、激动的，甚至难以言喻的。但从未有任何问题的任何一个答案，让她如此迫切地追寻。眼前这个女孩，先把眼珠往右上方转，然后回来，视线落空了会儿，突然，带着所有的期盼，把目光聚焦在记者脸上："没有啊。"

　　像是要印证话语的真实性，她甚至把眉毛拧起来。

　　"怎么可能啊，政阳一定会卖了我。"

　　继而插上最后一把刀："再说了，张洛坐我后面，我什么时候想看他，转过身就行了。"

　　临十二点，政阳下了课。天气尚未热起来，所以中午的阳光还能讨人喜欢。午饭的时辰，便利店里聚了不少学生，吃个饭团吃碗面，趴在桌面上小憩会儿，两点钟还得带着混沌脑子去上课。政阳不用补那么多课，不过往日他也进去买份关东煮，给午饭做个铺垫——起早贪黑的，总不能亏待自己。

　　政阳买了些吃的。店里没位子，柜台便帮他把东西都打包了。出了门，他慢慢走，走得像个悠然自得的旅人，大好春光多绊了他的脚似的。走到楼下，他翻出手表，不过拖了五分钟。于是他坐在草坪前的石凳上，把方便食品摆好，一份一份地拆开包装，再一个一个极细地咀嚼咽下。那虔诚劲儿，比得上行刑前的死刑犯，俯首贴地品尝上帝所赐的最后美味。

钟声敲响，一点。再拖下去上帝也要发怒。唐政阳上楼，钥匙对进锁孔里，咔嗒。

桌上的东西没收拾。薛静坐在沙发上，脊背绷直。政阳见着的她，姿态是从容淡定的记者姿态，但从儿子的角度看，她全乱了。

他走到她面前，嘴紧闭着。他是个坚强负责任的男人了，但母亲知道，下一秒他要是绷不住了，那个嗷嗷大哭的，还是当年那个调皮娇气的小儿子。

"曹苑说……"薛静气哽在嗓子里，"她说，她没找你要过照片。"

唐政阳垂着头。

他跪下了。

薛静的手开始剧烈地颤抖，连带着她的声音，遗失了坚定，剥得只剩下崩溃。

"站起来！"她完全是个恳求的母亲，恳求她的儿子别用这样的事实辜负她，"你站起来啊！"

"不行。"他的眼睛血红，噙着泪却死活不让它掉下来。母亲的坚定跑到他这儿来了。

"我不明白，你是和谁学的？"

"没有学。当我意识到的时候，我就已经是了。"

"那么，是你爸的错吗？是因为他走得太早所以……"

"不！不！不！"唐政阳突然爆发了，他抱着自己的头，哽咽道，"不！这不是爸爸的错！不是你的错！也不是我的错！这件事没有错！"

"同性恋……"滚烫的石头滚过舌头，"我的儿子怎么会是同性恋呢？"

母子俩互相恳求，求的却是截然相反的结果："妈，求你理解我……求你。"

"你知道社会上是怎么看你们这种人的吗？"听到"这种人"三字，他低下头，几乎是绝望地闭上眼，喃喃自语："我不在乎。"

他抱住母亲的腿。小时候他依恋她，也是揪着裤腿不让她走。他爸嘲笑他好一段时间，他便赌气再不做了。爸爸在他十二岁的那年永远走了，没机会教训他，永远地活成玩伴似的老小伙子。而他妈扛下一切，为母则刚——妈妈永远是妈妈。

薛静置若罔闻。她抬起脚，轻松地挣开儿子的怀抱。政阳看着她走进卧室，眼泪无声无息地掉下来。但他很快发觉了，慌忙擦掉它，怕她以为自己软弱且不坚定。然而她没有回头。她的背影失去了情绪，只是一坨骨架与肉，晃动着，消失在门后。

他瘫软地靠着沙发，感受到阳光炙烤的前胸和冷汗紧贴的后背。长达三小时里，他以为自己想了很多东西，然而一用力，他又全忘了。不得不走的时候，他打开卧室门，黑漆漆一片，不仅透不出一点亮光，连透进的都吞了去。"妈，我走了。"他低声道。

“桌上有水果。”

那声音很怪，可能是由动物最原始的叫声演变而来的。人生存于社会中，通常不自觉地对一切外现的东西加以掩饰。如果他们放弃掩饰，便意味着两种极端——极度轻松愉悦，极度沮丧痛苦。

政阳望着她瘦小的身子。他最终没敢上前去抱抱她。

他的眼眶泛红，回学校的路上一直低着头。本应朝气蓬勃的学生哥儿佝偻着身子，是很难看的。他即便没看别人，也知道数道目光嗖嗖地投过来。只要不遇到认识的人就好。这么想着，身后传来呼声：“政阳，等等我！”

顾非小跑几步上来。她老远见着他，疑心自己认错了人。但政阳的鞋好认，与大众款有天壤之别，所以疑虑很快打消。她扯上他的书包带，竟让他一个没站稳，跟跄了一下。

“欸欸！”顾非忙松了手。这一晃，她也看清他神色凄凄，不由得大惊。正待问，政阳拉住她：“你有感冒药没有？”他边说着，还抽动鼻翼。

“你感冒了？”

“是啊，没看我眼睛都红了。”政阳目光灼灼，他看了眼便移到旁边去。好歹瞒下来，他想。

顾非直盯着他：“政阳，你可别唬我。”

“什么意思啊？”脚下的石子儿一蹦一蹦的，眼见跳到了顾非裤腿边。顾非一脚踢开：“你说呢？”

"这就不好玩了啊。"政阳收敛了笑意，喃喃道，"说了感冒就是感冒。"

　　顾非拧不过他。两人闷闷地走了一路。进教室时，顾非有意无意地遮着他，课间吵闹，总算没多少人注意到他，只一向沉静的安定，破天荒地抬头看了他好几眼。

　　他俯下头，那些破烂糟事儿便挤着颈部的血管往上冲，入了脑。他发觉自己连笔都拿不稳，虚弱到连做个样子都颤巍巍。他心里发虚，没着没落，恐惧着未来——不仅仅是高考，整个未来，他心心念念的梦想，壮志满怀的青年，游刃有余的中年，沉声定气的老年……没了！因为他是为亲人所不齿的"同性恋"，因为他心里其实都明白，所谓"社会上是怎么看你们'这种人'的"。

　　"……我看你还是回宿舍吧！"

　　他一抬头，才发现全班都看着他。袁平眼里挂着忧虑，想是发现了他状态不对。这么明显吗？他恍然。什么时候打了自习铃？"行了，张洛，你送他回宿舍。"

　　"不……！"

　　张洛站也不是，坐也不是，腿堪堪地卡在椅缝里。班里的各色目光唰唰地飞来飞去。袁平皱眉问："为什么？"

　　"我没有不舒服。"

　　对方只当他强颜欢笑，硬撑着当模范学生，摆摆手："我看你还是回去……"

　　"那我自己一个人回去。"

硬邦邦的两句话甩出来，明眼人暗眼人都咂摸出其中滋味。偷眼瞧的还算留点面子，像钟济这种正大光明左顾右盼的，台上两人都给不出好脸色。所幸钟济还算有点分寸，总算没在公众场合上演兄弟情深的戏码。袁平心里诧异，面上风度不变。政阳收拾东西出了门，他便随他性子去，当下仍做着巡逻班级的工作。

　　政阳出了教室，很快懊悔自己没多带一件外套出来，回去必然不现实，他只能抱着胳膊瑟瑟地走。穿过长廊，宿舍楼前透绿的瓷砖映着昏黄的灯，一切都是不清不楚的。他思及回宿舍后要面临的一系列盘问，毫不犹豫地走开了。这一走便走到红榜前。那里曾蕴藏着多少成功热闹，最终还是要被寂静地揭下，躺落在新一年的成功热闹下。

　　钟济前几天在榜前胡闹的那一番，他和顾非"难以逾越的差距"。政阳嗤笑，什么鬼"差距"，同他比起来，钟济那些事儿不过小情小爱打打闹闹。毕竟，所有人都笃定他们俩会在一起。而他呢？别说眼前这个，未来……他在寒风中不住地发抖。

　　"站住！"

　　背后一道强光照来，紧接着是教导主任尖厉的嗓音。政阳吓得一哆嗦，蹒跚着躲进树丛。他紧紧贴着树干，胆战心惊地望着光线在长满青苔的白墙上扫来扫去。主任似乎不死心，大有要跨进长及膝盖的草丛一探究竟的决心。他只好缩着脖子，十分缓慢而小心地蹲下。

黑夜里，月照旧是遮起来，星辰照旧稀疏。万籁俱寂中只有那束白光，拨开草丛，惊起一处处窸窸窣窣。他木了，仿佛又恍惚起来。人们的目光探照过来，"啪"，鞭子抽在他身上。万千个人支着眼睛，脚下踩着他残破的躯体。那锐痛果真在他身上作用，他不禁抓紧身边最近的树枝，仿佛那是洪水中的一截浮木。

　　他屏息闭气地等，心头突然袭来一阵难以忍受的悲哀，好像他已经在草丛里躲了一辈子，垂垂老矣，胡子花白地倒在地上，仍然蜷缩作一团，无望地躲避着他人的目光。年轻人一般不想老去的日子，要想，也是贪图那些无事的时光，用它来缓冲眼前疾驰的生活。值得玩味的是，当人们真正老去后，反而要缅怀他们的"年轻时候"，懊悔当时没看清无事背后的乏味，几乎要忘记他们现在的安逸恰是"年轻时候"帮他们挣得的。两个时期遥遥相望，嫉妒着对方的永无岛，全不知那都是海雾的作用。

　　但无论是过去还是未来，政阳都很少去回忆、遐想。他把生活局限在很窄的现在，过去除了爸爸，太残忍；未来除了考古，太渺茫。朋友们戏称他为"中年浪漫主义者"。浪漫主义固然是因为他的理想化，在激流勇进的时代选择了考古；然而为何是中年，朋友们说不出个所以然，只说是他身上的气质。政阳后来慢慢想明白，大概是他过于注重当下，以至于在一片勃发的少年中，显出了中年人的世故。其实这哪里是种成熟，恰恰是因为他自卑，因为他恐惧，不敢相信自己会有个美好的未来，才踟蹰于现在。这些想法，早在他初中认识到自己的性取向时，便痛苦地觉醒了。

几声响动让他回了魂。"要冲出去吗？"他想。对啊，冲出去！"甩开那个老头！"他在这个晚上几乎要失去他看重的一切：母亲的期望，张洛的友情……"难道我还会怕他吗?!"一股"置之死地而后生"的奇怪快意刺激着他，他一跃而起，跑——！

他跑出很远。踢踏的脚步声回荡在空旷的操场。

仅剩他一人的操场。


张洛打开宿舍门的时候，唐政阳擦着头发从阳台进来。两人的目光不出意料地撞到一起。钟济靠着双人床的梯子，向两人瞟了两眼，突然拿着手机起身，嘴里念念叨叨"谁这个点儿找我"，去了阳台，还顺手推了政阳一把。钟济的力气可大，政阳被推得站不稳，一个趔趄，毛巾从脖子上掉下来。张洛的火暴脾气压了好几个小时，三下两下爬上床，狠狠地蹬掉鞋子。

好巧不巧，鞋子一骨碌翻了几个个儿，稳稳地躺在政阳的毛巾上。张洛缓缓坐起身来，他这个性格，原本没打算直冲着对方去，只是借处使劲罢了，没承想真着了。当然现在这个状况，他拉不下脸来道歉，那多丢面子呐？何况，事是谁先挑起的？他又心安理得地躺下了。

唐政阳面无表情地望着眼前这档糟心事儿，他太累了。但即使是这么累，张洛仍然气着了他。虽然必须承认，这怒火来得毫无理由。他一脚踢开鞋子，弯腰捡起毛巾，随手丢进了垃圾桶。

　　张洛在床上看着，冷冷地问："你什么意思？"

　　唐政阳不答，兀自把柜子整得咚咚当当。

　　张洛翻身下床，赤脚走过去："你到底什么意思？"

　　唐政阳"哐"地盖上柜门，拨开面前的人。

　　张洛被他一激，直接上手揪住他的领子，破口道："你给我站定说清楚了！你什么意思？对我有意见可以直说，做人活得光明磊落点儿有那么难吗？"

　　唐政阳冷笑："是啊，您活得可光明磊落了。"

　　两人相识多年，不是没打过架，但那都是不懂事时的事儿了。高中做了同学后，他们处得不错。张洛气得够呛，差点没挥拳出击，把对方揍个人仰马翻。然而政阳马上吓住他了。那双眼睛里填满红血丝，紧闭的牙关微微颤抖，鼻子翕动，活像头绝望的困兽，仿佛他才是受害者似的。

　　钟济听着里面一阵响动，急忙推开阳台门。"哎哎哎！"他挤进两人的缝隙间，"干什么呀！这是要干架了啊？"

　　张洛松开手，冷着脸一句话也没说，穿好他的鞋子，出了门。

　　钟济追过去，走廊人太多，他没敢喊，眼睁睁地看着张洛消失在楼梯口。

反身回来，钟济推政阳一把："你干吗？你想干吗啊！"

"行啊，这事儿怪我行了吧？"

钟济仔细一看，吓了一跳。他跟政阳认识得晚，头回见他那么失态。"不怪你不怪你！"声调立马降下来，"怪我成吧？"政阳烦得见人，索性背过身清静。钟济愁得直咧嘴："我怎么认识你们两位祖宗！"

"我不知道你有什么事儿，但张洛那边……你还是别惹他。"政阳听钟济在背后絮叨，气笑了："凭什么？"

钟济环顾左右，拉过政阳，瞧着是要吐露真心话，又半天蹦不出一个字来。逼得政阳也正了色："出大事了？"

"对，但张洛自己不知道。那天我去办公室……"


张洛怪自己跑出来了。哪怕和政阳吵得再热闹，也该赖在宿舍不走。这冷天……他搓着手，想着摩擦生热，寒气却愈发深入地钻进他的毛孔。医疗室的老师千叮咛万嘱咐，备考期间切莫着凉，他现在这副样子，倒像特意赶着凉来受呢！

随处溜达，他进了宿舍自习室避寒。自习室通宵开放，有时他也来这儿学习。从前过了半夜一点，宿管老师上来劝他们回去睡觉，除少数意志坚定者，其他人好言劝着、睡意拱着，也就打道回府了；现在，老师们轮班，一点上来一回，无果，两点上来一回，无果，往后便很少再上来了。张洛自己熬过几天夜，第二天早上总是迷迷糊糊地在椅子上醒来。他猜想自己还是适合"良好作息创造优秀成绩"那一套。

他往手心里哈了口气，眉眼沉下来。他很久没回过家了，并非不想回，只是母亲总推说家里事多、不安静，让他在学校好好学习。那天他赌气说"不如高考前都不要回家了"，母亲竟沉默着没有回答。"家里出事了？"张洛换成方言。"家里没事，你好好读书。"母亲这样答，又仿佛要让他放宽心地补了一句，"再过一阵你就回来吧。"

现在他知道，肯定有什么事发生了。说小，却得瞒着他；说大，也许一段时间后能解决。他隐隐约约察觉到什么，说不出口，仿佛话出口一定成真似的，便只能一日一日地挨。

他最终还是觍着脸回了宿舍。刚踏进门，灯就毫不留情地熄了。三人站在黑暗中相对无言。好人做到底，钟济揽过张洛的肩头："没生气吧？"他亲昵地问。张洛闷闷地应了一声。接下来的静默与黑暗融得更深，几乎让他们无法喘息。直到钟济低声斥道："过来啊！"才有个身影慢吞吞地过来，一只手轻轻地搭在张洛肩上："对唔住啦。"仿佛嫌普通话太正式，非粤语不能显示其亲和。

张洛仍然闷闷的。他不做出同意和解的姿态，上床的动作却轻柔了许多，让人知道他消了气。钟济是个爱操心的，大晚上的显得比两位当事人还要心事重，自动自觉地把和稀泥的任务揽到自己身上。唐政阳背了一身的事儿，真生出份"脑袋掉了碗大个疤，二十年后还是条好汉"的决绝了。很奇怪，他本该感到绝望的，如今却只有庞大的累，五指山压住了跳动的老孙，所有的负面情绪都屈服于黑沉的梦——他对明日没有期待，宁愿茫然地在梦里浮游。

第二天早上将醒未醒时，政阳首先感受到一颗心的急速下坠。他的大脑尚未反应困境的实貌，身体已经应激地接收到疼痛。他蜷缩起来，膝盖抵住心脏，在温暖的被窝里全身发凉。他时而迷糊，陷入软乎乎的意识阵；清醒时他又过分清醒，简直能回忆起周末那场谈话，妈说出的每一个字，表情的每一次抽动……或者再远一点，他坐在爸爸肩上，依稀能嗅见那件过时皮夹克上的烟味。妈总抱怨爸爸抽烟太多，弄得家里乌烟瘴气。但政阳很喜欢那气味，阳刚而厚重。周末的早晨，妈将新洗晾干的衣服放在床上，他跳进衣服堆里，用力地闻那上面的味道：烟草味、花露水味和一点儿奶香。过一会，张洛过来敲窗子，他便一骨碌翻身下床，噔噔噔地跑回房间，摸出木桌夹缝里藏的几张干脆面小卡片，冲到客厅，从鞋柜里抢出小拖鞋，一溜烟地跑远。身后急追的除了不服气的张洛，还有妈的喊声："别跑太远，到点儿回来吃饭！"

这些都过去太久了。

钟济收拾停当，看政阳的床上鼓起个大包。他伸手进去，只摸到截滑溜溜的东西。政阳从被窝里探出眼睛："摸我脖子干吗?"

"你怎么出这么多汗啊?"

"……是吗?"

"是啊!"钟济皱眉,再次探手上去,"欸!你发烧了!"

政阳将被子裹得愈发严实。

"早说嘛,你身体不舒服!"钟济联想到他昨日那副蔫样儿,以为他早知自己的病情,"生病了不要硬撑!我打电话给你妈。"

"不要……别告诉她。"

钟济手指一停,瞟了瞟缩起的被褥:"唐政阳你老实说,你这就是青春期综合征吧?"

"……你说啥呢?"

"张洛关心你吧,你把人家呛回去;你现在生病了需要人照顾,又不让我告诉你妈……你怎么那么别扭啊?"

"你,走走走,别管我了。"

钟济可算琢磨清楚了,这小子果然是青春期综合征!他想多废话两句,又顾及人家是病号,憋半天撂下一句:"行,我走!你好好歇着,有事儿打电话。"

门关上,啪嗒一声响。脚步跑动着远去,窗外响起预备铃声。"要迟到了。"政阳想。那之后的几秒内,他又昏沉地堕入睡眠中。

二〇〇九年,政阳上初中了。那时爸爸刚走,他整日地陷在一种混沌的状态中。顾非和曹苑有意陪他，他推掉了。不比小学时候，大家还能玩伴似的相处。

青春期的初始，男孩女孩间终于有了条看不见的界线，藏于窃窃私语，藏于纷飞目光。也是在这个年龄，孩子们学会如何伤人，却不用承担也不必明白后果。政阳知道他们会弄出多少事端。

于是他开始一个人上下学。没力气去认识新朋友，旧朋友们散落在各方，身边难得清静。母子俩搬离了原来的家，暂住在编辑部旁的一栋小楼。小楼有点年头了，墙体斑驳，大片的淡绿中杂着土黄。政阳家在七楼，爬楼梯要费点力气。十三岁的男孩不怕费力气，却怕无聊。爬楼梯于他而言是个冗长无趣的过程，所以他总要花心思找点乐子。一楼是单门单户，他猜测里面挺大的，装得下整个小区的老头老太太。他曾看见几个青年抬了张麻将桌进去，后来屋子里便一直是人声鼎沸。某天一楼的门没关紧，他偷摸从门缝望进去，还见着几个老爷子在下棋。大概是老年活动中心吧。政阳想着，腿迈上二楼。

二〇二的门里住着个沉默的老太太，身子骨还算硬朗。政阳上学的时候，老太太已经坐在门口的塑料板凳上，借着天光择菜了。政阳是有些可怜她的，特别是每天下午五点，他从一楼走上来，怜悯之情更是澎湃。她怎么能忍受楼下的热闹呢？还是说薄薄的楼板真能隔开这么多东西？老太太也许有个同他差不多大的孙子，路过二楼的时候，他总能感受到她粘在他身上的目光。有意无意地，政阳也愿走慢些，让她看个痛快。那年的大年夜，政阳上楼，照例看见老太太坐在门口择菜。"回来啦？"老太太大声问。政阳吓了一跳，这是他头回听她开口说话。"我的孩子们也都回来啦！"老太太喜滋滋的。门后钻出个戴虎头帽的小男孩，"奶奶！爸爸说他马上回！"嫩嗓子和着轰天响的"恭喜贺喜到新年"。政阳低下头。往后再经过二楼，他走得飞快。

政阳最喜欢三楼，三楼的两套房子里都住着大学生。政阳见过他们把门打开，左边屋子煮一道菜，右边屋子煮一道菜，几个人串来串去地吃饭，美其名曰"野餐"。大学生们还在客厅里竖了面白板，乱七八糟画着公式和诗句。周末，他们结伴去看电影，笑声回荡在整个楼道。政阳常用艳羡的目光瞄他们，但当他们邀请他一同吃饭时，他却羞怯地跑了。

四楼，政阳有时能见到一个梳童花头的女孩，与曹苑一般高。他从未见过她的真容，因为她是从不抬头的。女孩的父母对她很严，他时不时地听到门里传来压抑着的训斥和哭声，女孩的眼也常是红的。这一家子对于年轻男性似乎怀有极深的敌意，数不清多少次，他身旁掠过又狠又凉的眼刀，跑过慌张的女孩。

政阳的脚步加快了。老人们常说，五楼是凶宅，死过人的。因为五楼，人们不愿上楼去，即使楼顶有大片空地，晒衣服晒被子是最方便的。五楼是一道界，政阳上了五楼，楼下的种种便和他没了关系。

傻哥儿住在六楼。政阳不知道妈为什么喜欢傻哥儿，回回出去吃饭都要给他打包点心。傻哥儿的脑子虽不好使，却得到了六楼七楼的一致宠爱，这让政阳很不平。"津津长得很像我小时候的邻居弟弟啊。"妈居然叫他津津，即使五楼以下的邻居们都叫他傻哥儿。政阳轻蔑地看着傻哥儿，痴肥的脸，腮帮上的肉把眼睛挤成一条缝。津津……十三岁的男孩想着想着，忽然鼻头一酸，飞跑上楼。叠念小孩名字的最后一字是大院的习俗，他不能容忍妈把这个习俗用在别人身上。它应该属于过去，而他们已经很久没触碰过去了。


十二点半，刚下课没多久，张洛一反常态地回来了。按照平常的习惯，他白天里的吃睡都在课室，呆在宿舍的时间少得可怜。政阳悄悄地把眼睛闭上，仿佛正在熟睡。"咚咚咚！"张洛毫不留情地敲起他的床杆，还没等他做出睡眼惺忪的样子，张洛甩上来一包东西。

"按时吃药，钟济等会儿把饭送上来。走了。"

政阳心想自己肯定烧糊涂了。他趴着枕头，眼泪一串串地落下来，止也止不住。他预料到自己一开口就会露馅，只好使劲憋住气，从嗓子里挤出个"嗯"。张洛走了，后来钟济也没回来。一个下午，政阳放肆地回忆过去。

妈不常回家,全身心地投入工作中。政阳觉得她在逃避他,逃避这个家,仿佛这样做就能让时间永远地停留在二〇〇八年,而任何新添的回忆都是对爸爸的亵渎。他该庆幸学校饭堂提供晚餐,让他不至于饿着肚子。

七楼很静。统共两家,一家只他一人,另一家的房子没人住,门把处积了层灰。政阳把饭盒放在地上,从书包里搜出钥匙。打开门后,他把书包扔进去,在洗碗池里随便拾掇一双筷子。他将门虚掩着,没有哪位邻居会上来,除了傻妈。傻妈当然很好,政阳很喜欢她。他这么称呼她并不是轻视她,而仅仅是因为她儿子叫傻哥儿,所以叫她傻妈,这是顺理成章的。傻妈对此也并没有不乐意,大概是因为她也有点傻。总之,傻妈上楼来不会造成什么后果。那么,如果有客人?噢,对不起,六楼七楼从不会有客人。

再往上,八楼便是天台了。天台的门吱呀作响,明显是年久失修的典范。打开它,狭窄昏暗的楼梯间,哗,瞬间天远际阔。政阳找到那个太阳能热水器,他爱它的反光板,角度斜仰,刚好照着一片天。恰是在反光板里,他发现云朵原来可以这么低,沉于天覆于地;而人那么大,挤占了半边天。他坐着,吃饭,看云缓慢地行走,光轻柔地沉寂。世界之广,唯独这里离天最近。

饭盒变得干净的时候,天色已晚,空气也沉沉地凉下来了。政阳起身，提溜着餐具，走到门前。

有人在抽烟。

他后退一步，在小楼住了大半年，头回碰见有人出现在这里。电光石火间他突然想起什么，急急忙忙地跑下楼，门虚掩着，和一小时前没有差别。他抬头，青年也正好低头。莫名地他就慌了，躲进门内。这般胆怯使他很不甘心，于是转身又贴上猫眼。

青年缓缓走下楼，将烟踩灭，进了七〇一。

薛静平日下班回家，政阳都已经睡下了。但那一天他却兴奋异常，而且是唯有母亲才能发现的兴奋异常：表面冷静，却总是有意无意地提及那位神秘的邻居。陌生来客不得不让她提防，薛静找到居委会，好事善言的大妈不见了，只有一个乖巧的小姑娘坐在那儿。小姑娘上任不久，懂得"不能随便泄露个人信息"，问了半天只支吾出"这人没问题的"。而薛静除了嘱咐政阳小心点，没别的办法。

薛静不知道，政阳并不害怕对门的青年。像从前对邻居们一样，他对他充满了好奇。和楼下那些繁杂的生活不同，他来去自如，住五天还是住一天，似乎完全由他的心情而定。穿行于楼上楼下而片叶不沾身，他几乎是个侠客。政阳开始日复一日地藏在门后，通过猫眼去窥伺一个人的生活。青年通常在五六点钟的时候回来，那也许是他下班或放学的时候——政阳无法判断他究竟是上班族还是学生，他打扮得像个精于世故的男人，但他的动作，却无意识地显出点孩子气。家门前，他不急着休息，而要点一支烟，趁着天色燃尽它。吱呀作响的门没关紧，泄漏的余光贴合着青年的影子。青年本身也是影子，面容模糊，轮廓鲜明。白纸墙映着，黑炭笔覆涂，这景象永远地印在政阳的脑海中。他感到自惭形秽，甚至为所有的同龄男孩感到自惭形秽。

三年里，政阳与所有的邻居擦肩而过，又与所有的邻居搭过同样的话，除了青年。在所有能够相遇的时间里，他伫立在门后，忠诚地等待着。他羡慕他，又嫉妒他，甚至埋怨他为什么不能把自己一起带走。后面的事情顺理成章，他从猫眼走入他的眼睛，走入他的梦境：瑰丽、奇异或是难以启齿……

逃离小楼，徜徉于日落时分。面对现实，他确实无措；但面对他，一切都是那么坦然——美的流露是自然而然的。人们常说要有一双善于发现的眼睛，不过大多数人发现了此处的美，而他发现了别处的美，这有什么错呢？

互为陌生人，政阳觉得这样很好，不去打破便不会有失望。他成为树上驻窝的鸟，默默地注视那唯一一名旅人，看他向四面走，看他回树下来。

中考结束后的一天，薛静告诉政阳："我们要搬走了。"

"去哪里？回原来的家吗？"政阳不假思索地问。话音刚落，两人都沉默了。

薛静打开衣橱收拾东西，仿佛她下一秒就要走。她说：

"不，我们去新家。"

母子俩的速度很快。第二天早上，当薛静锁上房门时，忽然听见政阳说了句没头没脑的话："对门的那个人好几天没回来了。"

"哦，那个烟鬼。"薛静鄙薄地回答。感受到政阳诧异的目光，她不自然地说："我只是不喜欢烟味罢了。"她提起行李。

后来政阳回小楼，也许他算错了时间，他再没见过青年。


钟济很晚才回来。天已经黑透了，政阳饥肠辘辘，连动弹的力气都没有。

"张洛回家了。"

政阳睁开眼睛："是因为之前那件事吗？"

"对，但……可能会更严重。"

钟济近来是办公室的常客，难免听到闲杂消息。那天他站在班主任桌前等着讲评卷子，看到袁平正在窗前严肃地打电话，耳朵便忍不住竖过去。大略听下来，他的表情也变了。似乎是张洛的家人生了病，让老师帮忙瞒着。袁平远远地看见他，招手让他过去，交代了一通，也不外那些意思。

然而事态的发展要比他们想象的更严重。下午放学的当口，张洛的叔叔出现在班门口，众人都观望，校门口的家长不少，班门口却几乎从未出现过家长。没说几句话，张洛的脸显而易见地苍白起来，跟在他叔叔身后走了。"据说是，他爸要做手术。"钟济观察政阳的脸色，小心翼翼地说。

颠簸的车上，张洛一言不发，倒是他叔叔说个不停，大意是让他好好学习，莫担心有的没的。"什么时候开始的？"张洛打断他，面前这个老实汉子终于安静了，喃喃道："半年前吧。"张洛把脸埋进手掌心："你们居然瞒了我半年啊……"

病房外，母亲正站着等。张洛握住她的手，她紧紧攥着。"你在复习，本来不该打扰你……""妈，你说什么呢？"张洛痛苦地摇摇头，母亲执意说下去："本来不该打扰你，但你爸，这场手术……这场手术太重要了，"她哽咽道，"叫你来，就是在外面坐着，你爸也说，不要你担心。"

"不要你担心。"父亲躺在床上，果然也这么说。"小病，我很快就好了。"他说，"你妈小题大做，还把你叫过来。"他握住父亲的手，不敢用力。门口的护士进来："要开始准备了。""好了，你回去吧。"父亲抽出手，张洛直起身子，但父亲的手又抬起来。他拍拍张洛的脸，说："洛洛，你要好好学习。"

接下来的几个小时是他生命中最漫长的一段时间。一周后他向政阳回忆的时候如是说："现在想起来，我们成人礼那会儿，他的身体已经不太好了。"

"是吗？"政阳摸着篮球。他们坐在场边，场上正进行着临时篮球赛。高考近了，所幸学校仍没取消体育课。虽说教室里不乏争分夺秒之人，他们还是愿意下楼活动活动，歇会儿。

"你知道，最开始我总期望去理解他。后来，我又觉得自己永远也不可能理解他。现在我觉得，可能他是不要我去理解他的……这么说你明白吗？"

"不明白。"

"好吧。"张洛挠挠头，"我的意思是……原本我以为我会哭的。"

"嗯？"

"站在病床前，我以为自己会哭。但真到了那个时候，我居然不想哭，也知道不能哭。"

"为什么？"

"因为我没见他哭过。"

我没见他哭过。他说。到最后，他不是要我理解他，却是要我学习他，学习他接住家庭的重担，成为顶梁柱，去保护我必须保护的东西。就像当初他从父辈那里学到的一样，不用解释，仅仅是去成为男人，扛下一切。

政阳没接话，半晌，他说："你也长大了。"

"是吗？"

"你也算从另外一个角度理解了他吧。"场上叫着换球，政阳把球扔过去，"理解是一种慢慢的过程嘛。"

"行了啊，你这感觉像初中作文里的说辞了。"张洛笑道。

政阳偏过头："没，说的是真心话。"他看着地面，"也许你也不能理解我呢。"

"什么意思？"张洛疑惑地问，"对了，你给我说清楚，上周是怎么回事儿？"

政阳张了张嘴，他该怎么说，从哪里开始说起呢？该说说他们一同度过的童年，再次相遇的惊喜，暗自生长的情愫，挣扎与沉湎，友情和爱。谈及此，他还该向他解释他的感情。有人说，不是两相情愿的感情不能算作爱，而只能算作迷恋。他以为并非如此。这世上有人偏执，有人怯弱，有人背水一战，有人进退有度。人们身上爆发出的浓烈感情，由不同的特质调和而成，只是为了方便，人们统称其为——"爱情"。既然爱情本身就不同，那么哪一种被认定的感情不能称作爱呢？然而话虽如此，却似乎每一个人，都认为自己的爱情，比别人的要独特和高贵。

政阳不否认他看不起曹苑的感情。这和曹苑本人无关。当一样东西开始泛滥，无论它看上去多么美好，都将变得俗气。这是普世认证的真理。曹苑与张洛相处，不过两年；所谈，止于表面。她的爱里藏着"不明白"，而一旦"不明白"变得明白，爱情也就随之消退了。

诚如诸伟大作品所鉴，磨难愈多，爱愈深刻。譬如征战沙场的将士，若无鲜血披挂，未免理屈词穷，不成功绩。政阳的磨难不用自己找，现存的道路足够坎坷。他有理由认为自己的爱是深刻的。不能否认，男女之间总隔着帐子。神秘既能成为情趣，也能成为障碍。张洛在女孩们面前会端着，会不自觉地强硬，呈现一种保护者的姿态。但面对他，他可以毫无保留地卸下伪装，说自己想说的话，做自己想做的事。即使有矛盾，那也是势均力敌的抗争，不会存在心软、怜悯与安抚。势均力敌。没错，势均力敌。

但他能说吗？不能。他不清楚张洛会以何种态度来对待他，无论如何，那都可能是他承受不起的代价。他愿意一直注视他，见他用这般懵懂、不知回避的目光看着自己。行了，不是每个问题都应该拥有答案。他安慰自己。这样足够了。

"张洛！上不上场啊？"场上的人喊。张洛忙不迭地答应，政阳狠狠地推他一把。张洛转过身，倒退着走，右手指了指自己，又指了指政阳，那意思，他不会放过他。政阳笑着点点头。

"他怎么样？"政阳回过头，顾非站在他身后，居高临下地看他。"还行，他爸的手术挺成功的。"顾非跨过石椅，坐在刚刚张洛的位子上，"那他该放心了。"然后凑近低声说，"你也该放心了。"

政阳瞥她，顾非得逞似的笑，冷不丁地转了个话题："曹苑疑心你对她有意思呢，你需不需要过去解释一下啊?"

"不需要!"政阳没好气地往旁边挪。顾非偏偏不死心地往上靠:"躲什么呐?怕哪个女孩儿吃飞醋啊?"

她在逼他。政阳看着好友,他们向来这样相处。十多年前他领顾非到家里去,邻居们笑话她是他的"小媳妇",顾非误会了他们的笑话,以为是过家家的玩法,又起手得意扬扬地教训他:"听见没?人家要我管你的!"

"谁说我喜欢女孩儿?"他说。理解是个慢慢的过程,然而对他们而言,这段相知的过程已足够长了。他仔细揣度她脸上的表情。

顾非撇着嘴,眼里仍有笑意:"不喜欢就不喜欢呗。"

过了会儿,她扒过他的脸:"真的假的?"

"真的啊。"

"那自主招生那会儿,你是……"

"是啊是啊。"

顾非眨眨眼,欲言又止。政阳拍拍她的手:"别告诉苑苑。他直得很,我有分寸。"

顾非滞了几秒,叹口气:"行吧,我就充当一回二位的友谊使者了。"她看了看场上,气馁地把眼睛捂起来,"我不能理解,他有那么好吗?"

政阳大笑出声:"你当然不能理解。你理解了,钟济就要不高兴了。"他感受到顾非把头倚在自己肩上,忍不住开玩笑道:"顾非,虽然我不喜欢女孩子,但你还是得遵守

'男女授受不亲'这条律令的。"

"行了老古董，"顾非抬起头，"这不是刚知道你对我没有图谋不轨吗？"

"噢，说的好像我之前对你有图谋不轨一样？你有这个资本吗？"

顾非虚打他一下，政阳装作要闹个厉害，两人对峙了片刻。顾非又问："薛阿姨知道吗？"

"我妈啊……"政阳歪着脑袋，"她知道。"

"她怎么说？"

"她说，我是她儿子，她只要我开心。"他望着场边来来回回的人，"但我估摸着，要让她完全理解和接受，还需要一段时间吧。"

"慢慢来呗。"

"嗯。"他看着自己的鞋子，心想我不要再穿这些土不啦叽的鞋了。然后他侧过脸，说："我最近梦到了很多以前的事儿。"

"哦？"

"初中时候的事儿。我在想，回忆过去也不是那么难以忍受吧。"

"当然。"

"欸，你说我以后肯定是个特酷的考古学家吧？"

"那肯定啊。"顾非竖起大拇指，"染一头绿毛，扛一把锄头的考古学家，特别棒！"

"去你的！"政阳笑骂。场内突然响起一片哄声，紧接着，一个篮球结结实实地砸过来，吓得两人往两边躲。远处，钟济面色不豫地杵在场中。政阳举起手，做出投降的架势："我可没干什么坏事啊，是顾非先凑上来的！"他一把捞过球，向钟济跑去。眼瞅着近了，又猝不及防地将球传给张洛。

　　"注意了啊！"他喊。

　　张洛猛地跟球撞了个满怀，有点蒙。但下一刻他马上做出反应，远远地，将它扔向篮筐。

　　球进了。

# 第十五章

顾非捏着自己的成绩条，手指发颤。

倒数一百天过去后，日子滑落得快了。高三楼像上好发条的机器，进进出出整齐有序，无一个卡壳的零件。一模便是在这样的情况下到来的。老师们多有教导："大考当平时，平时当大考。"再畏惧考试的人，被滚轮车一般的考试轧来轧去，早已麻木。

成绩和考试却不是一回事。即使各色成绩见过，面见最新成绩时，还是要比上一次更胆战心惊。好成绩自然如蒙大赦，糟糕成绩——恰如现在的顾非。大部分人的"高原反应期"过去了，更显示出她得到这份成绩有多么不应该。除了数学，其他的考试成绩可以说是"全面崩盘"。最令她感到讽刺的是，数学是她认为考得最差的一门科目。成绩看不过眼不说，她还失去了对学习情况的判断力，情况不能再糟了。

来打探成绩的络绎不绝，她一律笑着应"没考好"。当然顾非的"没考好"与旁人的"没考好"有着本质上的区别，成绩仍然够一帮人艳羡的。但她比较的对象毕竟不是大多数，与同层级的人相比，她显然矮了一截。张洛笑吟吟地走过来时，她的脸一下垮了。

"怎么样啊？"张洛先把袁平要用的资料放在桌上，顾非瞧去，大抵是前段时间讲过的内容，看来那道题还是有很多人没做出来。她将成绩条塞到张洛手中，闷闷道："没考好，行了吧？"

张洛看看成绩条上的各个科目，确实大跳水。他零碎地听说顾非这次考得不行，但不知道跌得这么惨，倒显得他笑得过分了。"呃，还有下次，不怕……"他支吾道，想想自己的成绩单上没有一项可以拿出来安慰人的，竟更局促了。顾非早知张洛的排名和分数，心情不佳地回击："好了，全级第三，别来打击我的自尊心。"

曹苑走过来，首先看见顾非颓然的坐姿。"没考好啊？"她摸摸顾非的头。发成绩条的同学走过来，看看纸条，又瞧瞧曹苑。第六感雷达马上高速旋转，没等同学把条儿递来，曹苑自己先俯身抢过来，讷讷念出几项成绩，顾非从臂弯里转出头："你也没考好，抱一抱吧。"两人难姐难妹样地拥抱了，张洛愈发觉出自己在旁边杵着有种"得了便宜还卖乖"的感觉，自动自觉地走开了。

一见张洛离开，曹苑四处望望，见没人，便凑过去看他的成绩条。顾非见她畏畏缩缩的，忍不住说："他这个成绩不怕看，你大大方方拿起来瞧吧。"曹苑没理，仍然拧着脖子，看完后坐回来喃喃："好高啊……"

"当然啦，人家学得可努力呢。给我看看你的条儿！"曹苑阻拦不及，被顾非扯过压在胳膊下的成绩条。她的成绩以往保持在班级前十，这回跌到离中段不远的位置，情况危急。顾非"啧啧"两声："数学可得好好学啊。"她教育道。曹苑瞥到她成绩条数学那一栏中的"139"，哀叹："你们的数学是怎么考这么高的啊？"

其实顾非也纳闷，她是怎么考这么高的？考后她算过成绩，最后一道选择题和最后一道大题都有差错，且差错还不小。但她一门心思认为自己的判断力出了问题，便对之前想的所有结果持有怀疑态度。难道机器会出问题吗？她驳回自己。看来要等答卷发下来才有定论了。

发成绩条的同学走了一圈，最后到了陆安定桌前。纸条轻飘飘地落在她桌面上，眼神没定清楚，她先看见文综那一栏最后是个"9"，心猛地一跳。转过来仔细看，排头却是个"1"，心又是一沉。她听办公室里传，这回班里有几匹黑马，还悄悄巴望着会不会是自己，现在……这种分数别做垂涎的事儿好；她又想起顾非发挥不佳，但人家是传统强者，前三坐得稳稳的主儿，总不会沦落到这份上。退一万步讲，就算滑铁卢，也挡不住以后千军万马再创胜绩。哪能学她那么轻松呢？安定望过去，顾非和曹苑对坐着，两人脸上俱挂着笑。她回过神来再看别的成绩，其他几门只算过得去，没一门能撑台面的。该落到十五名开外了吧？也许连一本都上不了。她慢慢把纸条揉成团，丢进笔袋，继续做题。

袁平进门，四散的人看着脸色都坐回自己位置。"咱们不占用上课时间啊，课间先给大家讲讲这次一模的情况。"袁平转身在黑板上写下一个数据："一模一本分数线"。底下霎时间一片哀声，曹苑痛苦地捂着脸："我不要看，你帮我看。"顾非望着那个分数，全身散了劲，她自己也才过了十余分。"这么高！""有没有搞错啊？"周围响起抱怨声。"到底多少啊？"曹苑不住地催她，手一刻不松，顾非直截了当："不用看了，你没过。"

"你没过"三个字对于高考考生而言真是再残酷不过了。曹苑徒劳地松开手，轻轻叹了口气。顾非过意不去，安慰道："一模也不代表高考……"她自己也说不下去了，考前的多次强调里，都明确提出一模是仿真度最高的考试，让考生们务必认真对待。曹苑伏在桌上："我爸妈一定很失望。"顾非认真道："不管他们，你过了自己这关就好。"

袁平转过身，表情是好看的："这次考试，虽然大家唉声叹气，但我们班的总体成绩还是很有进步——又回归了第二位！"第一位常年被重点班十八班占领，其战略优势毋庸置疑；于是第二位成了兵家必争之地。"那么考试里呢也涌现出很多黑马，比如钟济……"顾非扭过头。钟济似乎不怎么习惯被表扬，正羞涩地傻笑，手也不知道往哪儿放。

她笑了笑，转回来，手指拂过纸条。

"这一次考得最好的应该是……"袁平扫视一圈，台下许多人早有先知地将目光投向张洛，"……应该是张洛。年级第三，这个成绩很不容易。"教室里响起稀稀落落的掌声，张洛本想做出严肃的样子，没太绷住，牵动了嘴角，忙低下头。"不过啊张洛，"袁平没放过他，"你的数学，没考出自己的水平吧？"张洛不好意思地点头，他考了135分。

"巡考的时候我就看着你的情况了。最后一题，你不是还剩下二十分钟吗？怎么做了第一小问就回头去检查选择和填空了？"

"我怕错……"确实，一道选择或填空题值5分，错了得不偿失。

"你怕错啊？"袁平咂嘴，"你想想自己的水平，这些题你容易错吗？"班里顿时响起一阵不那么友好的笑声。"有些题你做过成千上万遍了，就要学会相信自己，不要老是把心挂在前面的基础题上！你是有能力冲击最后一题的，把自己能做的都做了，别在高考时丢了最后十分！"

袁平把卷子递给张洛，示意他去发。趁教室闹起来，他走到顾非桌前。

"怎么回事儿啊，你俩这回的成绩都不太如意吧？"

曹苑勉强地弯了弯嘴角。袁平看出她心情不佳，接着问："你爸妈对你挺严的吧？心理压力会不会太大？"

一句话把曹苑的眼眶说红了。"嗯……嗯？没有啊……没有。"她哑着嗓子答。

顾非接过话头："我们俩考得都不是太理想。"虽然心情沉重，但她应对别人却很坦然。输了就是输了，反正还没到最后，走着瞧呗。

袁平看她一眼："数学，你这次严重失手了吧？"

"啊……还好吧？"

"还好？"袁平挑眉，"你还记得你最后一道大题的情况吗？"

"我做到第三小题的一半，但是后面都做不下去了……可能是选的方法不对……吧？"

"有没有看过答案纸？"

"看过。对了，我觉得解题方法差不多啊，为什么我算不下去呢？"

"是差不多。第一小题，你算出来的参数，小数点后移一位，就是正确答案。"

压轴题的第一小题是基础题，第二、三小题经常会用到第一小题所解出来的数据。某种程度上，也算是"一荣俱荣，一损俱损"。顾非听得耳边"咣当"一声响："最后一道题……"

"你没得分。"

"零分吗？"最后一道大题共 14 分，数学总分是 150 分，如果是这样……

袁平拿起她的成绩单："139分？不可能吧，你还错了一道选择题呢。"

周围的人跟着抬头，直盯着纸条。

"你的其他分数没那么低，系统可能出错了。"

四周一下安静，有人问："分数算错了？"

考试结果虽尘埃落定，但任何变量都能触发又一场博彩。"还没定呢！"考得好考得差的都摆弄起手中的纸条，活泼的空气再次充满教室。

张洛悄悄把纸条夹进笔记本，从课桌里抽出计划表。输赢与否，他都得战下去。他清楚，不到最后一场考试，都不作数。然而，会有人扳倒他吗？他还是介意。对一个好胜的人而言，每场胜利都是重要的。他清楚对方也是如此。

剩下大半堂数学课，曹苑听半截落半截。顾非的成绩出了错，她的成绩未尝不能出错。出错了，是变高还是变低？她当然想着能变高。但倘若别人的成绩也变高了呢？她懊恼自己不能静下心听课，又执着于去思想这些有用没用的。

顾非跟着老师下楼。曹苑跑过去塞给她一张纸条。"嗯？"顾非展开看，上面匆忙写着几个数字。曹苑附耳道："语数英和文综，查卷子的时候帮我看看。"

会议桌上，数十个纸皮文件夹整齐排列，顾非抽出一个，从试卷左侧翻起。找到自己的名字，她直接将卷子摊开，快速找出失分的题目，做了个加减。分数果然错了。她又翻出文综卷，老老实实地从头一题开始加总分数，越算下去，越是心花怒放。绝不止那个分数！她忍不住得意，早知道自己不止那个分数！

核对完毕，这分数仍然比不过张洛，也比不上她正常发挥时的成绩，差不多是一个过得去的分数。然而过得去总比过不去好。她心满意足地叹了口气，其高兴程度比考好时愈深。

"嘿!"曹苑突然出现在身后，小声地叫。没等顾非问，她说："我还是自己看吧。对了，你的分数怎么样?"

"确实有错。"

"高了还是低了?"

"高了。"

"那就好嘛。"曹苑微笑着说。她拿着卷子一项一项地核对："数学……没错，果然考得很差啊。文综……好吧，我明白了。"

顾非瞧着她要走，问："还有语文和英语，你不看了吗?"

"不看了。没错的。"

曹苑打开门走了。顾非望着她的背影，终究没追上去。

办公室后一片草地。曹苑踏着正中的石板，专注地踩她的步子。上课铃响了，她退回去，又想起接下来是体育课。她仍然在石板路上走走停停，脑子里不想什么东西。

事实上这样做并不能使她轻松，仅仅是提供一种暂时的逃避。一旦她想起自己的分数，心里便开始喧杂。手机的短信界面还停留着一条未回复的："女儿，成绩出来了吗？"她想自己该早点告诉他们，考差了。然而等待固然难熬，却终归有期望，她自己体会最深。定了后就什么都没了，只剩下难熬。摇摆不定，她索性跳出草地，关掉手机。

　　倘若顾非的成绩没变动，她虽然沮丧，尚能心安。有人同你一块儿落难的感受总是不同，辩解的理由似乎也能多出一个。退一万步讲，不存在之后的"惊喜"，顾非一开始晓得她考好了，也不会让曹苑产生这么大的落差。她并非嫉妒，一年年过来，顾非的优异成绩早已成为定论。但她茫然、失落。从先头部队行列掉下来了，四目陌生的景色与幻想中轻鄙的目光，推动她"快跑！快跑！"可惜学习并不是迈开腿就能进行的事儿，她摸索多年，不过勉强维持在一个位置，还得提防像今日这种意外情况。人都道学习要讲求"努力"和"方法"。何为"努力"？合理安排时间，该学习学习，该休息休息算"努力"；三月作一搏，从早六点学到晚十二点也算"努力"。何为"方法"？语数英政史地一一摆开，每一门的方法不尽相同，甚至同门科目的不同知识点都不可兼用同种"方法"。好了，自然是要学会"融会贯通"的。于是，这个问题上升到"道"。道可道，非常道。道不可说，说了就不是真正的道了。非得某天拊掌大笑，直叫"悟了悟了！"，才有此后方法瓜熟蒂落，学习顺水如流。

高三年级常流传着版本各异的传言，如："一模的成绩和高考的成绩最接近。"又如："不要盲目迷信一模。"仿佛她信哪个，她和顾非两人间都会有人倒霉。而从实际出发，她倒霉的可能性要大一点。

她呆坐在罗马广场中央。长久投入的事情得不到回报，惰性真会成百倍地反噬回来。她不想学习，背过的知识点像过量的粥食，灌饱了肠胃，漫到嘴边，人不至于吐出来，却噎得无法呼吸。她看自己的手掌纹。小时候女孩们互相抓着对方的手，煞有介事地就掌纹扯出"生命线""事业线""爱情线"等多种理论分析。她的生命线和爱情线很长，让众人艳羡，似乎她是占了公主的命。顾非的事业线很长，被夸"天生会学习"。那以后不知是不是应了预言，顾非的成绩很少跌出前列，独占鳌头更是常态。而她……不，她本不该想这些。心理老师反复提醒的，"要进行积极，正确的心理暗示"。我能行！我是最棒的！我一定能战胜困难，战胜自己！

太好笑了。

路过办公室，听见老师们商量五月爬山拜佛的事。学校的惯例，高考前组织高三级老师上寺庙，祈祷今年有个好成绩。这与农民祈祷来年风调雨顺、有个好收成别无二致。只是他们一边学习科学知识，念着无神论的观点，一边却要祈求神明的保佑，恐怕神听了要笑。她毫不怀疑，若是神与神之间无芥蒂存在，整个高三年级，从老师到家长、学生，绝对要四处拜个遍。胸前只有佛像和红符是不够的，要加上十字架才算保险。瞧瞧街头巷尾的文具店，逢大考，销量冠军难道还会旁落除"金榜题名孔夫子神笔"外的别家吗？

她见过太多人跪下，便开始疑惑神是否加持得了如此多的人。毕竟高考是选拔性考试，总要分出输赢。别人嫌她较真，分辩那"不过求个心安"。她却不信。他们过分虔诚了，几乎像把所有的希望寄托在神身上，而他们自身的命运不过一只浮沉的小舟。也对，高考这般的波涛汹涌，莫说小舟，沉稳的大船也要度量自己的体量，免得翻覆。

她掏出手机，屏幕亮了。父亲又发短信来问。许是学校早把成绩发了过去，而父母不过要听自己一个肯定的回答罢了。三下五除二，她把要说的编成短信发出，急急关了手机，否则它总像烫手山芋烧着心，不得安宁。

陆安定简短地向母亲汇报了考试成绩，随后驾轻就熟地将手机放在一旁。听筒里依稀传出苦口婆心的说教，可惜全说给空气听了。陆安定戴着耳塞，不时拿起手机敷衍两声，瞅着时间快到了，她对着话筒说："行了，我还要学习呢。闲了再聊吧，妈。"不由分说地挂掉电话。

文综考得不好，主要是政治原理没记牢靠。安定翻来覆去地背着，无用，她又一字一句地抄下来，巩固记忆。往常这种死记硬背法很有几分成效，近来却越来越失去了用处。没记一会儿，头胀得慌。背疼，脖子也疼，让人疑心是不是染了感冒。她不舍得休息，反正感冒这种病，吃药七天，不吃药同样七天。负担重重地歇着，倒不如撑着，能复习一会儿是一会儿，晚上总能睡的。

她跟自己较劲。感冒要她倒下她偏不，好歹给以后留些深刻的回忆。当然她没太多想以后，想了以后就不免要想退路。她哪里来的退路？不过后来日子长了，她还是抽空去了趟医务室。"你这不像感冒。"男医生唰唰在病历上龙飞凤舞两下，"你是不是压力太大了？"

她忍不住笑出来："高三学生压力不都挺大吗？"

男医生瞄她一眼："是啊，但是你的压力太大。行了，得空去心理办公室疏解疏解吧。"

不是身体上的病症，她稍松下心。心理上，她自觉没太大问题。一模结束后，剩下的日子都是紧巴巴地过，压力是难免的。某日她在阳台上漱口，那时夜已深了，灯早熄了，不过高三的窗口有些微亮光。就是那么静的一个时刻，忽然听见楼上爆发出一阵撕心裂肺的哭声，其间还夹着含混的痛语："你以为清华北大那么好考吗？！"

这样的诘问出现在午夜实在荒诞，安定乐得连牙膏沫都溅了出来。其实这根本算不上一件可乐的事，但她无法抑制自己，笑到肚子疼，蹲在地上直喘气。

那女孩持续地呜咽，大概是那边又说了什么话，刺激了她，她哭喊道："你们不懂！你们永远都不会懂！"

安定笑得没力气了。楼上女孩摔了手机，发出很大一声响，这才镇住了她。她迷瞪了，刚刚她在笑什么？她只想得起自己的笑声。她打了个寒战，不过自那以后她明白了个道理：总有人比你压力更大，别太把自己当回事了。

"咔嗒，咔嗒，咔嗒，咔嗒，咔……"

"你别按了行吗！"

政阳停下动作，握着笔诧异地看她。安定的语气极不耐烦："不乐意你就滚出去！"

政阳的眉毛都拧到了一块儿："你怎么学会这样说话了？"语罢他恍然大悟，"你是不是到了每个月的那……"

"不是！"

"好吧好吧。"政阳收拾东西，"我去隔壁学，行了吧？"边走他边嘟囔，"也没见你以前嫌我吵啊……"

安定狠狠地压住太阳穴，如果可以，她真希望能把唐僧的紧箍咒换过来，兴许还轻松点。她的身体状况日渐下降，主要表现为记不下东西、做不了题和坐不住椅子。二模迫在眉睫，没有哪个傻瓜会浪费自己的时间，她却受不了想要歇息了。别人有十五个小时学习，她有二十四个。难眠的时间她鼓励自己默诵知识点，一段一段，十分流畅；但到了白天，当别人颇自信地答题时，她却怎么也找不回夜晚的那份宁静自如。她不断激励自己，所以并不经常感觉困，只是身体愈加疲惫，愈发感到难以支撑。

她去了心理办公室，老师一见她，直接帮她预约了心理医生。她求老师别那么快约，二模耽误不得。老师望着她："你现在的情况真的不算太好，我建议你尽快去咨询。"

"后天就二模了啊！"

"行，没事。"老师示意她坐下，"你现在学习状况怎么样？"

她沉默。老师说："这就是我劝你尽快咨询的原因。二模没那么重要，重要的是高考。你应该明白这点。"

她动摇了，身体前倾："那我要去哪儿？"

老师干脆地写下一个地址："这里。需要我陪你去吗？"

她连连摆手："不……不了。我和我爸妈一起去。"

"对的，以后有什么事，不要闷在心里，多和爸妈、朋友沟通。"

她谢过。走出办公室，下课铃刚好响起。又浪费了一节课。她责怪自己。病却是要看的，她难以想象以自己现在的状态，上了高考考场，能得几分。想想她便不寒而栗，更别说成了真。

通知父母？她想起自己刚才编的那套说辞，真是张口就来。她不需要父母，他们也不会管她。她哆嗦着将假条递给保安，束拢衣服走出校门。她听着他的歌，心里的火烛尚能勉强维持光亮。等考过了，就再去见他一面；考过了，走得远远的，再不回来。她双手搂着胳膊，难得感受到快乐，真希望快点考过，真希望考得好点。

出租车载着她行进的途中，天渐渐地黑了。驶离学校所在的郊区，车子进入市区。建筑群起先稀疏地亮着，到了市中心，簇拥着发出成团金色的光。她半边脸贴着窗，入神地看。其实她更爱夜晚华灯初上的风光气派，白天不是有灰蒙蒙的天，就是有不爽利的燥热作怪，她爱不起来。又因为一切好事情都发生在晚上，清醒的头脑，争吵间的空隙，演唱会……为何时间不能停留在夜晚？为何总要让她面对白天？夜晚是她的巢穴，白天是用来审判她的。

到了楼下，安定才意识到时间已经不早了。她站在台阶上，抱着手臂，最终决定上楼。心理科还有几位医生，看样子都准备走，安定敲敲其中一间的门。医生抬起头："上班时间已经过了。"

安定不说话，执拗地站在门前。

"小姑娘，你有挂号吗？"

"我就想问您几个问题。"

"明天再来吧！明天上班时间来。"

"我要高考了！"她朗声道，知道那是被社会承认的护身符，"我爸妈不会让我去心理诊所的，我就问几个问题。"

医生果然多看了她两眼，坐下了："你进来吧。"

"我的身体很不舒服，学校老师让我来心理科看看，但我没有太多时间。我要参加二模，接下来就是高考了。"开门见山，她毫不客气，摆出的架势竟像她是被迫来的——

虽然她确实没太乐意。

医生听完她的症状，下了诊断："你可能有轻度的神经衰弱。"

"神经衰弱？"她皱眉，"我要吃什么药？吃药不会让我白天感到疲倦吧？"

医生摘下眼镜："你也不要太着急。这几天我见了很多高三的学生，他们……"

"我要吃什么药才能好？我要高考了！"

医生温和地说："你需要休息。"

"休息？"她呵呵笑道，"我没时间休息了。"

"你平时的成绩应该比较好，也很上进。但是现在这种情况呢，首先是要休息，减轻你的压力，还有保证睡眠……"

安定全身发抖，她抱住自己的腿："我没时间了，没时间了……我一定要离开这里的，我不可以失败……"

"姑娘，你听我说……"

"我一定要走，所以一定、一定、一定要考好！……你不明白……"

"我们慢慢来，先看……"

"我已经没有时间了啊！你怎么不明白！"她哭着喊。

十分钟后，她安静下来，身边围着医生和护士。"你父母的电话是多少？"

"我成年了。"

"你现在的情绪不太稳定，最好还是有人……"

"我累了。"她喃喃自语，"我就发泄一下，我没事。"

医生和气地说："你呢，最好用两三天调整一下状态。很多考生都会出现类似的情况，你不是一个人，放心吧。"

护士把她送到楼下。夜深了，门诊部的人却还不少。"谢谢您。"她怯怯地说，微微俯下身，鞠了个躬。"没关系，考试一定会顺利的！"对方安慰她。

回去的路上，司机开了广播。似乎是一档情感节目，来电的女人向主持人哭诉她的丈夫成日不顾家，在外面"冇事揾事搞"。主持人评判完事情，又温言劝慰女人，态度很是公正亲和。女人挂了电话，主持人简短做了总结后，跳到下一个话题，收音机里马上响起了欢声笑语。不过十秒的工夫，女人的苦痛结束了。若她的生活不变，她的人生将不会再有机会成为故事，为无数人赏听。她还会再打进来吗？抑或是在断续的忙音中等待主持人的再一次垂青？广播里的世界和现实世界终究不是一个。广播里的世界欢乐很满、悲伤很盛，人生的音符激烈地跃动。现实世界欢乐很短、悲伤很缓，有几个小节是丰满的，其他都是默默无声。她缩在后座的角落，想起市区满堂的光，学校只高三常亮的灯，家中的一室黑暗。

手机屏幕亮了。她盯着来电显示，愣了几秒才按下通话键："喂？"

"你有曹苑的电话吗？"

"没有。"

那边沉默片刻："你怎么会没有?"

安定也不说话。电话里出现一段空白,那边似有所察:"你怎么了?"

"医生说我得了神经衰弱。"

"神经……什么?"

"衰弱,神经衰弱。"

"很严重吗?"

"不知道。"她用手指抠皮椅破掉的地方,"你说我会考不上大学吗?"司机从后视镜里看了她一眼。

"怎么会!"那边干笑两声,"我才是考不上大学。"

电话里又没了声音。安定听到对方慌张地说:"对了,我有急事,今天先不陪你聊了!"

"好。"

那边补充一句:"你一定会好起来的,别担心啦!"挂掉了电话。

刘凌漪结束了通话。她已不想再给曹苑打电话。艺考结束后,她没有回学校跟班学习。父母花高价给她报了专门针对艺考生的补习班。说实话,这儿闹得像斗鸡场。成绩好的针锋相对,不好的每天花枝招展地在走廊里显摆。他们对她原先是淡淡的,后来知道了她的录取院校,才赏面高看几分。也有好奇的,问她怎么考上的学校。她笑而不答,补习班里于是有了各式各样的传言。

她其实并不明白自己是怎么考上的。她学表演不过半年，暑假没确定时还带有玩票的意味。别的考生，学了两三年的，复试甚至初试就落榜了，抱着家人大哭。她却稀里糊涂，打着擦边球通过两次考试。三试时，她强装镇定地站在一排老师前。中间坐着个上年纪的老者，打她一站定便紧盯着她，说："你很特别。"

　　她受宠若惊。这是极高的称赞。

　　"你的容貌、动作、气质都很特别。"老者徐徐道，"说一说，有没有哪句话对你产生很大的影响？"

　　那一瞬间，她的脑子里只出现了一句话。她几乎是没有犹豫地进行了回答："即使把我关在果壳中，仍然自以为是无限宇宙之王。"

　　"为什么？"

　　过去的事情尽数涌进她的思绪，她从未发现这句话能与她产生如此之多的共鸣。她流畅地讲述自己的经历，从小到大。她是忘了时间、忘了自己身在何处，只是不能停止地说着，像是要把自己掏空。结束时，所有的老师都看着她。她发现自己的右手正剧烈地颤动，只好用左手握住了它。

　　"对不起，我……"

　　"不，没有。"老者摇头，"很有感染力，谢谢你。"

　　她的名字出现在考试通过名单上。名次不高，中等偏下的位置，她盯着看了一晚上。艺考过后，她继续准备高考。需要达到的文化分并不低，她一分分地拼，仍旧十分困难。难挨时她只能想到曹苑，她晓得她忙，但她只要她听着，不回应也行。她要有只耳朵接住那个水一般的故事，自艺考她把它从心里放出来后，便再困不住它。学不下去时，它奔得尤其汹涌。故事浇灌过花，滋润过月，唯独没碰过朋友。她没有朋友的电话，从草稿本的初页翻到个潦草记录的号码，于是有了那一番对话。举步维艰的同时知道别人同样举步维艰，再没有比这更宽心的事了。

故事也冻住了，好好地呆在舌头下面，蜷在心里。

"即使把我关在果壳中，仍然自以为是无限宇宙之王。"

"什么？"

他垂下头，低声又说了一遍。

"凌漪，我……我是不会变的。"

"哦？"她抬眼瞥他，眼神是好看的。

"嗯。"他害羞地微笑，"我会永远生活在果壳里。我们都是。"他望着灰蓝的天空，"你知道美是什么吗？"

"嗯？"

"是这个宇宙中，我知晓的生活之外，一切正在发生的事情。"

原来他们并不总是没话说。他同她说很多事情，例如教她做个"局外人"。那时她听得浅，以为他是自言自语。现在她有点明白了。

她从床上爬起，蹑手蹑脚地上了顶楼。春末的午夜仍有凉意，不过雾和光终于散了，夜幕可见疏朗星辰。她坐在水泥台上，风拂身而过。

一架飞机撞开了黑夜，像流星坠入了蓝海。

落日刺破了红天。

宇宙落进了果壳。

# 第十六章

## 2015 年 5 月 10 日

袁平突然出现在班门口。

他绕着教室走，四座皆静。

"嗯。"他点点头，走了。

原本不闹，气氛却莫名让人松口气，非要找句话来说。钟济拿笔戳政阳："欸……欸！"

"干什么？"

教室总体还是安静，政阳的声音太突兀。几人转过头，不满地啧声。

钟济身子趴着，揪他的耳朵："听什么呐？"扯出一截耳塞。

政阳烦躁地摆摆手："防噪声用的，别搞我。"

钟济还没接话，有人敲窗户。不用看，立刻恢复正襟危坐的姿势。

侧目瞟去，窗帘布的间隙，老袁隔着眼镜瞪里面，不见笑色。

真如鬼魅一般。

## 2015 年 5 月 14 日

英语课。

"阅读 A、B 篇我就不讲了，节省时间，好吗？"

顾非、张洛和政阳看都不看，直接把卷子往后翻；曹苑想了想，在 B 篇的某道题上做了个记号；安定呆呆地看卷子，没反应；钟济无力地摸脑袋，打开字典。

"阅读 C 篇。"

讲台下此起彼伏：

"45 题。"

"47 题。"

"50 题。"

老师在黑板上写下题号，手拿习题集，在讲台上缓缓地走。

"好，我们来讲第 45 题……"

走到头，又折回来。

## 2015 年 5 月 15 日

夜深了。

下晚自习的铃声早停了，教室寂静，笔尖窸窸窣窣。

"回去啦，回去啦！"

保安大叔颠着步子来，他急着要锁门。天已经很浓。

于是收拾东西。都急，怕做最后一个。卷子未来得及放进书包，夹在书中搂在怀里。冲出教室门，屋里空了。保安大叔对远去的身影们喊："同学们！边学边问，才有学问！"

楼梯间稀稀落落一阵笑声，有男生中气十足地在一楼喊："阿叔，再见！"

"再见！"

教学楼渐黑。桌椅板凳睡去。校园里只醒着青蛙。

夜深了。

## 2015 年 5 月 19 日

三模成绩出来了。高考前的最后一次考试，大家看重，却似乎好的坏的都无多大意义。

倒是曹苑无故来的感冒更引人注意。开空调没几天，她咳得停不下，捂着嘴硬撑。关键时期，人敏感得像原上的兔子，稍有草动，窜得百尺远。曹苑心知肚明，隔天乖乖戴了口罩，蔫儿样地做题。

钟济下去办公室，进了门，抬头看了看，退到角落。

男生的哭声可洪亮，特别这位人高马大的，吓退不少人。身边一位女老师、一位女同学。老师拍他的肩膀，哄小孩似的："哭吧哭吧，哭出来就好了。"女同学手扶桌面，困惑得说不出话，估计平时没给男生做过心理辅导。

门口人站成堆，都不敢往里迈，也不敢出声。除了几个不懂事的。男生每号一嗓子，躲墙边的窃笑声就嚣张一分，被钟济狠狠瞪了，方消停。

大家停下手中的活，听男生哭。

好半会儿，语文老师唤钟济："过来！"

办公室恢复喧闹。

后来上课，女同学走了。再后来，老师也走了。

钟济听完讲评，起身。临上楼，他回头看。

大个子垮在桌上，睡得死沉。

## 2015 年 5 月 22 日

十九班旁的自习室照常满座。进这里学习的，都默契地噤声——说话在外面，里面真正安静。

也有特例。课间，同学出去装水，给门留了条缝，细语谈笑于是漏进来。都习惯了，掏出耳塞，或干脆休息都好。忽然来了阵粗犷的笑声——断不是女孩发出的。文科班的男生多被一班女生养得笑也温和，纵有没养熟的，几个聚不成这样放肆。"砰！"门就被推开。

七八个男生簇拥着领头的一个，那个看着却不像领头的，不是众星捧月，倒像是众星推月把他推上来的。他见女孩们盯着自己看，挺臊，身子往后退。那七八个早把门围紧，起哄道："去嘛，去嘛！"

满室人心一跳，反不看他了。

那男生踌躇地走，很不好意思。七八个同伴比他急，间或吹口哨的，喊他绰号的，乱叫"我爱你"的。捣一次怪，男生便回头，忠厚脸庞露出不赞成的表情。"去嘛去嘛！"同伴再催。

男生终于在喝彩声中不管不顾，三两步跨到某人前面，将怀里藏的拱出去："呃……唉！"

安定摘下耳塞，眯着眼睛："嗯？"

"给你！"

"……"她环视一圈，懵懂地摸到现在是什么情况，慢慢涨红了脸。

交代完自己的一腔热血，男生想原路返回。同伴们忙挤出去，将门从外面锁上。"多说两句！"看热闹不嫌事儿大的群众合流，自习室旁水泄不通。

男生兀自捣鼓门锁，"快放我出去！"外面一排恨铁不成钢，索性敲起鼓点："亲一个！亲一个！亲一个……"

女孩们拥上来逗安定："说点儿什么嘛！""礼物打开看看呗！"

袋子里放着个梅红的盒子，还有一只苹果。

安定伸手碰了碰盒子，又碰了碰苹果，突然笑了。

"欸欸欸！她笑了！"

她眼睛里透出受惊的风，正了色。

"你干什么啊！"瞎咋呼的立马被群起而攻之，抱着头藏一边儿去了。

她抬头，男生站在墙角看她，视线并不躲闪，直率、爽朗，又很不好意思。

夏初的太阳寸寸摇来，天气好极了。

## 2015 年 5 月 28 日

第一节晚自习下课，顾非出了趟门。快上课了，面色不豫地回来。

"你看吧，我每天就吃这个。"一盒药扔在曹苑桌上。曹苑凑近了看，惊叫："这不是……"顿了顿，小声说："避孕药吗？"

教室里吵，别的地方听不见，后排张洛和过来蹭座位的唐政阳还是能听着。张洛一口水呛在嗓子眼，咳嗽不停。政阳拍好友的背，试探着问："真的是……避孕药啊？"

曹苑认真地点头。

后排两人不约而同地瞄第一组。

"想什么呢!"顾非毫不留情给了他们两下,拿笔戳桌面,"这是为了调……生理期才吃的,明白没?"

"明白明白。"

顾非把药掷过去:"还有什么要说的?"

政阳推回来:"没有没有。"

曹苑窝在膝盖上偷笑,被顾非揪起:"别以为没你什么事儿啊!"

"不敢不敢。"


## 2015 年 5 月 31 日


"要放假了。"

顾非斜眼瞥她:"高考前的假,也能叫'放假'吗?"

曹苑偏头:"那真正的假期也不远了嘛。"

高三楼对面的红砖墙,工人正把横幅挂起。

她们走过去看:"啊,是百日誓师的那条。"

"我难人难,我不畏难;我易人易,我不大意。"鲜红的横幅上,无数黑笔缭乱的画迹。"R 大等我!""B 大我来了!"后面跟着名字。

两人找自己的名字,恰在第三个"我"上。"一定会考上 A 大!"曹苑如是写。顾非的同她挨着:"去象牙塔。"

"写成这样,谁知道你要去哪儿读?"曹苑嗔她。顾非却指着一处："哦？"

曹苑去看："A 大。"很简略，落款是张洛。

顾非陪她站了会儿。然后，曹苑转过头。

"不回宿舍了，吃完饭回来复习，行吗？

顾非深深地看她一眼。

"行。"

# 第十七章


校园中哪处聚了一群蝉，整日沸腾地喧哗。顾非走到窗前，一股脑把所有窗帘拉上。

曹苑本来借着阳光学习，光弱了，她只能走过去开灯。"怎么了？"她问。

"太吵。"

六月，广州转暑，主教学楼都通了冷气。曹苑靠着桌子，把毛衣捂紧："好冷啊，我到外面……"

"外面那么闹，你复得了习？"

曹苑望着眼前的资料，看了好半天，觉着字都不是字的时候，忍不住出声："你复得进去？"

也对。顾非放下手中的徒劳活，揉眼睛："出去走走。"

出去走走，热风拢过来，哄得曹苑立即脱下毛衣。顾非郎当着步，远眺绿草茵盛的大操场。临近高考的一个月，学校将课间操、足球赛……几乎所有的课外活动停了。操场这一个月很安宁，花草长得活，在太阳下泛出油光。

楼梯间，三面封闭的大落地窗。顾非慢走，光在她鞋上流成河；快走，光跳成水珠子。她就这么快快慢慢，走走停停。

曹苑跟在她身后。她想起三年前，也是这般黏腻的风。风过后，她们进了S中高中部，宿舍从一层搬至五层，教室从乐学楼挪到博学楼，走过数次似无尽头的这条路，也要走到尽头了。又想起初中，甫一踏入校门，她便大失所望。几栋楼挤着一个操场，站在前门能看着后门！但她安顿下来，慢慢觉察到它的好。到她离开时，多么庆幸它是小的，才在她脑中藏得住，藏得牢——不，也许不牢。某一句在教室里说过的话她记得，但五班的那间教室，已模糊了。所以人们不应为离别而哭泣，因为他们总会忘记；抑或他们正是为迟早的遗忘做一场提前的哀悼。

以前上体育课，顾非和曹苑绕着操场走，话语不停。今天她们默契，都不出声，一前一后穿行于操场间。彼此都清楚，开口，免不了说回高考的事。于是走吧，愈近的愈不要提，愈怕的愈不要提，莫讲出祸患——现在她们都变迷信了。

走了不知多久，顾非的手机响了。

"你在哪儿啊？"

"操场。"

"老袁上课呢，你回来吧。"

袁平要说的不多。任课老师们该交代的都交代了，不放心的，考前须知也发过。他提着个红袋子，站在讲台上，居然显出点新老师的拘谨："今天，是来给大家上最后一课的。"

身边人纷纷与左右交流。顾非敲敲桌子："安静。"

"十九班的各位，你们是我作为老师，作为班主任带的第一届学生。虽然我平时不是一个煽情的人，但是你们都知道，我真的很爱你们。"

台下的"各位"又好笑又心酸。有人起哄，声势不够大，终究安静下去。

"唉……还要说什么呢。"袁平挠挠头，然后，他的眼眶渐渐红了。

"老师！你不要说了，再说我就要哭了！"钟济怪叫。众人哄笑。笑声中，却有不少人捂住了眼睛。

"干吗说这个字啊？……"政阳转过头，钟济不看他，一直望着窗外，手握成拳头，微微颤抖。政阳默然，拍了拍他的手。

张洛摆弄着眼镜。他很不习惯面对这类场景，觉得有种微妙的尴尬感。他当然难过，但他没法哭，那太激烈了。他叠起手臂，头靠上去，眼睛注视着课室的其他人。有几个女生抱在一块悄悄地哭，男生则把头仰得高高的，用纸巾盖着脸，剩余的都严肃，目光低垂。

"老师！"

一个身影从门口冲进来，把袁平抱了个满怀。

"欸？欸！"袁老师高兴极了，"权庆，回来了啊！"

吴权庆定神看了看四周："我是不是打扰你们了？"

"权庆，长高了！"袁老师夸道。吴权庆不好意思地点头，露出点白牙。

"老师。"

"哦，刘凌漪也回来啦！"袁老师喜笑颜开，"回来考试的？"

"对。"

"好好好，艺考以后变漂亮了啊！"凌漪较之前清秀细致，身段又苗条。她勾起嘴角。

"跟权庆一起回来的？"

底下立时响起善意的嘘声。凌漪收敛了笑意："不是。"

权庆很想回头。但他终于僵直了身子，挺着胸膛。

袁老师不会注意。他从红袋子里掏出几包东西，"来来来，给你们戴上！"唤顾非，"把这个发一下！"

顾非拆开包装袋。里面是一个个红手环。"老师，破费了啊！"她开玩笑道。袁老师大手一挥："只要你们考好！"

"哇噢"，大家也不安分在座位上了，一个个跑上来拿。

待发完，下课铃恰响起。袁老师站正："那么今天的课就上到这里。"

"起立！"

"同学们，再见！"

"老师再见！"

"二〇一五年高考将于明天拉开帷幕，为确保广大考生顺利参加考试，广州警方提早部署……"

　　天空下起小雨，安定没带伞。教学楼到避雨区不过短短几秒钟的距离，她却不敢冒险，宁愿缩在信箱旁等雨停。她站的地儿，正好能望见教师办公室。办公室里无一人，只开了两盏灯，照到不多的地方。靠门的办公桌被清空了，长柜上散着纸张，没收拾过的样子。"那儿坐的是历史老师，历史的考试要点是……"她想这些自动自觉，全背过一二十遍了。"政治，哲学原理……"她默念上句，下句似掉入黑洞。黑洞？地理会考吗？不，不会……不，也许会，说不准作为课外题……不，不，不，哲学原理的下一句是什么？又想不起了！她出了一身冷汗。政治老师总拿那句话敲打他们："如果是在高考中呢？"

　　"安定！"

　　顾非从二楼下来，步履轻快。安定愣愣地应了声，问："你这么高兴啊？"

　　"要考试了，不高兴吗？"

　　安定实在没法理解，她迟疑地摇了摇头。

　　"要高兴点才行呐！高兴才能得高分！"顾非笃定地说。安定直盯她的眼，喃喃自语："矛盾的特殊性表现在，不同事物的矛盾具有不同的特点，同一事物的矛盾在不同发展阶段各有不同的特点，矛盾双方各有其特点……"

"矛盾的特殊性是事物千差万别的内在原因。还有，矛盾的特殊性是指矛盾着的事物及其每一个侧面各有其特点。矛盾的特殊性原理。"

安定痴着眼神："啊……对……"

"走了，别多想，咱们都背过的。"

挂着伞，顾非瞟到安定的手腕："啊，红手环！"

"嗯。"

"我的，我的放哪儿了呢？"

离宿舍还有一段距离，顾非听得门内叮叮咣咣。她冲上去敲门："曹苑！"

曹苑疲惫地倚着床梯："我的手环不见了。"

顾非无言。她先是翻箱倒柜一顿找，再把阳台掀了个底朝天，最后累得坐在地板上，苦笑："苑苑，我们真是一条绳上的，我的也不见了。"

那红手环不独他们班有，别的班，手链、手绳，款式不同，但清一色通红。丢了它像丢了好运的象征，两人惴惴不安，不敢深想。

一个小时，安定吃晚餐、洗澡，出来时她俩还在找。曹苑快绝望了，她打电话给爸妈，说了两句便呜咽，断断续续地发泄。顾非放下东西，迈出她自己制造的"废墟"，同她一块儿坐在床上，抱着她。

"我……我的手环，不见了。"

她抽噎着，抬手擦眼泪。对面似乎在极力安慰她，她向顾非靠得更紧了。

"袁老师发的手环，别人都好好地戴着，只有我掉了……"

"还有我。"顾非搂她的肩膀。

"对，还有顾非。"

安定很不放心地看她挂了电话。临去教室前，她嘱咐两人："床缝，柜子后，柜子上，窗帘后，这类地方再找一遍吧。"

顾非躺倒："怎么找得到呀？"

她举起手，手腕上空空的。昨晚她摘下它，放进校服口袋。今早起床，她莫名没想起手环的事来，一天光着手腕。她真不该把它取下，该让它随时护着她的！她怎么那么傻？顾非埋头，她懊悔得很。

曹苑展开被子，把自己埋进被窝。她想休息，睡着了便不用担心手环的事，虽然明天总要到来。

她随手摸了摸床缝。

"怎么办啊？"

"……啊！"

"手环……你找到了？"顾非抬起头问。

"不……没有。"

袁老师不知从哪儿变出两条多余的红手环，风尘仆仆地送到宿舍楼下。顾非大松了口气，用力攥着手环。

"没事，只是个小插曲。你们一定会考好的。"袁老师安慰。见两人被折腾得无精打采的，他又加了句："你们俩怕什么呀！你们怕，全世界都要怕了吧！"

六月六日夜的风，吹得舒适。晚自习结束后，安定回来，凌漪也回来。"你不住酒店吗？"S中门口的酒店，如往年一般，被考生家长们占领。想要个舒适睡眠环境的，都往酒店去。有人搬来家里睡得最舒适的一床被子；有人让妈妈来，要她唱幼时陪伴入眠的摇篮曲；也有人请了家中的神像，求他为自己镇守。凌漪家里看重，父母都来了。

"不，我住宿舍。"她窝进枕头，深吸了口气，"我习惯了，这儿好。"

喧嚷的声住了，夜晚真正降临。散了雾气，广州的天难得见着星星。月与云堆拢，聚于天际线，不占星幕。蛙往常叫，今夜不叫；蝉往常鸣，今夜仍鸣。

"晚安。"

"晚安。"

"晚安。"

"晚安。"

睡吧，同学们。

睡吧，高三。


二〇一五年六月七日。

"身份证、准考证、黑笔、2B铅笔、橡皮擦、手表，都带了吗？"

"齐了，走吧。"

人潮涌动，四处是着校服、戴红手环的考生，大呼小叫、沉默、默诵知识点。七五二六先往教室放了书包，下楼吃早餐。这顿早餐吃得肃静，他们似乎不在意吃的是什么，一味地往嘴里塞，咽下就作数。顾非头一个吃完，坐不住，自己回了教室。曹苑吞下蛋糕，余光扫过。她发现安定正颤抖。

"你还好吧？"

"我……我……"她把大腿都掐青了，依然停不下来。

曹苑扶起她："好了，我们回去。跟着我，吸气，呼气。"凌漪坐在对面，若有所思地瞧她。

安定呼吸急促，像边打气边泄气的气球，病态地鼓胀。她抱着头，不住地呻吟："我要崩溃了，崩溃了……"

"你怎么了？"

凌漪扯过曹苑，低声道："她之前不是得了神经衰弱吗？"

"……她没说过。"

"我们得把她送到老师那儿去。"

袁平接手了安定。他出声安慰，安定听不着，继续失神地念叨。

"陆安定！"

她的瞳孔定了，惊恐地望着老师。

"好，你先深呼吸。来，听我的指示，吸气。"

她极力克制自己，调整气息。

"很好。我们来看看高考。虽然大家一直在强调这场考试，但是呢，从我的经验来看，这场考试跟我们之前进行的任何一次考试，没有区别。"袁平吐字很缓，轻得像唱摇篮曲，"人生很长，努力的机会很多。结果，是由无数次选择造成的，一次选择，不会彻底改变什么。说实话，我不认为有什么事情是'决定性的'。"

"我想……我想离开广州，我想到远一点的地方读书。"

"好。如果这是你最大的目标，那么我可以保证，它百分之百可以实现。现在安心点了吗？"

安定不吱声，脸色柔和下来。

"考试的时候呢，其实人人都会紧张。你现在看张洛顾非他们，好像很淡定，那可能是因为他们最紧张的时刻还没来。你就比较好，你已经发泄出来了，等会儿呢，再紧张都不会超过刚刚那个度了。"

安定似懂非懂，往裤子上擦了擦手心的汗。

"考试开始之后，如果你还是觉得很紧张，心里很乱，试试深呼吸三次。做题的时候，保持你一贯的速度，不确定的，多联想平时上课或者解题的情境。实在不会，可以跳过。假如你的身体不舒服，也可以举手向监考老师说明，这些都是允许的。当然，还是希望你能够坚持下来，毕竟你这一年非常努力，也取得了很好的成绩，所有老师都是看在眼里的。"

袁平起身，他让安定帮他拿一个袋子。

"总之，好好考试。明天结束后，我们都会在教室等你们。现在，和我一起上楼吧。"

高三十九班的教室前方有两块黑板：一块大的，一块小地。大的作板书用，上面还留着没擦净的粉笔迹。槽里散着几支用得短短的粉笔，一只污脏的黑板擦和经过湿抹布洗礼的一小撮粉笔灰。小的无明确用处，重要不重要的都在上面写。有时是作业通知，有时是生日祝福，有时是即兴漫画。今天画的就是袁平的滑稽头像，立在黑板上不羁地俯视众人。旁边的狠话照旧："只要学不死，就往死里学！"加上一行飞扬的字：离高考还有０天！！！

袁平走进教室，下面不约而同地鼓起掌来。按常理，掌声过后是激情演讲。但袁平今日不行他事不显他态，他表现得极度平静。这反让人心里作怪，因他平时习惯与他们闹，玩笑一箩筐的。

"大家再检查一遍，看身份证有没有带。"

居然真有粗心的没带，惊出一身冷汗，脸红红地跑回宿舍拿。

八点二十分，终于一切齐整。袁平环视一圈，微笑道："希望明天我们再见的时候，大家都是开开心心的！预祝大家，在二〇一五年高考里，取得好成绩！"

"好！"

"出征！"

他们站起来。

顾非和张洛的目光撞上，她一偏头，大方地说："加油噢！"

张洛笑："一定的。"

曹苑低着头，站在椅子中间，等顾非出去。张洛低声道："你加油啊。"

她看他一眼："你也是。"

顾非走近门口时，钟济恰在人群外围的不远处。周围又吵又挤，顾非回头找他，没找到。第二次她回头，钟济突然出现在她身后，吓得她瞪他。他笑得顽皮，嗓音沉沉地说："走吧。"

政阳伸出手，张洛迎上去，两人友爱地拥抱。政阳拍拍张洛的肩："好好考，知道吧？看题仔细点，别看岔行……"

"操什么老妈子的心？"张洛笑骂，"还是多关心关心你自己吧！"

政阳叹气："是啊，真该操心我自己。"

张洛忙纠正："你肯定没问题，按平时正常发挥就行！"

"是吧……"

后面涌来一群男生。他们没胆量招惹顾非，同好脾气的张洛还是相熟的。一群人嬉皮笑脸，往张洛身上左摸右摸："考神，借点运气吧！"

"行！不过给我留点呗。"

"肯定啊，得大爷一点儿仙气就成了。"

安定本来走在队伍最后面，听见顾非喊她，便匆匆钻过人群。等她站在她们面前，头发已有些杂乱。适才她闹了自己一通，气乏。好在气乏不影响脑子转，她那滤了杂质的精神头尚能支撑。

袁平要关门了，凌漪仍站在桌前不舍着什么。"去考试吧，现在可以不再看知识点了。"老师以为她临时抱佛脚。凌漪将手中的便贴纸藏进抽屉，上面只三个字："相信你。"连落款都无。她心里清楚，大步离开。

列队下楼。等下面十六个班通行的时间不短，他们总该找点话说，然而没有。一个个面面相觑，嘴唇闭得死死的，眼睛只看路，不敢乱瞄别人。每人的步子不同。有些像肚前揣着个大且重的东西，拖着步子，背如虾米弓着；有些踏得轻，准备迈步时很积极，队伍停顿时又把身子微微缩倚着墙。

他们听见前方一阵又一阵的欢呼，与主持人报完幕，观众期待表演的呼声别无二致。他们现在是站在墙边，站在幕后。一切都未开始，未结束。

天气好，阳光普照。老师们着红衫，在高三楼前和同学们一一击掌。顾非被晒得眯起眼，噙着泪。到了语文老师跟前，老师同她拍手，笑着看她，拍拍她的脸。她刚想解释，后面的队伍已经过来，推她继续走。她望着作为考场的高二楼，气从鼻腔内冲上来，眼睛酸涩。她也分不清泪水是真是假了。

　　考生们去往不同的试室。每一试室前站两名监考老师，一名核查证件，一名持机器对考生进行安检。进试室的队伍中有人焦躁，缠着前面的问："'而不知其所止'，上一句是什么？""浩浩乎如凭虚御风！"对方脾气不佳，口气很凶："不是'飘飘乎如遗世独立'么？"那人仍然急得嘟囔，对方心气顺不来，正欲开口，监考老师一句话打回去："进试室后保持安静。"他只能回头剜那人一眼，腿重重地放下。

　　队伍逐渐变短，直至最后一位同学进门，坐下。

　　"监考员甲分发答题卡，监考员乙分发考试条形码、草稿纸，并注意核对考生是否对号入座。"

　　老师走下讲台，答题卡一张一张地落在桌上。

　　"监考员乙当众验封试卷袋密封情况，并经考生代表核对无异常和签名确认后，开启试卷袋。"

　　老师双手高举试卷袋，将袋子递与讲台边的同学。

　　"监考员分发试卷，并督促考生用2B铅笔填涂试卷类型。分发时注意A、B卷不要发错。"

　　卷子正面朝下，铺开在桌面上。

　　涂好试卷类型，双手垂下。玻璃面内，时针逼近那个数字——

　　丁铃铃铃铃铃铃铃铃铃铃铃！

"考试开始，请考生开始答题。"

眼前空气模糊，厚重地堵着鼻子。他全封闭了自己，耳不闻眼不睁，实实地闷在陶罐中，伸展不得。无声……?!

吵闹，喧哗，震耳欲聋，穿云裂石，亿人齐跺土地，崇山撞击海面，世界颠倒……

"咳!"

他狠狠咳嗽。

监考老师抬头，目光在他左右徘徊几下，撇开去。试室里有不满的响动。

他脑中一片空白。怎会一片空白？

开考三十秒。

余光扫到的范围里，人们运笔如飞，而他久久停着。他落下别人一大截，愈来愈远，愈来愈远，愈来愈远……终于换到他追赶别人的境地，何曾如此，何至如此……他慌了。

张洛，张洛……

深处谁吼着。

张洛!

总得开始。他一凛。翻过卷子，找作文题。找到了……噢，是这样的题目，平平常常，毫无波澜。他居然失望地松下一口气。鱼尾飘摆，思路如涟漪一圈圈荡开。他快笔记下构想的作文布局，心里满了五分。

当人沉浸于考试，时间便不再是难以逾越的阻隔。那之后的题目，他做得畅通无阻。虽然某个时刻，当他突然意识到这是高考时，不由得心跳加快。所幸这样的瞬间极少。十一时二十五分，他落笔画最后一个句号，长舒一口气。

他的心马上提起来，十一时二十五分。没有下次了，这场考试的结束是真正的结束，他们再不会被赋予拍桌子大喊"再来一次"的壮志凌云了。他检查题号、客观题顺序、个人信息……这些都没错。他最终要面对的是那道与他纠缠一分钟的字音题，而他现在只剩下一分钟。他真无法决断，理智越告诉他别轻易更改答案，他的手越控制不住地去碰笔。三十一秒下定决心，三十五秒推翻自己，到了四十秒，C选项又变得顺眼。他咬紧牙关，等——

"考试结束，请考生停止答题。"给他一个痛快。

那道题、这场考试被判了死刑，抑或得了新生，是"老天爷"改卷老师的事，与他无关。决断权从此离了他，他可抛下一袋袋负重，潇洒地走了。事实上，他正是学愚公挑了一担担石，奔忙于山间。他更狡猾，乞求天察觉他的苦难，感于他的诚心，与他撬起大山，渡他过汉水南岸。他现在要检验天，看它是否记着他。

曹苑拿起透明文件袋，堵着耳朵走。张洛在她前一个试室，两人碰上。凭他俩前后桌一年的关系，不一块儿走实在生分。两人一起下楼，曹苑觉着自己堵耳朵的动作真傻，要怪就怪周围肆无忌惮讨论考试的人们。她用目光对了对前面的人，示意张洛。张洛点点头，把手竖起来，堵住耳朵。

两人走到空旷的地方。曹苑问："去吃午饭吗？"

"……嗯？"

"我回宿舍吃！"她比画着手势，"顾非家里做了很多好吃的……我先回去了。"

"好。下午见。"

"再见。"

张洛其实也要回宿舍吃饭，薛阿姨做了不少好菜。

宿舍门大开，远远闻见饭菜飘香。张洛快走两步。政阳已经吃起来，随手指了指塑料袋，两盒饭放在里头，菜散在空床铺上。

"钟济呢？"

"喏，不在那儿吗？"

钟济头朝里睡着。张洛问："干吗呢？不起来吃饭？"

钟济不回，就听见他吸两下鼻子的声儿。张洛捧着饭盒，悄悄挪到政阳旁边，用气声问："他怎么了？"

"他……"

"我作文好像跑题了。"

张洛一屁股坐到钟济床边，听他絮絮叨叨："我用了个特别扯的论据，写完后我都骂自己……"

"行、行，行了啊。"张洛揪起他的领子，"你先把饭吃了。"

"我吃个鬼啊，我……"

"别废话，快吃！"张洛将饭盒塞他手里，"我跟你说，你的作文绝对没问题。"

钟济入神地听，见张洛瞟他，连忙拨了两口饭："真的吗？"

"真的！你瞧啊，开头、结尾你都点题了。第一个论据，你没用错。第二个论据，你那也不能算错，只是表述上有歧义。老师看一份作文卷才多长时间！你知道你被发现的概率有多小吗？退一万步，真被发现了，也不会对你的整张卷子产生多大的影响。"张洛信口开河，掰扯出一堆瞎道理。钟济听得可认真，但还得保持疑心问问："你不会骗我吧？"

"以我年级前十的名誉发誓！"

钟济彻底安心了，他往张洛肩膀上捶了一拳："听君一席话，胜读十年书啊！"

"那当然。你想想，万一你在床上颓到下午，饭不吃，觉不睡，拖着去考数学。考出来的分数，搞不好你真白读十年书了！"

"是是是。"钟济虚心接受教导。

下午的数学考试，气氛稍缓和点。顾非接到卷子，浏览一遍，心里讶异，又隐隐地高兴。今年的试题较往年难，还有点偏，弄不好得刷下一群排名中上的。但对她而言，这是突破重围的绝好机会。数学能甩几十分，其余科目，纵有别的人考得再好，也是无力回天。

愈碰着难题，她愈高兴。她相信自己，题无非难了点儿，多费心思总能完成；而她做不出的，别人九成九做不出来。

不出她所料，数学考试结束后，门外的人堵着不走，聚在一块儿唉声叹气。几个女孩站在栏杆边，抱成团地哭。顾非等曹苑，等了好一会儿。十多分钟后她才一顿一顿地下来，脸色灰白。不等问，曹苑先开口："我的数学考得好烂。"她瞥见那团哭个不停的女孩，苦笑，"我比她们还惨，我根本不清楚今天的题是难还是不难。"

六月七日下午的风是凝滞的，太阳仍然很高地悬着，人们不知它要跃起还是坠下。五时三十分，落日行至半途，将要无可抑制地向渊渊深夜滑去。

是明是暗，高考毕竟未结束。六月八日，九时的钟声准时敲响。文科综合，被戏称为能"把手写断"的综合科。考完后，墙根边一排考生，疯狂甩手腕。

走到这儿，一多半的包袱卸下来了。政阳提着饭盒，同张洛说："考完文综，我就解放了。"

张洛摸摸鼻子，撇着嘴评："扰乱军心。"

"说的是实话啊！欸，你之前没说过啊？"

"之前能说，高考不行。"

钟济躺在床上，拿着本英语书，假模假样地读单词。政阳进门，他一骨碌翻起身："今天吃什么呐！"

政阳将饭盒撂在空床铺上："我们家都给你吃穷了。"

钟济嘿嘿笑："帮我谢谢阿姨呗。"他端起饭盒，扒拉几口，忽然想起什么："哦，对了！权庆说，等考完了，带我们出去玩儿。"

张洛嘴里鼓鼓囊囊塞满了食物，无奈白了他一眼。政阳替他做解释："扰乱军心。"

"他考完托福了吗？"

"上个月就考了……怎么说呢，挺奇怪的。"政阳放下筷子，"他之前跟我说，八月他就走了。"

"这么快？"

"是啊，真不明白他爸妈怎么想的。"

最后一场英语考试。大家睡不好，早早挤在考场楼下。曹苑翻来覆去地背作文常见句型，背来背去都是那几句。过了好久，预备铃响，她把资料往美人树下一放，小跑上了楼。

听力部分结束，老天爷适时变了脸。六月多暴雨，成群结队轰轰烈烈地来。天识时务，雨是下了，雷和闪电没一同来，否则会惊着试室里的人。

曹苑很专心地做。英语并非她的弱项，是她可抢攻得分，拿个好成绩的。她正写作文的第二段，斟酌着下笔。

"离考试结束还有十五分钟。"

她下意识抬头看了看音箱。有人像抑止不住笑意，咳了一声。

"……a……harmonious society……"她低语，手提起来——

"同学们，检查一下自己的个人信息。二十秒后，你们就解放了。"监考老师在讲台上踱步，笑着说。另一位将牛皮纸袋竖起，开始整理。

她快速地将准考证与答题卷对了一遍。

玻璃面内，时针逼近那个数字。

"考试结束，请考生停止答题。"

教学楼内霎时爆发出巨大轰鸣——不，那是欢呼。连同地板一起震颤，她捂住脸。

结束了。

二〇一五年六月八日的这个下午，我们的高考，结束了。

她踉跄着走出试室，投入一个怀抱。两人紧紧相拥。过了一会儿，顾非说："走。"

高三楼下，袁平焦急地等着。顾非和曹苑恰好撞进他的视野，他大喊，向两人招手。

"考得怎么样？"憋了两天，他终于可以问了。曹苑点点头："还行。"

　　"顾非呢？"

　　顾非笑了笑。她对这场考试毫无感觉，无论好与坏。也许它过分特殊。

　　楼梯间里人揉人，却没谁抱怨。他们的脸上统一带着沉醉，带着快乐。顾非牵着曹苑，一气儿上到五楼，远远就听见教室里闹哄哄的，"我们快……"她拉不动曹苑。

　　五楼楼梯旁的热水机，靠着窄窄的栏杆。两面红墙延伸出去，落日时分，框一片紫色的天。

　　但今天没有落日。

　　雨仍旧下着。曹苑微张着嘴，呆呆地望向操场。

　　塑胶地坑坑洼洼，中央的草丛积了水。他赤着脚，绕着跑道无尽地奔跑。雨滴肆意击打在他身上，和着泥水、粗粝的沙子，冲刷着他。他不管不顾地跑，纵情大笑。

　　钟济撑伞立在一旁，喊："张洛，你疯了啊?!"

　　张洛抹了把脸，乐道："一起来啊！你敢不敢？"

　　钟济愣了愣，摔了伞，鞋扔一旁："等着!"

　　顾非只看见他俩扭打起来，蒙了。

　　"都结束了。"曹苑低下头。她摸自己的脸，没摸到什么，自嘲道："怎么这两天总想哭。"说罢，眼泪顺着脸颊下来。

　　"傻丫头，别丧气啊，说不定是新的开始呢。"

曹苑擦掉眼泪，笑："不，都结束了，我知道的。"她喃喃自语，"都结束了。"

教室乱得很，地面随处散落着无用的卷子。曹苑爸妈早将书本收拾好，等她回家。顾非嘱咐过父母，让晚点来接。班长照例是要做善后的工作。她安置好物品，一个人慢慢地打扫起卫生。今晚，高二的同学会住进来。这儿不再是他们的家。

家。

回不回教室？他们总这样问，没人质疑过。她曾经多厌倦两点一线的生活，清醒的时候，坐在这儿，老师们不厌其烦地重复知识点，她烦。她烦，但倘若后颈掠过一阵清风，她便好些。曹苑有时静，安定过来，她俩讨论那些个偶像的时候，便吵。凌漪很少来，她隔着书堆常见她伏在书后睡觉。权庆也爱睡觉，醒来后会在桌下看许多她求而不得的漫画书。张洛爱提问题，他见解多，她真心佩服他。政阳来，他来找她俩说话？他是醉翁之意不在酒。钟济来，他来找张洛说话？他也是醉翁之意不在酒。

晚自习。好一阵，学校旁小区的哪家住户，叮叮咚咚地弹钢琴，风传来都不成调了。她觉得好听。他们还吃夜宵，一人饿了全班都饿，索性拿出班费挥霍，订比萨，订糖水。袁平给他们煮过茶叶蛋，极香。她偷偷吃了两个。不过班里不总那么好闻，体育课后，男生们大汗淋漓地回来，她就得打开窗户透气，冬天夏天都如此。不能抱怨，抱怨了他们会放肆地笑，下回依旧如此。

现在他们一个个走了。

她其实已将教室打扫得很干净，父母也已到了，帮她将东西运进车里。但她不想走，她还握着这里的钥匙，博学楼高三十九班，她没走，就还是这里的一班之长。

清洁阿姨送了大麻袋过来，为装他们不带走的"垃圾"：卷子、课本、文具……她随意翻了翻。哦？

她从袋中搬起那些东西，张洛的东西。笔记、书、试卷，他全扔了。往常他将书包得严严实实，字迹工工整整。他不要，它们全得进废纸厂。她拿了一本，想拍张照笑话笑话，"我的可是全带走呢！"但她终于没有发。

广播里传来级长的声音："请各班班长锁好门，并将钥匙交到年级办公室。谢谢大家。"

她背上书包，走出教室。她锁好门。

雨停了。落日余晖最后照着大地，远处的红墙外又是片紫色的天。

她抬起头，班门旁，金属板上刻着他们的名字。她举起袖子擦擦。

"再见啦，高三十九班。"她说。

走廊上空无一人。

当这一轮太阳沉下，阔阔黑夜降临，他们离开。

而明天会有明天的太阳升起。

# 第十八章


"去你家？"

"走。"

两人虽做了三年舍友，同睡一床的情况却是自小学后再未有过的。"六年啊。"曹苑接过顾非给的枕头，笑叹。"好日子……到头了。"顾非靠着柜子，清理无用的书卷。曹苑将枕头打过去："呸呸呸，说的什么话呀！快呸掉！"

"不是吗？"顾非挑眉，"人家说，大学没那么好玩。"

"那也是新生活啊！"

"新生活？你要留在省内读书吧？"

"嗯。"

"不出去谈什么新生活……"顾非瞟她，"噢，跟着张洛算新生活吧？"

曹苑静静的，眉目收拢些："倒想呢。"

过了十二点，顾非爸妈来催睡觉。她们关灯，卷了被继续聊。聊的无非男孩和未来。外面天黑成毛熊冬眠洞里的颜色，顾非没着没落地问了句："你说，我们都会有个好成绩吧？"

回应她的只有曹苑梦中的呢喃。她合合被子，在舒柔的暖意中睡去。


"你和苑苑，早餐给你们放桌上了，记得吃。"母亲揉揉她的脸，"爸爸妈妈去上班了，等你的好消息啊！"

"唔……"顾非眨了眨眼睛。曹苑还熟睡着。

顾非叫醒曹苑。曹苑拿起手机，一看："我朋友圈成池塘了吧，怎么这么多锦鲤啊？"一水儿的"转发锦鲤，你的分数将会增加十分！"曹苑顺势复制粘贴，被顾非嘲笑。

"怎么？你不发呀？"

"不发。"

"讨个彩头都不发？"

"不发。"顾非把碗搁她面前，"分数早出来了，转这个有什么用？"

一顿早饭吃俩小时，两人都心神不宁。"我紧张。"曹苑说。她们对视，不约而同地大笑。平日里总说："考完高考就解放了！"考完方知，没呢，后头日子还长呢。于是盼分数出来的这天。考得好，纵然后面还跟着选学校、报志愿……一连串的事儿，心里是乐意、有愿景的；考得不好，那什么也别谈了。

她们起先坐在同一个房间。曹苑浑身不自在："万一你考出上北大清华的分，那我考再好也没法高兴呐。不行不行，我得出去。"

"欸！"顾非看曹苑头也不回地抱着电脑去了客厅，没拦住。

她卧着，脑子有一片刻什么也想不了。那一刻她几乎是无赖地乞求、恳求、要求世上所有的神、宇宙里所有的力量，将前所未有的好运加诸她身。她失去理性，愿竭尽所有换取一个满意的分数。她从前做了那么多不可理解的事儿：数着单格砖走，吃饭不余一粒米，把句号画得完美无缺；受了那么多无缘无故的难：摔跤、考砸、压抑感情……不都为了最后为了今天，为了那串数字吗？连曹苑都不知道，她每夜向神祷告，严肃地向他坦白自己。高考将她磨砺成最虔诚的信徒。她现在无望地候着。无望是要显示她的忠诚，要说服神予她更壮阔的命运。

曹苑紧盯时钟。十一时四十五分。走得这样慢！一秒拖成两秒，两秒碎成四秒。她面上咬牙切齿，心中哀求：慢点，再慢点吧！说不清她为何这样求。可能凤凰涅槃，知道有新生，也会惧怕死亡前一刻的烈烈热灼。

她提前登录，已经进不去，网络通道里全是人。她刷新一回界面，再刷新一回朋友圈，再刷新一回界面，再刷新一回朋友圈……

"考上啦！！！"

她一骨碌坐起。

隔壁班的同学，应是查到分数后，欣喜若狂，第一时间发了讯息。分数线不出，一般难谈考上不考上的。有这般底气，定是远远超了往年的录取分数线。幸运儿啊……曹苑羡慕得眉头都皱起，她不停地按刷新键，无改变的是空白。

她索性躺下。顾非在里头没动静，好赖不知。一定是很好。她想。赖也赖不到哪里去啊。顾非横竖考得比她好，还用得她操心？她捧过电脑，再刷新。

她瞪大眼睛。

界面显出丁点儿，接着顺顺地滑下来。

她抓过放准考证的透明袋子，颤巍巍地念出考生号，小心翼翼地输，好像它们是刚过渔网的鱼，不留神就要滑走跳走。输好了。后面跟的"确定"键，她踟蹰好几秒，没按下去。最后，她扭过脸，手握成拳头，砸下去。

她坐的地方靠近书柜。透明的橱窗反射出电脑的界面。她见着电脑如刚才那样，一点一点滑下去显现。到底了，她定睛要看，橱窗照的景都是花的，根本看不清。她把脸扳到电脑前面。

单科分数全无意义，弃若敝屣便弃若敝屣。总分操纵一切，是造物主。

总分："6……"

六！

她将指甲紧刺入骨肉。再看。

零。

零……

总分：608。

"有六有八，真是吉祥如意。"她第一时间想。现在有余裕去看劳什子单科分数了。语文，噢，还不错。数学，她的心一沉又一提。沉是为了糟心的分，提是有总分壮胆，没崩溃。英语和文综比正常发挥高一两分，不多。她恍然，一时无从判断这是不是个得救的分数。

她给爸妈发了信息。能安心吗？她狐疑地想。安不安心先作他论，顾非那儿仍悄无声息。她三两步过去，敲开房门，干笑："欸，我是正常发挥。你的出来没？"

屋内寂得像墓地，床上鼓着大大惨白的坟包。曹苑揭开。她不是躺着。她是以极其别扭的姿势将自己用手脚囚禁起来。

"顾非？"

顾非？

"我可以看你的分数吗？"

曹苑直接打开电脑，画面跳出来。

总分："5……"

不必再看了。

"分数录错了吧……顾非？"

顾非？

"顾非，要不去提交查细分的申请吧。"

顾非？

"顾非，如果你需要，我帮你去教务处。"

顾非？

"你走。"

曹苑愣了愣，微微拉开被子。被狠狠地扯回去。

"你走吧。"

"我在外面。叫叔叔阿姨回来……"

"你走。"

曹苑环视周围。

"走，我不会干傻事。走。"

曹苑退到门后："顾非……"

那座坟立着，似乎逝去的人没有话要说。

腿麻木，挣不开劲儿，任被子松垮地堆在一处。呼呼的风把半截手臂钻了个透，血也给吹散了。周遭糊层纸皮，姑且罩着那团红肉的虚散热气儿。它还使劲鼓动，"扑通、扑通"，像只泥绿的蛤蟆。

星的光照得远，地球是被临幸的之一。地球不过一粒尘，而星恩泽广阔的土地。尘抬起头，星不在意，星毫无察觉。但尘终于让星知道厉害。尘引力之大，拖着星不断不断地滑落，越来越快，越来越快——

她睁开眼睛时，外头没一丝光。台灯假亮着，父亲的脖子扭曲，他颓败地喃喃："顾非，怎么会这样呢？"他甚至不看她。他的目光深远，容不下令他骄傲的女儿。她开始战栗。

父亲母亲就在她两旁睡下。寂静的夜与沉重的呼吸捂着谜题，猜测谁梦谁醒，皆梦皆醒。她的眼睛不能闭上，她不要使自己坠入黑空的眠，醒来的一刻感受锥心的痛。夜比梦厚道，可以充实地塞满她的眼睛。

她渐渐听到母亲妥帖的气息、父亲堵塞的鼾声，这使胃的造反来得顺理成章。她将脚搬离母亲的躯体，跌跌撞撞地冲到马桶前。土黄汁液簌簌地流，她"砰"地跪下。很长时间，厕所萦绕着母兽痛苦的嘶吟。


权庆躺在床上辗转难眠。屋外，父亲的低吼，母亲的哭诉，他听不清他们在谈论什么，但这是他们的常态。确切地说，是最近的常态。儿子要走了，都不能消停吗？他头痛欲裂。

今早，他懒洋洋地下楼吃早饭。近餐桌，他一个激灵："爸……"

父亲在家的日子少，能坐下吃饭的时候更少。他们同吃的大多是晚饭，早饭能见着他，是真稀奇。他坐好，拿筷子夹一颗虾饺，手不稳，筷子啪地掉下去。他猛地缩起脖子。

父亲看了他一眼，重新夹一颗放他碗里。

他吃着，眼睛不停地瞥他爸，弄不清楚吹的什么风。

"权庆。"

他赶忙咽下。

"你先去你姑姑家待一段时间，然后去美国。"

"……为什么？"

"没有为什么。"

"可我什么都没准备好呢！"

"你妈妈会帮你准备。机票也已经买好了。"

他别过头看母亲。母亲正平静地喝粥，头低着。

"我不同意，我还没和我的朋友……"

"朋友！"父亲狠狠将筷子拍在桌上，目眦尽裂，"朋友顶个屁用！朋友为了自己的命可以把你出卖得一干二净！吴权庆，你要明白，这个世界上只有父母对你最……"

"好了！"母亲叫了声，手剧烈地抖。她喃喃："最后一顿……"

权庆后退两步："我们家出事了吗？"

"权庆，你上去。"

"不，我……"

"上去！"

他很快得到了解释：公司的一笔财务出现问题，父亲心情不佳，连累了母亲也没好脸色。至于旅行，姑姑很想念他，于是同他一道出去，当作游玩。

"真的？"

"真的啊。"母亲抚摸他的手背，"你辛苦那么久，该好好放松放松。"

"噢，那我明天可以叫朋友来送？"

"可以，儿子，只要你愿意。"她又低声吩咐，"别让你爸爸知道。"

母亲说的果然不假，就是一次普通的旅行。父亲没来，司机也不见。母亲替他准备简单的行囊，叫了出租车，一路跟到机场。"好了妈，你别送了，又不是不回来。"

她笑笑："让我再送你会儿。"

权庆不耐烦地眨眼，把他妈推到一旁。他已看到张洛政阳走过来。

两人问了好。政阳朝他抬抬下巴："欸，干什么去啊？"

"去旅游。"

"去旅游你把我们俩千里迢迢地叫来？吃饱了……咳，怎么那么大阵仗啊？"

"我这说不定去好几个月呢！"权庆皱鼻子，"等我回来你们都天南地北了。欸，钟济怎么不来？"

张洛政阳面面相觑。政阳说："顾非没考好。"

"啊？顾非都没考好？今年的题得有多难？"

"也不是。"张洛接过话，"她应该是没发挥好。"

闲聊几句后，权庆突然把目光往张洛身上乱放，看得他浑身发毛："你挑牲口呢？"

权庆高深莫测地摇摇头，手指着张洛："张洛，你可得把政阳照顾好了。"

"呵，真稀奇，你怎么不让他把我照顾好？"

"废什么话？就说照不照顾吧？"

张洛臂一伸，直接照着政阳的脖子搂过来："还用你说？我们从小到大都这么照顾过来的！"

"行了，该走就走吧。"政阳示意，"你妈还等着呢。"

"再等会。"权庆跺脚，六月末的天气显得他多冷。

张洛嗤笑："你叫了人家来？"

"是啊。"

"叫的几点啊？不会来了，快进去吧。"政阳帮腔，把他往安检处挤。权庆急了，愤愤道："干什么呀？这么盼着我走？"

政阳搡他一把："进去就知道我们的良苦用心了。"

"什么啊。"权庆啐道。他踌躇了会儿："什么意思？"

"没意思，滚吧！"

三人相拥。权庆本来生得好，现在桃花眼桃花样，张洛咂嘴叹："多少女孩为你折腰啊？"权庆不管他的风言风语："下次再见面，不知道什么时候了。"

"瞧你那没出息劲儿！春节你不回来啊？"

他嘿嘿一乐："回来，回来。"

"保重啊，权庆！"

"你们也是！"

他回过身去，伸手要行囊："妈，我走了。"

"你……你不再待会儿？"

权庆疑惑地瞟她："为什么？"

"……你饿了吧？妈妈给你找家餐厅……"

"我不饿。"他抢过行囊，"我走了。"

"权庆，权庆……"

"你干什么！"他甩开母亲的手，过往的行人递来目光。他丢人极了："我十八岁了，十八岁了！"

母亲怯怯地缩手。反倒像他错了，他真恨自己的于心不忍："妈，我会孝敬您的。"又补一句，"用我自己的方式。"

安检处排着长队。他站在里面，母亲默默站在他斜后方。他挪动一点，照在他身上的黑影子迫不及待地贴上来。他既容忍，也要反抗——他紧闭的嘴成了锁住影子的牢笼。

僵持。但凉意忽然一阵阵地从脚边上来，他偷偷侧过头，目光还没到，那影子始料未及地扑来。他慌得再向前一步。母亲死死地偎着他："宝宝……到了国外……你要好好照顾自己……"

他拼命拽出手。没想到一个中年妇女的力量竟比他更大，她的眼睛贴着他的手心，马上积了一汪泉。他没法决绝，怔怔地看着母亲。母亲抬起头，其实他们生着一双多么像的眼睛。爷爷说他的样貌，鼻子、嘴、下腭都是父亲拿板斧凿的，唯这双眼睛，"你妈妈用心了"。

"无论……无论爸爸妈妈发生什么，你都不要害怕……你会生活得很好，我的儿子……"

"我们家，到底出了什么事？"

"瞎说，你爸爸要拧你的嘴呢。"母亲摸摸他生了点胡碴的人中。她笑得真美，也真苦。

"妈……"

"先生！先让后面的人上来行吗？"机场人员催促。他站定。母亲往他脸颊上深深一吻："要永远记住，妈妈爱你。"

"先生！"

"去吧。"母亲轻推他。他一只脚越过黄线，头硬着："妈，我也……"

"好了！后面那位女士先来！"

"知道，知道，妈妈知道。"她不住地笑，不住地流泪，"你走吧，快走吧。"

证件核查，行李安检。他将电脑放回包中，再回望。母亲的身影不见了，她站的那地方空空的。他背起行囊，头也不回地走了。

离愁别绪，过了那道关就消失了。本来就只是一场旅行，也没必要煽情至此。道旁的免税店打扮得光鲜亮丽，他没什么心思看，径直走向候机处。走近，他定住。

"哦，你……你……"

凌漪微微一笑："等你好久了。"

"……你怎么进来的？"

"本来要来送你，可是你妈妈在。"她歪歪头，"唐政阳和张洛凑钱给我买了张最便宜的机票，我就进来了。"

"哦……噢。"

"你叫我来干什么?"

"你怎么愿意来?"

凌漪瞪眼。权庆傻笑:"我以为你不会来。"

"是啊,我怎么来了?"

她的细嗓音。他竖起耳朵,听那声音,他总想起大晚上,他们在操场散步。她走得快,步子那么小怎么能走那么快?他耸着肩默默地跟。月亮出来,他能把她看清楚。他盯着她纤细的脖颈,里面藏着副细嗓音。

"你,你考上了吗?"

凌漪匆匆瞥他一眼,手指交缠:"嗯。擦边过了。我可能是最后一名吧。"

"是吗?……你会学得很好的,一定。"

"只有你会这么说。"

权庆支吾。凌漪大大方方:"给我写信吧。"

"写信?我可以给你发微信……"

"不,不要。"她轻笑,"你就给我写信吧。"

他必须开始排队了。他磨磨蹭蹭,到那时也必须站起来。幸好她同他一块儿站起来。他捏着机票。他看她百无聊赖地看周围的一切,独独不看他。他说:"你别活得太快。"

"什么?"

"我说,学习、生活、谈恋爱……这种事,你别太快。"

"那你早点回来。"

"啊?"

"你要是早点回来，我就答应。"

他正了色:"我春节回来!"

他走向飞机的时候，满心想的是春节。明年二月他该成长为一名较合格的年轻人，能够回来答复他的朋友、爱人与亲人。他迈着矫健的步子，见西边天空翻煮无数颗太阳，而无限霞光簇拥着他的未来。


两人往外走。张洛突然停下，又望过去。

"怎么了?"

"权庆说的没错，看一眼，是少一眼了。"

政阳脸上的风云微不可察:"还谈什么照顾，我们不也是如此?"

"嗯?"

"你要去 A 大吧。这么好的成绩……挑个好专业。"

"谁说我要去 A 大?"

他惊异地瞧他:"那你要去哪儿?"

张洛插着裤袋。政阳注意到他变了，散了身上那股憋屈劲儿，愈发有种志得意满的玩世不恭。但他还是有些紧着，表现得像用力过猛。

"你去哪儿我去哪儿呗。"

"开玩笑……"

"没开玩笑。"张洛伸手拦过路的车，"也许我会和你一起去 N 大吧。"

真要命。他死盯着他，要揪出一点儿谎话的苗头。张洛接着说："我爸，他讨厌我待在家里。"

"嘿，"他无奈地笑，"以前我不耐烦听他的话，现在倒希望他多说点了。"

"不留在广州照顾他？"

"他让我别管他，说，好男儿志在四方。我能不走吗？"

"如果你执意不走……"

"不了。我仔细想过，我不能一辈子困在一个地方。"他感叹，"太奇怪了，他总知道我下一步要走去哪儿。所以，我得去别的地方。那样我才能真正自己掌控自己。"

政阳没说话，他说不出。本以为他们就到这儿了：去新环境，认识新人，慢慢疏远，退化成两三个月寒暄一句的朋友。他把主意都打定了。

"你不高兴？"

车往前开了很远，渐渐驶离机场。今天的白云让他想起小楼顶上的反光板，那么大，汹涌地罩住他的视野。他打开窗，让云亲近过来。

张洛撇开眼，不再看他的背影。

校门口，横幅歪挂。"二〇一五年全国普通高等学校招生统一考试……"剩下半截折在风中。张洛遇着顾非，她从车上下来，背挺得板直。"欸，政阳……"他喊。好友置若罔闻，他只能独自招架。

"张洛！"

顾非热情地唤他，自如得像平日。张洛反应不来地点头："嘿。"

"你考得不错？"

"还可以。"

她没有继续交谈的意愿。静着走了一段路，张洛忍不住开口："顾非，你不要太难过。"

"别可怜我。"

他逼得她要把面具剥下。张洛霎时明白自己做了多残忍的事，噤声。走到楼下，他吞吐着把话说出来："不是，不是这样！我没有在可怜你！"

她睁着疲惫的眼。

"我没有必要可怜你。顾非，你不需要别人的可怜。"

"好，谢谢你。"

"你谢我干什么？"

她惨笑："张洛，这回是高考……"

"去他妈的高考！"他吼，"你怎么能让它证明你？"

她顿了顿，望向别处。张洛知道她眼睛红了。

"我看得上眼的所谓'对手'，没几个人。但你是其中之一。真的，别放弃，顾非。"

他伸出手："下次比赛再见吧，顾非。"

准高三们完成学业水平测试，暂时离开。然而这儿已经是他们的地盘，桌上椅下讲台边全是他们的痕迹。曹苑坐回位子，百般不舒服：木椅四平八稳。她以前的椅子是三脚的，残缺的那一脚下垫了厚厚的草纸。它脾性可大，非找到确切的支点不能消停，哪儿像现在这个乖驯。桌面锃亮，八成换的没经风霜的新桌子，里外干净。

顾非没来，班里闹得慌。她寻着安定的影子到了门外。安定俯在作栏杆用的白石壁上，头低低趴着。曹苑怕惊扰她，不出声。过了两三分钟，安定觉察到左边一派阴凉，才抬头。

她说不出的平静。这不正常，悲喜才是高考后的常态。曹苑恐自己轻举妄动，张口要扯些杂事。安定说："我考得还行。"

曹苑宽心，兴致高起来："我也还行。你多少分？"

安定报了个分数。曹苑僵住了，那并不算正常发挥。

"我很满足了。"安定低声道，"我该满足的。"

她们聊到大学。"准备去哪儿呢？"曹苑问。

"去北方吧。"

"北方？一个两个，都要往外跑啊。"

安定点头。曹苑猜不准她是不是一时兴起："决定了？"

"决定了，早就决定了。"

"何苦呢？家里不好吗？"

她用目光刺透曹苑，仿佛要把对方的灵魂挖出来。

但她终于没有。

"你真可爱。"她温柔地笑着说。

志愿报考会议结束后，大家各自散了。

许多年后想起，那是他们最后一次以"高三十九班"的完整形态坐在同一间教室。

曹苑行至楼下，张洛恰好从办公室出来。打了招呼，两人一道走，无话。

近校门，张洛先告辞："再见，曹苑。"

她没说话。他背过身，走了。

高二刚进班那会儿，她看都没看过他。顾非说他学习顶好，她撇嘴，复了个"哦"。

其实不能怪顾非成日开他俩玩笑。早之前她就有意了。高二上学期她还为模联忙得头重脚轻，中午干活是常有的事。高中最闲逸的时候，教室里没一个人。只张洛偶尔来赶赶习题。

一连几天在班级电脑上做国家牌模板，她累极，开始抓耳挠腮。反正底下就一人。

再伸着懒腰起来时，她见他盯着身后的大屏幕，看得津津有味。原来她没关投影。她伸手按键，屏幕黑了。

"唉……"

她凉凉地看过去，张洛笑着摆手："挺好的。"

他又说："你们好辛苦啊。"

曹苑挑眉："是啊。"她马上知道自己不够友善，补笑道："你在做题吗？"

"对，上午老师布置的作业。"

"哇，真勤奋！"

"没有……"他迟疑了一会儿，站起来，"我们来搞个恶作剧吧！"

"哈？"

"我想了很久了。"

第一节是袁平的课。他一进门，全班哄堂大笑。

电脑桌面赫然换成了他和同级另一位女老师——传说是他女友的合照。图标被打乱，正好围成个爱心，圈起两张甜蜜的脸。袁平的脸青一阵红一阵，拍桌。

"谁弄的！"

彼时袁老师尚未习得教学的良法，心事稍不顺便大发雷霆。底下鸦雀无声，胆大点的都在面上冷笑。

"今天中午谁在班里？"

目光们有意无意地向曹苑汇来。她百口莫辩。

"老师，"张洛起身，"中午我在班里。我回来的时候就是这样了。"

嘘声此起彼伏。张洛是少有的袁平喜爱的学生之一，平日不消说是恭敬的。"回来就是这样"，实实在在把袁平的猜疑挡回去——那时间没人在班里。

张洛接着说："最近学校里的闲杂人等很多，大家离开教室前，一定要锁好门窗，不要给小偷可乘之机。"学校确实要求防盗。所以最后一人离开教室时，都会用钥匙把门锁好，包括今天中午。

他一锤定音："袁老师，应该是外班人干的。"

外班人的范围大了去了。难道因为这种小事要求看监控录像？袁老师气平了，顺台阶下来。他也被绕晕了头，虎着脸应道："下不为例！"

曹苑啧啧称奇，从不晓得张洛胡说的功力深厚至此。

课间，曹苑闭目养神，闭了半天没养好神。总有东西蝇飞蚊咬地跟着她。她胡乱蒙，探测到感觉最强的方位，睁开眼。

他很感兴味地笑，注视着她。见她扭过头，他手指了指讲台。

曹苑望去，袁平在一板一眼地给学生讲题。被讲的那位不是善茬，腿跟着袁平说话的节奏一抖一抖的，眼珠子晃来晃去。

收回目光。他端正地坐着，似乎本身不带有三心二意的习性。

她合上眼睛，脑子里再没清静过。

他走远了，身影渐渐与手臂、手掌、手指一般大。那种笑她早先还看过几次，后来越来越少。她止不住地想，考试把他的棱角磨平了吗？她在该离开的时候若即若离，赌咒要看他特殊回来，而非自愿地挤进普通人的套，照着刻度将自己切掉。

他却开始跑。雨中狂妄放肆的张洛，笑得骄傲。她恍然察觉他竟没有变，只是藏起来。他知道她喜欢他，于是吝啬地只对她严肃、礼貌。他根本不需要她的爱情。他矜持得像个体面人。

曹苑想明白一切，心毛毛地钝痛。单恋自是这样，痛到一定程度就习惯了。往后遇到何种风波都是毛毛的、钝钝的，漠然地消耗余情。

但她不服气啊。她大声地喊：张洛，张洛。他听不见。

她拼尽全力："张洛！"

像是决断。


顾非听了一天的安慰，头也木了笑也麻了。起码她要保持宠辱不惊的姿态，失意时刻赢得称赞："你太坚强了！"

坚强的顾非走出高三楼，跌坐在台阶上。没人要塞无谓的怜悯给她了，她逐渐空成一片荒原。

普罗米修斯分她一半命运，而命运赐给她足够大的心脏。所以恶鹰不必等候心脏重新长出，它一刻不停地啄，饱食终日。

噔噔噔。

一双手从身后过来，撑起她。他握住她的手。

他们磕磕绊绊着走，在蓝色看台上坐下。

"我考差了，顾非，很差。"天上的星星出奇地亮，他仰起头。"我要复读。"

"你会留下吗，顾非？"

她轻轻地摇头，看着他。

"好，我知道了。"他紧紧抓着她，风筝下的白丝线。一滴滴滚烫的水浇在他手背上。她哭了。

"顾非，我记得刚认识你的时候，你不理人。"他笑道，"我在心里嘀咕，你是怎样的高高在上啊？"

我承认我高一时就有点在意你。你老是被选上去做"国旗下的讲话"，时间久了，大家都认识你。"欸欸，看吧！又是她！"说多了，他们厌了。往后你再上去，大家忙自己的事。我却依然听，每回都听。有次你忘词了，"但使龙城飞将在"，卡在台上。我身边的人开始笑，我骂他们，"不许笑！"后来有个男生大喊，"不教胡马度阴山！"那人是我。

我们认识以后，你还是那样。你说篮球不好，我太生气了。但你跟我道歉，又说了那么多。我的气就消了。你考得不好，突然哭起来，把我吓坏了。你真是……

"顾非，我其实有点高兴。"

政阳他们笑话我为了你努力读书。我嘴上说不是，心里认了。你有理想，我想我不能被你抛下。我们要成为爱人，也要成为朋友。

他牵着她迈上看台。到顶，他说："你往下看。"

花田。排排花叠着，光映着它们，艳红，淡粉，暖黄与宝蓝。"早上亮堂，这里破败，什么也看不着。晚上好，开了灯很美。"

你知道，我们可以循规蹈矩地生活，生活却不会循规蹈矩。有时它让你赢，赢得痛快；有时它让你输，输得悲惨。但输赢代表生活吗？不，生活不会在短暂的欢愉中拉下大幕，也不会在长久的痛苦后轰然崩塌。生活一脉前行，窄处快跑，宽处慢走。它会有一处结局，源流减弱消散。而在此之前，沙土巨石、清风明月、花海草原，都是风景。

"顾非，到新的地方去证明自己。我会等你的，你也等我吧。"钟济说。

顾非在等一轮朝阳。

人们赞颂他：世上最力量，最伟大。他遏止黑夜，让明月星辰都臣服，隐藏于他。

她等不到的是十七岁的落日。黄昏，他们坐在沙滩上，大张着嘴，灿金的光照耀脸庞。夜里翻滚、挣扎、积蓄的他，黎明时，喷薄而出。

于是她在等一轮朝阳。

屏幕亮，天幕暗。她摸索键盘。

朝阳破开地平线，不可一世。他嘲笑身边衰老的红霞，用年轻的步伐飞快地上升，

上升，

上升。

太阳出来了！人们奔走相告。人们醒来。人们张开双手，欢呼：新的一天！

她拉上窗帘。

她的太阳在白夜里沉睡。

唤醒他，唤醒他！朝阳傲慢地听着。

她打下第一行字——

《问青春》。

二〇一六年十二月十一日零时三十五分初稿

二〇一七年六月三日改定于云南师范大学

# 后 记

距离 2015 年 6 月 8 日，已经过去一年半。

高三。周六下课的当口，走在省高门前那条林荫道，葱葱翠翠。那是我生命中最好的时候。

"我要写这本书"——小学毕业时的念想。为六年二班作了一个故事，终究矫揉而不成样，于是读了三年，要为初三五班作一个故事，仍然不得。等到上了大学，我劝自己："你还是动笔吧。"

我借高三十九班的名，写了我所有的朋友。

人物的落成是十分有趣的。木心说乔治·桑："少男少女最难写——那样简单，那样不自觉——乔治·桑写来好极了，这是女性的优越。以母爱入文学，但又严守文学的规范，对角色不宠爱，不姑息。"我当然不敢攀附乔治·桑，但也要自问于"母亲"的身份。因他们有时是活脱脱从我身子里换出来的，有时又同我完全不像。

曹苑是我最亲近的，初二时我开始想她，她完全随我成长；顾非起先是我希冀成为的一个完美形象，但她还是固执己意，生了枝脚。

政阳使我惊喜。从作者的角度出发，他是刻画得最好的那个。而我对张洛抱有复杂的感情，他剖析了我。

安定，我希望她永远好。我也希望凌漪有发芽的时候。权庆寄托我最深的信念。钟济有我所有的柔情。

写最后一章的下午，我在宿舍大哭一场。我其实为他们所有人哭过。我没有技巧，只学习一个笨办法：成为她/他。所以我爱他们，正如我爱自己。

说起来，写作是个苦活。写什么？不写什么？她的眼神要写么？要怎么写？他说的话对么？他们会有如此的交集么？种种种种。灵感固然重要，但单靠灵感，只能写出破碎的只言片语。百分之七十的时间，是作者与自己的搏斗。

然而我爱文学，我发誓用生命爱它。无论一个人有多么虚伪，包裹得严严实实，在自己的作品里，都是赤身裸体地站着。也许坦荡，"你要看就看"，文字便流淌；也许羞涩，遮羞布扯来扯去，愈掩，愈显其形。在文学中，永远独立了我，栖息了我，安妥了我。

庆幸从未改吾心。

我仍在蹒跚学步。唯一使我欣慰的，是我终于知道自己过去写得如何差，现在又是如何的不足。我对这个故事不能满意，但我留存它。因为这其中的很多事情我已经忘了，故事是我仅存的记忆。我不奢望这个故事能产生什么影响，如我最初所想，它是写给朋友们看的。

2016 年 6 月，我回省实高中部，去看看 2016 届的毕业舞会。我没能在场馆里呆多长时间，只是久久地坐在篮球场边的石凳上，看饭堂一楼微弱的光。当朋友们散落各方，"热闹是它们的，我什么也没有"。

我的中学时代终于全部结束了。

"曹苑高二时，幻想过高考结束的那一天。"

曹苑，我写完了。

衷心感谢著名文学评论家、中国作家协会副主席、书记处书记李敬泽伯伯和著名文学评论家、北京大学中文系主任、教育部"长江奖励计划"特聘教授陈晓明伯伯亲自作序，奖引后学，谆谆教导，使晚辈受益无穷，永远铭记。在如何为拙著取一个更合适的书名而苦思未得时，敬泽伯伯拨云见日、一锤定音，为拙著取定《问青春》的书名，使拙著的视野和境界顿时开阔起来。

衷心感谢云南师范大学的蒋永文校长、刘宗立副校长，国际学院的韦颖书记，文学院的胡彦院长、毛志荣书记和海男老师，对学生的学习、生活、创作的关怀与照拂。

衷心感谢花城出版社的詹秀敏社长、文珍老师和周思仪老师，为编校本书，并使其顺利出版给予的支持与帮助。

衷心感谢我的师长们、朋友们，以及所有关爱我的人们。

张闻昕

2017 年 6 月 5 日